序

見樹又見林

U0082585

　　自民國 100 年出版「太神奇了！原來日語這樣學」後，就從台北市立建國中學國文教職退休。從那時起就以日語教師的職稱在新北市、桃園市的幾所高中從事日語教學的工作，到今日已 11 年了。非常感謝這段時間教過的學生所提出的問題，這些問題讓我思考、促使我改進日語的教學方法！因此，我將「太神奇了！原來日語這樣學」重新編排、增加內容後，出版這本「太神奇了！【造句式】日語學習書」。對於學習外語的人而言，「文法」宛如是幽深的森林；「單字」就如同一棵棵的樹木。如何使學習者能夠「見樹又見林」是本書所要達到的教學目標！

　　本書提供最簡明的文法解析、最多的單字、例句，期望學習者能「見樹又見林」一探日語的真實面貌！

　　我也要感謝輔仁大學日文系的高材生**林晏君**小姐及日本上智大學的**市村眞穗**小姐的費心校稿，使本書能減少錯誤，達到盡善盡美的目標！

　　若本書內容還有錯誤，期望各專家們不吝指正。最後感謝智寬文化事業有限公司陳先生的用心編排，使本書能以最真、最美的樣態，展現在讀者們的眼前！

民國一一一年十月十三日星期四

鄭　哲明 敬書

目次

推薦序

打開水龍頭水就流出來

我每當看到朋友說一口流利的外語時，都很羨慕；但是哲明跟我說，在語言的學習領域，沒有一步登天的天才，都是循序漸進，找到好方法，練好基本功，學習才有效率，成果才會豐富！

是的，心急吃不了熱豆腐，只要找到好的語言學習方法，循序漸進、日積月累最後就會像打開水龍頭一般，流暢的日語，就會跟自來水一樣，自然的流出來。

鄭哲明老師曾任建國中學國文老師，教學方法優異，教學經驗豐富。鄭老師他曾在民國 100 年出版「太神奇了！原來日語這樣學」一書，深獲好評！在【102 年台灣民眾閱讀興趣】的調查，該書榮獲【102 年借閱電子書 TOP20】的【TO6】，是日語學習用書唯一進入【TOP20】。〈〈102 年台灣民眾閱讀興趣～～國家圖書館全球資訊網〉〉

退休後，鄭老師以淡江日本研究所的學歷，從事高中日語教學的工作。這本經典的日語學習書是他從事高中日語教學幾十年的經驗的智慧結晶！

本書最大的亮點，就是教你如何循序漸進，先聽名詞中的日語單字，再邊記熟【五十音】的日語平假名。再選個形容詞來用來修飾名詞；然後選個動詞來造句，選個適合的副詞來修飾動作。

這就是分解水龍頭的結構，分析整個渠道的流程。學習鄭老師以【如何造句】為重點的日語學習法，必然讓你事半功倍！

相信你「多聽、多說、多模仿」，自然「能讀、能寫、能創作」。

現在，我跟你，就一起跟鄭老師拿起書，開始學習。

國立空中大學 副校長 **沈中元** 教授 上

前言一：中文、英文、日文基本句型結構比較

（一）：中文和英文的基本句型結構是一樣的，都是

主詞（S）＋ 動詞（V）＋ 受詞（O） 的句型結構。

例如：我愛你 ＝ I love you ；

日文卻是**主詞（S）＋ 受詞（O）＋ 動詞（V）** 的句型結構。

所以，我愛你 ＝ I love you ＝ 私（我）は貴方（你）を愛する。

那，「你愛我」怎麼翻譯成英文、日文？

你愛我 ＝ You love me ＝ 貴方（你）は私（我）を愛する。

各位讀者是否已注意到：

中文與英文的主詞「我」是置放在動詞前面，置放在動詞後面就是受詞；

日文則是利用「は」、「を」的文法符號，使「私（我）」、「貴方（你）」成為主詞

或是受詞。

分析	I love you	;	You love me
	我愛你	;	你愛我
	私 は貴方を愛する	;	貴方は 私 を愛する

（二）：中文的（我）不論是成為主詞或是受詞，都是同樣的字形；英文則是會改變字形。

當主詞時是（ I ），當受詞時是（ me ）。而日文是使用「は」、「を」的文法符號，使

「私（我）」、「貴方（你）」成為主詞或是受詞。

英文和日文的**主詞**、**受詞**單字整理表

分析	私（我）は ＝ I	;	私（我）を ＝ me
	貴方（你）は ＝ You	;	貴方（你）を ＝ you
	彼（他）は ＝ He	;	彼（他）を ＝ him
	彼女（她）は ＝ She	;	彼女（她）を ＝ her

讀者可以先記熟，因為，了解主詞、受詞的變化是學好「造句」的第一步！

（三）：因為，中文與英文基本句型是，**主詞（Ｓ）＋ 動詞（Ｖ）＋ 受詞（Ｏ）**

的句型結構，所以，表示「不」、「想」都是放在「動詞」前面。

例如：「我吃午飯　　＝　I eat lunch 」；

　　　「我不吃午飯 ＝　I don't eat lunch 」；

　　　「我想吃午飯 ＝　I want to eat lunch 」。

日文是，主詞（Ｓ）＋ 受詞（Ｏ）＋ 動詞（Ｖ）的句型結構，

日文則是將「不（ない）、想（たい）」放在「動詞」後面。

因此，和日本人説話時，一定要聽到最後才知道是 yes or no；

聽到最後才知道是想還是不想。下表以中、日文做對比説明：

分析			
我吃飯	＝	私はご飯を食べる	
我不吃飯	＝	私はご飯を食べない（不）	
我想吃飯	＝	私はご飯を食べたい（想）	

（四）：中文所有的單字都不會有字形上的變化，不管是當主詞的（我）還是受詞的（我）字形

上都不會變化；不管是當現在式的（吃）還是過去式的（吃）字形上都不會變化。英文

和日文的單字，則是會根據時態而產生字形上的變化。

例如：（eat）是現在式；（ate）是過去式。

日文則是動詞單字字尾加上「た」來表示過去式。

分析	現在式	過去式
	我吃飯。 I eat dinner. 私はご飯を食べる。	昨日，我吃飯。 Yesterday, I ate dinner. 昨日、私はご飯を食べた。

所以，和日本人説話時，一定要聽到最後才知道是 yes or no；一定要聽到最後才知道

是想還是不想；一定要聽到最後才知道是現在式還是過去式。

（五）：日文基本句型結構分析

❶ n（は）＋ adj

花美 ＝ 花は 美しい

壽司美味 ＝ 寿司は美味しい

❷ n（は）＋ n ＋ （です）

我是學生 ＝ 私は学生です

你是老師 ＝ 貴方は先生です

❸ n（は）＋ n（を）＋ v

我吃飯 ＝ 私はご飯を食べる

我喝水 ＝ 私は水を飲む

❹ n（は）＋ n（を）＋ v（ない）

我不吃飯 ＝ 私はご飯を食べない

我不喝水 ＝ 私は水を飲まない

❺ n（は）＋ n（を）＋ v（たい）

我想吃飯 ＝ 私はご飯を食べたい

我想喝水 ＝ 私は水を飲みたい

❻ n（は）＋ n（を）＋ v（た）

昨日，我吃飯。 ＝ 昨日、 私はご飯を食べた。

昨日，我喝水。 ＝ 昨日、 私は水を飲んだ。

至於，「昨日，我不喝水。」、「昨日，我不想喝水。」請讀者翻開書本，按照顏色指示，

就可找到答案！

（六）：從「多聽、多説、多模仿」到「能讀、能寫、能創作」

學習外國語言必須要的條件是：耐心加毅力。各位讀者請看看每一個小孩子在學習説話

的過程就可以明白這個道理。父母親們重複説了多少遍的單字，小孩子就慢慢地學會了。

再來，就是要明白各國語言的最基本句型，了解什麼是「主詞」、了解「動詞」如何變化，

如此，就可以「造句」來表情達意了！

這就是本書的編寫主軸：「造句」為重點的日文學習法。

「多聽、多説、多模仿」自然就會「能讀、能寫、能創作」。加油！翻開第一頁吧！

前言二： 以【如何造句】為重點的言語學習法～如何造日語句子？

句子是一連串單字有意義的組合，也是學習文章的基礎。嬰兒呀呀學語時，開始是用零零落

落的單字來和大人的世界溝通，進而不斷地模仿、學習，最後到會用完整的【句子】來表情達意。

這一嬰兒學習語言的過程，是我安排本書章節靈感的來源！這一章節編排方法也可以適用於任何

其他語言的學習書！

什麼是最基本的【句子】？

【主詞】＋【動詞】＋【受詞】＝【句子】就是最基本的【句子】！

請讀者先閱讀前面的【序言一：中文、英文、日文最基本的句子比較】再往下閱讀。

以日語來說，名詞＋は＝【主詞】；名詞＋を＝【受詞】。所以，日語的最基本的【句子】

就是【名詞＋は＝主詞】＋【名詞＋を＝受詞】＋【動詞】。

即： S ＋ O ＋ V 就是日語的最基本句型！

　　日語的詞彙依傳統日文文法書可以分成十類，這十類為：名詞、い形容詞、な形容詞、連體詞、動詞、副詞、接續詞、助動詞、助詞和感動詞。但以【如何造句】來分類的話，可以分成。

　　一、名詞：最主要的功能就是當【主詞】或是成為【受詞】

　　二、形容詞：修飾名詞有這三類，即い形容詞、な形容詞、連體詞

　　三、動詞：有十三種變化類型

　　四、副詞：大都用來修飾動詞、い形容詞、な形容詞

　　五、接續詞：可以連接【句子】與【句子】

　　六、助動詞、助詞：具有日語最大特色且重要的零組件

　　七、感動詞

　　本書在章節的安排上，就按照日語基本句型的原則，逐步編寫。

　　因此，建議讀者在使用本書來學習日語時，首先先聽名詞中的日語單字，再邊記熟【五十音】的日語平假名。再聽熟形容詞後，選個形容詞來用來修飾名詞。再牢牢記熟 は 與 を 的功能。就可以從動詞中，選個動詞來造句。最後，從眾多的副詞單字中，選個適合的副詞單字來細膩地修飾動作。如此，就可以完成整個【造句】過程。這就是以【如何造句】為重點的日語學習法！

　　在本書中所舉例句，期盼讀者在理解文法變化之後，逐一牢記後再靈活模仿運用。最後再選擇適當的文章，由淺入深逐步提高自己的日語能力！深盼這些年來的學習與教學日語的經驗有助於廣大的莘莘學子；若本書中有錯誤之處，也期盼各位先進不吝指正，以使本書內容更益正確、完備。

前言三：本書使用說明

❶ 因為日本人將單字按照詞性分為十種，因此本書以十種顏色來區別！例如：名詞、い形容詞、な形容詞、無變化形容詞（連體詞）、動詞、副詞、接續詞、助動詞、助詞、感動詞。這些詞性在日語字典中都會標明，讀者不必擔心！

❷ 因此，本書在例句的說明也是以顏色來區別。

例如　1：日本に 赴 く（赴日）

「日本：名詞； に：助詞； 赴 く：動詞」

2：縁を結ぶ （結緣）

「縁：名詞； を：助詞； 結ぶ：動詞」

❸ 例句中如遇有相同詞性時，本書以字元網底加以區別。

例如　　行きたくない。（不想去。）

「行き：動詞；たく（想）、ない（不）都是助動詞」

❹ 在本書中，每一個單字都搭配例句來說明。請讀者理解文法變化後，記熟！

編號	日文單字	中文單字	日文例句	中文翻譯
1	空く Aku	空	空いた箱が有ります。	有空的箱子。

空く：是日語單字的標準表示形式。

Aku ：是日語單字的羅馬音的拼音符號。

日文單字詞性顏色區分表

	詞性	單字舉例
1	名詞	刺身 寿司 天ぷら 食べ物 飲み物 ……。
2	い形容詞	高い、楽しい、明るい、少ない、甘い、痛い、……。
3	な形容詞	安心な、簡単な、静かな、確かな、……。
4	動詞	書く、泳ぐ、話す、待つ、死ぬ、飲む、学ぶ、売る、買う、起きる、食べる、来る、する、……。
5	副詞	予、一概に、一旦、必ず、きっと、……。
6	接續詞	或いは、及び、且つ、然し、即ち、……。
7	助詞	が、の、を、に、へ、と、から、より、で、や……。
8	助動詞	ない、た、たい、だ、です、ます、……。
9	感動詞	あのね、はい、いいえ、いや、ええ、うん、……。

第一章 基礎發音篇 － － － 五十音

【（五十音圖）為學好日文的第一步，請同學按照音檔的發音好好練習。並請將（清音）的平假名五個為一組牢牢記住例如「あ、い、う、え、お」，因為這些符號會與日文的動詞變化有密切的關聯。】

【羅馬音例如「a、i、u、e、o」是與日文的電腦輸入法有關。讀者可以從

開始 → **控制台** → **日期時間語言和區域選項** → **新增其他語言** 這些步驟設定日文的電腦輸入。】

一、清音【請以五個為一組牢牢記住】 ◀01-01

あ行

平假名	あ	い	う	え	お
片假名	ア	イ	ウ	エ	オ
羅馬音	a	i	u	e	o

か行

平假名	か	き	く	け	こ
片假名	カ	キ	ク	ケ	コ
羅馬音	ka	ki	ku	ke	ko

さ行

平假名	さ	し	す	せ	そ
片假名	サ	シ	ス	セ	ソ
羅馬音	sa	shi(si)	su	se	so

た行

平假名	た	ち	つ	て	と
片假名	タ	チ	ツ	テ	ト
羅馬音	ta	chi(ci)	tsu	te	to

な行

平假名	な	に	ぬ	ね	の
片假名	ナ	ニ	ヌ	ネ	ノ
羅馬音	na	ni	nu	ne	no

は行

平假名	は	ひ	ふ	へ	ほ
片假名	ハ	ヒ	フ	ヘ	ホ
羅馬音	ha	hi	fu	he	ho

ま行

平假名	ま	み	む	め	も
片假名	マ	ミ	ム	メ	モ
羅馬音	ma	mi	mu	me	mo

や行

平假名	や		ゆ		よ
片假名	ヤ		ユ		ヨ
羅馬音	ya		yu		yo

ら行

平假名	ら	り	る	れ	ろ
片假名	ラ	リ	ル	レ	ロ
羅馬音	ra	ri	ru	re	ro

わ行

平假名	わ				を
片假名	ワ				ヲ
羅馬音	wa				o(wo)

二、鼻音 ◖▶01-02

平假名	ん
片假名	ン
羅馬音	n

三、濁音 ◖▶01-03

平假名	が	ぎ	ぐ	げ	ご
片假名	ガ	ギ	グ	ゲ	ゴ
羅馬音	ga	gi	gu	ge	go

平假名	ざ	じ	ず	ぜ	ぞ
片假名	ザ	ジ	ズ	ゼ	ゾ
羅馬音	za	zi(ji)	zu	ze	zo

平假名	だ	ぢ	づ	で	ど
片假名	ダ	ヂ	ヅ	デ	ド
羅馬音	da	zi(ji)	zu	de	do

平假名	ば	び	ぶ	べ	ぼ
片假名	バ	ビ	ブ	ベ	ボ
羅馬音	ba	bi	bu	be	bo

四、半濁音　01-04

平假名	ぱ	ぴ	ぷ	ぺ	ぽ
片假名	パ	ピ	プ	ペ	ポ
羅馬音	pa	pi	pu	pe	po

五、拗音　01-05

平假名	きゃ	きゅ	きょ
片假名	キャ	キュ	キョ
羅馬音	kya	kyu	kyo

平假名	しゃ	しゅ	しょ
片假名	シャ	シュ	ショ
羅馬音	sya	syu	syo

平假名	ちゃ	ちゅ	ちょ
片假名	チャ	チュ	チョ
羅馬音	cya	cyu	cyo

平假名	にゃ	にゅ	にょ
片假名	ニャ	ニュ	ニョ
羅馬音	nya	nyu	nyo

平假名	ひゃ	ひゅ	ひょ
片假名	ヒャ	ヒュ	ヒョ
羅馬音	hya	hyu	hyo

平假名	みゃ	みゅ	みょ
片假名	ミャ	ミュ	ミョ
羅馬音	mya	myu	myo

平假名	りゃ	りゅ	りょ
片假名	リャ	リュ	リョ
羅馬音	rya	ryu	ryo

平假名	ぎゃ	ぎゅ	ぎょ
片假名	ギャ	ギュ	ギョ
羅馬音	gya	gyu	gyo

平假名	じゃ	じゅ	じょ
片假名	ジャ	ジュ	ジョ
羅馬音	zya	zyu	zyo

平假名	ぢゃ	ぢゅ	ぢょ
片假名	ヂャ	ヂュ	ヂョ
羅馬音	zya	zyu	zyo

平假名	びゃ	びゅ	びょ
片假名	ビャ	ビュ	ビョ
羅馬音	bya	byu	byo

平假名	ぴゃ	ぴゅ	ぴょ
片假名	ピャ	ピュ	ピョ
羅馬音	pya	pyu	pyo

學習重點

(1) 請先五個一組背熟（平假名）；（片假名）因為與日語文法無關，建議從日常生活中的單字背起！

(2) 可以從【第二章　打開日語世界的鑰匙－－－**名詞**】所列出的日本人日常生活的字來熟悉日語的感覺！先聽！再説！再來背熟音符！因為，光背五十音的符號是會無趣的！

第二章 打開日語世界的鑰匙 － － －名詞

小孩子如何學母語？

請讀者們先不用急著背五十音，先模仿小孩子學母語的過程，先來聽聽、背背日語單字！讓自己習慣日語的感覺，像小孩子學母語般，沉浸在日語環境中！

只要先牢記：　　(1) 日語的基本句型是 主詞　受詞　動詞
　　　　　　　　　　　　　　S ＋ O ＋ V

(2) 名詞 ＋ は ＝主詞

(3) 名詞 ＋ を ＝受詞

例句：　我吃生魚片。　＝　私（わたし）は刺身（さしみ）を食（た）べる。

名詞最主要的功能就是當「主詞」或是成為「受詞」。所以，下表請先記熟！

再次叮嚀

私（わたし）は ＝ I	私（わたし）の ＝ my	私（わたし）を ＝ me
貴方（あなた）は ＝ you	貴方（あなた）の ＝ your	貴方（あなた）を ＝ you
彼（かれ）は ＝ he	彼（かれ）の ＝ his	彼（かれ）を ＝ him
彼女（かのじょ）は ＝ she	彼女（かのじょ）の ＝ her	彼女（かのじょ）を ＝ her

接下來，就請選擇自己喜好的場景，背背單字、讓自己習慣日語的腔調之後，

再來背熟五十音。

(一) 私は美味しい刺身を食べる。　我吃美味的生魚片。　▶ 02-01

1 刺身 sashimi 生魚片	2 鮪 tuna 鮪魚	3 鰹 bonito 鰹魚	4 はまち young yellowtail 黃鰤魚	5 こはだ shad 小鯽魚
6 あじ pompano 竹莢魚	7 さば mackerel 青花魚	8 たい sea bream 鯛魚	9 ひらめ flatfish 鮃魚	10 みる貝 mirugai clam 西施舌
11 蝦蛄 squilla 蝦蛄	12 蝦 shrimp 蝦	13 あおやぎ round clam 青柳	14 数の子 herring roe 鯡魚子	15 たこ octopus 章魚
16 とり貝 cockle 鳥蛤	17 栄螺 turbo cornutus 海螺	18 烏賊 cuttlefish 烏賊	19 ほたて貝 scallop 干貝	20 鮑 abalone 鮑魚
21 生うに raw sea urchin 生海膽	22 いくら salmon roe 鮭魚卵	23 盛り合わせ selected seafood 生魚片拼盤	24 ふぐ刺し sliced globefish 河豚生魚片	25 鰹のたたき sliced bonito 鰹魚半敲燒
26 あじのたたき minced pompano 竹莢魚半敲燒	27 鯉のあらい sliced raw carp 鯉魚生魚片	28 とろ fatty tuna 鮪魚肚生魚片	29 ねぎとろ tuna minced with green onion 蔥花鮪魚肚	30 甘えび sweet shrimp 甜蝦
31 ぶり yellowtail 鰤魚	32 たらこ cod roe 明太子	33 鰯 sardine 沙丁魚	34 サーモン salmon 鮭魚	35 山葵 wasabi 山葵

(二) 私は美味しい寿司を食べる。　我吃美味的壽司。　▶02-02

1 寿司 sushi 壽司	2 押し寿司 oshizushi 押壽司	3 握り寿司 nigirizushi 握壽司	4 巻き寿司 makizushi 捲壽司	5 手巻き寿司 hand-rolled sushi 手捲壽司
6 散らし寿司 chirashizushi 散壽司	7 鉄火巻 tekkamaki 鮪魚壽司捲	8 かっぽ巻 kappomaki 小黃瓜壽司捲	9 たくあん巻 takunnmaki 醃蘿蔔壽司捲	10 紫蘇巻 shisomaki 紫蘇飯捲
11 海苔巻 norimaki 海苔飯捲	12 梅巻 umemaki 梅子飯捲	13 かんぴょう巻 kampyomaki 醃葫蘆飯捲		

(三) 私は美味しいラーメンが食べたい。　我想吃美味的拉麵。　たい：想　▶02-03

1 醬油拉麺 shouyura-men 醬油拉麵	2 塩ラーメン shiora-men 鹽拉麵	3 味噌ラーメン miso ra-men 味噌拉麵	4 豚骨ラーメン tonkotsura-men 豬骨拉麵

(四) 私は美味しいうどんが食べたい。　我想吃美味的烏龍麵。　▶02-04

1 かけうどん kakeudon 清湯烏龍麵	2 ざるうどん zaruudon 竹片烏龍冷麵	3 きつねうどん kitsuneudon 豆皮烏龍麵	4 たぬきうどん tanukiudon 炸麵衣屑烏龍麵	5 卵とじうどん tamogotojiudon 木須烏龍麵
6 鴨南蛮うどん kamonanbanudon 鴨肉片烏龍麵	7 天ぷらうどん tempuraudon 天婦羅烏龍麵	8 鍋焼きうどん nabeyakiudon 鍋燒烏龍麵	9 月見うどん tsukimiudon 半熟蛋烏龍麵	10 かき玉うどん kakitamaudon 蛋花湯烏龍麵
11 釜揚げうどん kamaageudon 熱鍋烏龍麵	12 力うどん chikaraudon 年糕烏龍麵	13 カレーうどん curry udon 咖哩烏龍麵		

（五）私はおでんを食べた。　　我吃了關東煮。　た：表示過去式　　おでん的種類　▶02-05

	1 蒟蒻 konnyaku 蒟蒻	2 大根 white radish 白蘿蔔	3 竹輪 chikuwa 魚卷	4 ゆで卵 boiled egg 水煮蛋	5 はんぺん pounded fish cake 魚肉山芋餅
6 昆布 kombu 昆布	7 つみれ fish balls 魚丸	8 がんもどき ganmodoki 油炸蔬菜豆腐餅	9 薩摩揚げ satsuma-age 油炸魚丸子	10 厚揚げ thick fried tofu 油炸豆腐塊
11 じゃがいも potato 馬鈴薯				

（六）私は冷たい飲み物が飲みたい。　　我想喝杯冷飲。　▶02-06

1 水 water 水	2 緑茶 green tea 綠茶	3 紅茶 black tea 紅茶	4 烏龍茶 oolong tea 烏龍茶	5 麦茶 barley tea 大麥茶
6 そば茶 buckwheat tea 蕎麥茶	7 ブレンド茶 blended tea 混合茶	8 焙じ茶 roasted tea 焙茶	9 プーアル茶 pual tea 普洱茶	10 昆布茶 khumbu tea 昆布茶
11 コーヒー coffee 咖啡	12 ミルクココア milk cocoa 牛奶可可	13 スポーツドリンク sports drinks 運動飲料	14 牛乳 milk 牛奶	15 豆乳 soy milk 豆漿
16 ビール beer 啤酒	17 ワイン wine 酒	18 ウイスキー whisky 威士忌	19 ブランデー brandy 白蘭地	20 日本酒 sake 清酒
21 清酒 refined sake 清酒	22 焼酎 shouchuu 燒酒			

㈦ これはどんな飲食店ですか？ 這是什麼餐廳？ ▶02-07

1 日本料理店 Japanese restaurant 日本餐廳	2 精進料理店 vegetarian restaurant 素食餐廳	3 台湾料理店 Taiwanese restaurant 台灣餐廳	4 中華料理店 Chinese restaurant 中國餐館
5 フランス 料理店 France restaurant 法國餐廳	6 イタリア 料理店 Italian restaurant 義大利餐廳	7 インド 料理店 Indian restaurant 印度餐廳	8 うなぎ屋 eel restaurant 鰻魚餐館
9 てんぷら屋 tempura restaurant 天婦羅餐館	10 蕎麦屋 soba shop 蕎麥麵館	11 居酒屋 Japanese bar 日式酒館	12 寿司屋 sushi shop 壽司店
13 回転寿司 conveyor belt sushi 迴轉壽司	14 お好み焼き屋 okonomiyaki restaurant 御好燒店	15 大阪焼 oosakayaki 大阪燒	16 広島焼 hirosimayaki 廣島燒
17 鉄板焼屋 teppnnyaki restaurant 鐵板燒店	18 焼き肉屋 Korean-style Barbecue restaurant 燒肉店	19 焼き鳥屋 yakitori shop 烤雞肉店	20 ラーメン屋 ramen restaurant 拉麵店
21 屋台村 sidewalk eately 美食街	22 喫茶店 coffee shop 咖啡店	23 ビュッフェ buffet 自助餐	24 カフェテリア cafeteria 自助式餐廳
25 バー bar 酒吧	26 カラオケ 卡拉OK	27 ビア ガーデン beer garden 露天啤酒店	28 ビアホール beer hall 啤酒廳
29 ナイトクラブ nightclub 夜店	30 ディスコ disco 迪斯可舞廳		

(八) 私 はこの旅館に泊まりたい。　　我想借宿在這家旅館裡。　　▶02-08

1 旅館 ryokan 旅館	2 ホテル hotel 飯店	3 ビジネスホテル business hotel 商務旅館	4 民宿 minshuku 民宿	5 ペンション pension 歐式民宿
6 ユースホステル youth hostel 青年旅舍	7 ゲストハウス guest house B & B	8 カプセルホテル capsule hotel 膠囊旅館	9 宿坊 lodgings in a temple 寺院住宿	10 国民休暇村 National Vacation Village 國民度假村

(九) 列車に乗る時に　　乘坐電車時　　▶02-09

1 乗車券 ticket 乘車券	2 特急券 limited express ticket 特急券	3 特急列車 limited express 特快列車	4 快速列車 rapid train 快速列車	5 普通列車 local train 普通列車
6 寝台列車 sleeper train 臥鋪列車	7 指定席 reserved seat 指定席	8 自由席 unreserved seat 自由席	9 グリーン席 first class seat 特等席	10 乗換案内 transfer information 轉車指南
11 列車時刻表 train timetable 火車時刻表	12 出発 departure 出發	13 到着 arrival 到達	14 始発列車 the first train 第一班車	15 最終電車 the last train 最後一班車
16 在来線 old railroad line 非新幹線的鐵 路系統	17 私鉄 private railway 非 JR 的鐵路	18 地下鉄 subway 地鐵	19 改札口 the platform- wicket 剪票口	20 自動改札機 automatic ticket gate 自動剪票口
21 1 番線 Platform 1 一號月台	22 その電車は何番線から出ますか。 Which line will that train leave from? 那列電車將從幾號月台出發？			

(十) これは幾らですか？　　　　這個多少錢？　How much is this?　　▶02-10

この鉛筆は幾らですか？　　　這支鉛筆多少錢？ How much is this pencil?

1 これ this 這個	2 それ that 那個	3 あれ that 那個	4 どれ which one? 哪一個？	5 値段 price 價格
6 安い cheap 便宜的	7 激安 super cheap 超級便宜的	8 高い expensive 昂貴的	9 お買い得 bargain 特價商品	10 値下げ cut in price 降價
11 割引き discount 折扣	12 割引券 discount coupon 折扣券	13 高過ぎます、まけてください。 It's too expensive.Please give me a discount. 太貴了，請給我折扣。		

(土) 此処は何処ですか？　　　　這裡是哪裡？　Where is this place?　　▶02-11

1 ここ here 這裡	2 そこ there 那裡	3 あそこ over there 那裡	4 どこ what place 哪裡
5 こちら this way 這邊	6 そちら that direction 那邊	7 あちら over there 那邊	8 どちら which direction 哪邊
9 こっち this way 這邊	10 そっち that direction 那邊	11 あっち over there 那裡	12 どっち where 哪邊

（土） 今、何時ですか？ 現在幾點了？ What time is it now? ◀ 02-12

今、午前八時です。 現在是上午八點。 It's 8:00 a.m. now.

今、午後八時です。 現在是晚上八點。 It's 8:00 p.m. now.

1、何時 幾點

一時 一點	二時 兩點	三時 三點	四時 四點	五時 五點	六時 六點
七時 七點	八時 八點	九時 九點	十時 十點	十一時 十一點	十二時 十二點

2、何分 幾分

1 一分 one minute	2 二分 two minutes	3 三分 three minutes	4 四分 four minutes	5 五分 five minutes
6 六分 six minutes	7 七分 seven minutes	8 八分 eight minutes	9 九分 nine minutes	10 十分 ten minutes
11 十一分	12 十二分	13 十三分	14 十四分	15 十五分
16 十六分	17 十七分	18 十八分	19 十九分	20 二十分
21 二十一分	22 二十二分	23 二十三分	24 二十四分	25 二十五分
26 二十六分	27 二十七分	28 二十八分	29 二十九分	30 三十分
31 三十一分	32 三十二分	33 三十三分	34 三十四分	35 三十五分
36 三十六分	37 三十七分	38 三十八分	39 三十九分	40 四十分
41 四十一分	42 四十二分	43 四十三分	44 四十四分	45 四十五分
46 四十六分	47 四十七分	48 四十八分	49 四十九分	50 五十分
51 五十一分	52 五十二分	53 五十三分	54 五十四分	55 五十五分
56 五十六分	57 五十七分	58 五十八分	59 五十九分	60 六十分

3、關於時間的單字

1 <ruby>午前<rt>ごぜん</rt></ruby> AM 上午	2 <ruby>午後<rt>ごご</rt></ruby> PM 下午	3 <ruby>今日<rt>きょう</rt></ruby> today 今天	4 <ruby>昨日<rt>きのう</rt></ruby> yesterday 昨天	5 <ruby>明日<rt>あす</rt></ruby> tomorrow 明天
6 <ruby>一昨日<rt>いっさくじつ</rt></ruby> day before yesterday 前天	7 <ruby>明後日<rt>あさって</rt></ruby> day after tomorrow 後天	8 <ruby>毎日<rt>まいにち</rt></ruby> every day 每天	9 <ruby>今週<rt>こんしゅう</rt></ruby> this week 本週	10 <ruby>来週<rt>らいしゅう</rt></ruby> next week 下週
11 <ruby>毎週<rt>まいしゅう</rt></ruby> every week 每週	12 <ruby>今月<rt>こんげつ</rt></ruby> this month 本月	13 <ruby>先月<rt>せんげつ</rt></ruby> last month 上個月	14 <ruby>来月<rt>らいげつ</rt></ruby> next month 下個月	15 <ruby>毎月<rt>まいつき</rt></ruby> every month 每個月
16 <ruby>今年<rt>ことし</rt></ruby> this year 今年	17 <ruby>去年<rt>きょねん</rt></ruby> last year 去年	18 <ruby>来年<rt>らいねん</rt></ruby> next year 明年	19 <ruby>毎年<rt>まいとし</rt></ruby> every year 每年	

(土) <ruby>今日<rt>きょう</rt></ruby>は<ruby>何月何日<rt>なんがつなんにち</rt></ruby>ですか？　　今天是幾月幾日？　　What date is it today?　▶02-13

　　<ruby>今日<rt>きょう</rt></ruby>は<ruby>何曜日<rt>なんようび</rt></ruby>ですか？　　今天是星期幾？　　What day is it today?

1、<ruby>何月<rt>なんがつ</rt></ruby>　幾月

<ruby>一月<rt>いちがつ</rt></ruby> January 1月	<ruby>二月<rt>にがつ</rt></ruby> February 2月	<ruby>三月<rt>さんがつ</rt></ruby> March 3月	<ruby>四月<rt>しがつ</rt></ruby> April 4月	<ruby>五月<rt>ごがつ</rt></ruby> May 5月	<ruby>六月<rt>ろくがつ</rt></ruby> June 6月
<ruby>七月<rt>しちがつ</rt></ruby> July 7月	<ruby>八月<rt>はちがつ</rt></ruby> August 8月	<ruby>九月<rt>くがつ</rt></ruby> September 9月	<ruby>十月<rt>じゅうがつ</rt></ruby> October 10月	<ruby>十一月<rt>じゅういちがつ</rt></ruby> November 11月	<ruby>十二月<rt>じゅうにがつ</rt></ruby> December 12月

2、<ruby>何日<rt>なんにち</rt></ruby>　幾日

<ruby>一日<rt>ついたち</rt></ruby> 1日	<ruby>二日<rt>ふつか</rt></ruby> 2日	<ruby>三日<rt>みっか</rt></ruby> 3日	<ruby>四日<rt>よっか</rt></ruby> 4日	<ruby>五日<rt>いつか</rt></ruby> 5日	<ruby>六日<rt>むいか</rt></ruby> 6日	<ruby>七日<rt>なの</rt></ruby> 7日

ようか 八 日 8 日	ここの か 九　日 9 日	とお か 十 日 10 日	じゅういちにち 十 一日 11 日	じゅう に にち 十 二日 12 日	じゅうさんにち 十 三日 13 日	じゅうよっ か 十 四日 14 日
じゅうごにち 十 五日 15 日	じゅうろくにち 十 六日 16 日	じゅうしちにち 十 七日 17 日	じゅうはちにち 十 八日 18 日	じゅうくにち 十 九日 19 日	はつ か 二 十日 20 日	に じゅういちにち 二 十 一 日 21 日
にじゅう に にち 二 十 二日 22 日	にじゅうさんにち 二 十 三日 23 日	にじゅうよっ か 二 十 四日 24 日	にじゅう ご にち 二 十 五日 25 日	にじゅうろくにち 二 十 六日 26 日	にじゅうしちにち 二 十 七日 27 日	にじゅうはちにち 二 十 八日 28 日
にじゅうく にち 二 十 九日 29 日	さんじゅうにち 三 十日 30 日	さんじゅういちにち 三 十 一日 31 日				

3、**何曜日** 星期幾
なんようび

にちよう び 日 曜日 星期日	げつよう び 月 曜日 星期一	か よう び 火 曜日 星期二	すいよう び 水 曜日 星期三	もくよう び 木 曜日 星期四	きんよう び 金 曜日 星期五	ど よう び 土 曜日 星期六

㈣ **あの人は誰ですか？**　那個人是誰？　　Who is that man?　▶02-14
ひと　だれ

私 の兄です。　　他是我哥哥。　　He is my brother.
わたし　あに

1 誰 だれ who 誰	2 何方 どなた who 誰	3 家族 か ぞく members of a family 家族	4 お父さん とう father 父親	5 父 ちち father 老爸
6 お母さん かあ mother 母親	7 母 はは mother 老媽	8 お祖父さん じ い grandfather 祖父	9 お祖母さん ば あ grandmother 祖母	10 孫 まご grandchild 孫子
11 お兄さん にい elder brother 哥哥	12 兄 あに elder brother 老哥	13 お姉さん ねえ elder sister 姐姐	14 姉 あね elder sister 老姐	15 弟 おとうと younger brother 弟弟
16 妹 いもうと younger sister 妹妹	17 兄弟 きょうだい siblings 兄弟姊妹	18 息子 むす こ son 兒子	19 娘 むすめ daughter 女兒	20 叔父さん お じ uncle 叔叔
21 叔母さん お ば aunt 阿姨	22 従兄弟 い と こ cousin 表兄弟姐妹	23 親戚 しんせき relative 親戚	24 ペット pet 寵物	

第三章 選一個形容詞來修飾名詞

日語的形容詞按照其單字語尾變化的方式，可以分成三種。

　　壹、い形容詞（綠色）

　　貳、な形容詞（藍色）

　　參、語尾沒有變化的形容詞（黑色）。因為，形容詞後面直接修飾名詞，所以語尾沒有變化的

　　　　形容詞與名詞一樣，用黑色標示。

壹 い形容詞

高<ruby>高<rt>たか</rt></ruby>い　高的　；　<ruby>楽<rt>たの</rt></ruby>しい　樂的　；　<ruby>明<rt>あか</rt></ruby>るい　明亮的　；　<ruby>少<rt>すく</rt></ruby>ない　少的

漢字「高」＋「い」　＝「<ruby>高<rt>たか</rt></ruby>い」　日本字

漢字「樂」＋「しい」＝「<ruby>楽<rt>たの</rt></ruby>しい」日本字

漢字「少」＋「ない」＝「<ruby>少<rt>すく</rt></ruby>ない」日本字

漢字「明」＋「るい」＝「<ruby>明<rt>あか</rt></ruby>るい」日本字

(一) い形容詞語尾變化簡表

只要語尾是「い」的形容詞都適用此表 請參考【 第四章 動詞 的説明！】

語幹 （中文字意）	語尾 （變化形式）	接合元件	活用形	中文語意
楽し（樂）	かろ	う （表示「推測」的語氣）	未然形	快樂吧
	く	ない（表示否定的語氣）	連用形	不快樂的
	かっ	た（表示過去式）		過去快樂的
	い	。	終止形	快樂的
	い	名詞 （ 時 ）	連體形	快樂的時光
	けれ	ば （表示「假設」的語氣）	假定形	假如快樂的話

上述表格的例句發音練習　◀ 03-01

1. 楽しかろう 　　（ 快樂的吧 ！ ）

2. 楽しくない 　　（ 不快樂的 ）

3. 楽しかった 　　（ 快樂的 ＜ 過去式 ＞ ）

4. 楽しい。 　　（ 快樂的 ＜ 現在式 ＞ ）

5. 楽しい時 　　（ 快樂的時光 ）

6. 楽しければ 　　（ 假如快樂的話 ）

(二) い形容詞語尾變化和語氣分析表

只要語尾是「い」的形容詞都適用此表

	普通語氣 （常體）	客氣語氣 （敬體）
1. 現在式肯定語氣	楽_{たの}しい (tanoshii)	楽_{たの}しいです (tanoshiidesu)
2. 現在式否定語氣	楽_{たの}しくない (tanoshikunai)	楽_{たの}しくありません (tanoshikuarimasen)
3. 過去式肯定語氣	楽_{たの}しかった (tanoshikatta)	楽_{たの}しかったです (tanoshikattadesu)
4. 過去式否定語氣	楽_{たの}しくなかった (tanoshikunakatta)	楽_{たの}しくありませんでした (tanoshikuarimasendeshita)
5. 表示「て」的形式語氣 有標點符號（，）作用	楽_{たの}しくて (tanoshikute)	
6. 表示「假設」的語氣	楽_{たの}しければ (tanoshikereba)	
7. 表示「副詞」的功能	楽_{たの}しく (tanoshiku)	

(三) 「楽_{たの}しい」的文法變化綜合練習　▶03-02

	日文例句	中文意義
1	これは楽_{たの}しい人生_{じんせい}です。	這是快樂的人生。
2	この遊_{あそ}びは楽_{たの}しくない。	這遊戲不好玩。
3	私_{わたし}もとても楽_{たの}しかったです。	我也很開心。
4	動物園_{どうぶつえん}へ行_いく事_{こと}が楽_{たの}しくなかった。	去動物園不好玩。
5	動物園_{どうぶつえん}へ行_いく事_{こと}が楽_{たの}しいだろう。	去動物園應該會好玩吧。
6	私_{わたし}は君_{きみ}の生活_{せいかつ}を楽_{たの}しくする。	我會使你的生活快樂起來。

7	友達と一緒にお酒を飲めば、もっと楽しくなる。	如果和朋友一起喝酒的話，會變得更快樂。
8	彼は毎日楽しく過ごしています。	他每天都開心地過生活。
9	あなたは楽しくて優しい人です。	你是又快樂又溫柔的人。
10	私たちは今が楽しければそれでいいです。	如果我們現在快樂的話，那就夠了。

提醒

1：日文基本句型： （ adj＋n ）s は（ adj ）

例如： 赤い花 は 美しい （ 紅色的花是美麗的 ）

2：「い」形容詞的「い」改成「さ」、「み」可以當作名詞。

3：「い」形容詞的「い」改成「く」可以當作副詞。

（四）語尾是「い」形容詞單字與例句綜合練習 ▶ 03-03

編號	日文單字	中文單字	日文例句	中文意義
1	青い aoi	藍色的	青い空は広い。	藍色的天空是廣闊的。
2	蒼い aoi	蒼白的	君の顔は蒼い。	你的臉是蒼白的。
3	赤い akai	紅色的	赤いバラは美しいです。	紅色的玫瑰花是美麗的。
4	明るい akarui	光明的	私たちの未来はとても明るい。	我們的未來是非常光明的。
5	浅い asai	淺的	その川は浅かった。	那條河川曾經是淺的。

6	温かい あたた atatakai	温熱的	私は温かい飲み物が欲しい。 わたし　あたた　の　もの　ほ	我想要溫熱的飲料。
7	暖かい あたた atatakai	暖和的	今日はとても暖かい。 きょう　　　　　あたた	今天的天氣很暖和。
8	新しい あたら atarashii	新的	私は新しい車を買いたかった。 わたし　あたら　くるま　か	我曾經想買新車。
9	厚い あつ atsui	厚的	この紙はとても厚い。 かみ　　　　　あつ	這張紙很厚。
10	篤い あつ atsui	（病） 嚴重的	彼の病はとてもあつい。 かれ　やまい	他的病很嚴重。
11	暑い あつ atsui	炎熱的	今日は暑い。 きょう　　あつ	今天很熱。
12	熱い あつ atsui	熱的	熱いお茶が欲しい。 あつ　　ちゃ　ほ	我想要熱茶。
13	危ない あぶ abunai	危險的	彼は「危ない」と叫んだ。 かれ　あぶ　　　　さけ	他喊:「危險!」。
14	甘い あま amai	甜的	これは甘い初恋。 あま　はつこい	這是甜蜜的初戀。
15	怪しい あや ayashii	可疑的	彼の行動がすごく怪しい。 かれ　こうどう　　　　あや	他的行動極為可疑的。
16	荒い あら Aria	洶湧的	今日は波が荒い。 きょう　なみ　あら	今天波浪洶湧。
17	粗い あら arai	粗糙的	この表面が粗くなりました。 ひょうめん　あら	這表面變得粗糙了。
18	淡い あわ awai	淡淡的	私は淡い色がとても好きだ。 わたし　あわ　いろ　　　　す	我很喜歡淡淡的顏色。

19	良い ii	好的	君はとても良い子です。	你是很好的孩子。
20	勇ましい isamashii	勇敢的	君は勇ましい戦士です。	你是勇敢的戰士。
21	忙しい isogashii	忙碌的	私は試験の準備に忙しい。	我為準備考試而忙碌。
22	痛い itai	痛的	私の足にとても痛い傷が有る。	我的腳上有很痛的傷口。
23	著しい ichijirushii	顯著的	彼の学業成績は著しく進歩した。	他的學業成績顯著地進步了。
24	愛しい itoshii	可愛的	これは私の愛しい人への手紙です。	這是給我的可愛的人的信。
25	卑しい iyashii	卑微的	彼女の身分は卑しい。	她的身分卑微的。
26	賤しい iyashii	下賤的	これは賤しい行為だ。	這是下賤的行為。
27	嫌らしい iyarashii	下流的	女性に嫌らしい事を言わないでください。	請不要對女性説下流的話。
28	薄い usui	薄的	この薄い紙はいくらですか。	這張薄的紙多少錢？
29	美しい utsukushii	美麗的	彼女はとても美しい女です。	她是位很美麗的女人。
30	疎い utoi	生疏的	彼女は世事に疎いです。	她對世事是生疏的。
31	美味い umai	可口的	彼女の作る料理はとても美味い。	她做的菜很可口。

32	恭 しい うやうや uyauyashii	恭敬的	先生に 恭 しくお辞儀をします。 せんせい　うやうや　　　　じぎ	恭恭敬敬地向老師行禮。
33	恨めしい うら urameshii	可恨的	彼女は君が恨めしいと言っておった。 かのじょ　きみ　うら　　　　　い	她説你是可恨的。
34	羨 ましい うらや urayamashii	羨慕的	僕は彼女の 新 しい 車 が 羨 ましかった。 ぼく　かのじょ　あたら　　くるま　うらや	我羨慕她的新車。
35	煩 い うるさ urusai	吵鬧的	昨夜、あなたの 鼾 はとてもうるさかった。 さくや　　　　　　いびき	昨晚你的打鼾聲很吵。
36	麗 しい うるわ uruwashii	美麗的	彼女は 麗 しい 少 女です。 かのじょ　うるわ　　　しょうじょ	她是優雅美麗的少女。
37	嬉しい うれ ureshii	高興的	私 は嬉しいと思った。 わたし　うれ　　　おも	我當時覺得很高興。
38	偉い えら erai	偉大的	彼はとても偉いです。 かれ　　　　えら	他真地了不起。
39	美味しい お　い oishii	美味的	これはとても美味しいです。 お　い	這個味道很好。
40	多い おお ooi	多的	今日は 重 要な会議が多かった。 きょう　　じゅうよう　かいぎ　おお	今天重要的會議很多。
41	大きい おお ookii	大的	この黒い子犬はとても大きくなった。 くろ　こいぬ　　　　　おお	這隻黑色的小狗變得很大隻。
42	可笑しい お　か okashii	可笑的	彼が言った事はとても可笑しい。 かれ　い　　こと　　　　お　か	他説的事很可笑。
43	幼 い おさな osanai	年幼的	彼は 私 の 幼 い時の友達です。 かれ　わたし　おさな　とき　ともだち	他是我的幼年時候的朋友。
44	惜しい お oshii	可惜的	命 は誰でも惜しい。 いのち　だれ　お	任何人都必須珍惜生命。

45	遅い おそ osoi	遲緩的	この子の発育が遅い。 こ　はついく　おそ	這個小孩的發育遲緩。
46	恐ろしい おそ osoroshii	恐怖的	その事故はとても恐ろしかった。 じこ　　　　　　おそ	那事故非常可怕。
47	大人しい おと　な otonashii	老實的	私の性格は大人しい。 わたし　せいかく　おと な	我的性格是老實的。
48	重い おも omoi	重的	この黒い鞄はとても重い。 くろ　かばん　　　　おも	這個黑色的皮包很重。
49	面白い おもしろ omoshiroi	有趣的	その本は大変面白かった。 ほん　たいへんおもしろ	那本書非常有趣。
50	重たい おも omotai	重的	彼はその重たい袋を背負った。 かれ　　　　おも　　ふくろ　せ お	他背了那個重的袋子搬運了。
51	賢い かしこ kashikoi	聰明的	彼女は賢い年寄りです。 かのじょ　かしこ　としょ	她是聰明的長者。
52	堅い かた katai	堅硬的	これは堅い石です。 かた　いし	這是堅硬的石頭。
53	硬い かた katai	堅硬的	この牛肉は硬い。 ぎゅうにく　かた	這塊牛肉咬不動。
54	固い かた katai	頑固的	彼は頭がとても固い。 かれ　あたま　　　　かた	他非常頑固。
55	悲しい かな kanashii	悲痛的	これがとても悲しい現実です。 かな　げんじつ	這是個很令人悲痛的現實。
56	痒い かゆ kayui	癢的	私の背中がとても痒い。 わたし　せ なか　　　　かゆ	我的背很癢。
57	辛い から karai	辣的	辛い食べ物を食べたい。 から　た　もの　た	想吃辣的食物。

58	軽い かる karui	輕的	軽い荷物を背負ってください。 かる にもつ せお	請背輕的行李。
59	可愛い か わい kawaii	可愛的	この赤い花はとても可愛い。 あか はな か わい	這朵紅色的花很可愛。
60	汚い きたな kitanai	骯髒的	彼女の部屋はいつも汚い。 かのじょ へや きたな	她的房間總是骯髒的。
61	きつい kitsui	緊的	この黒い靴はきつい。 くろ くつ	這雙黑色的鞋有點緊。
62	厳しい きび kibishii	嚴格的	彼はとても厳しい先生です。 かれ きび せんせい	他是很嚴格的老師。
63	清い きよ kiyoi	清純的	私も彼女みたいな清い心を持ちたい。 わたし かのじょ きよ こころ も	我也想有像她那樣清純的心。
64	臭い くさ kusai	臭的	この便所が臭い。 べんじょ くさ	這間廁所是臭的。
65	諄い くど kudoi	囉唆的	老人は常にくどい。 ろうじん つね	老人經常是囉唆的。
66	悔しい くや kuyashii	懊悔的	これは悔しい失敗だった。 くや しっぱい	這是個懊悔的失敗。
67	暗い くら kurai	暗的	ここはとても暗い。 くら	此處非常暗。
68	苦しい くる kurushii	辛苦的	私の生活がとても苦しい。 わたし せいかつ くる	我的生活非常辛苦。
69	黒い くろ kuroi	黑的	私の髪は黒いです。 わたし かみ くろ	我的頭髮是黑的。
70	詳しい くわ kuwashii	詳細的	彼が詳しい説明をした。 かれ くわ せつめい	他做了詳細的説明。

71	気高い kedakai	高尚的	彼女は気高い心を持っている。	她有高尚的心靈。
72	煙たい kemutai	烟霧瀰漫的	この部屋が煙たい。	這間房間烟霧瀰漫。
73	険しい kewashii	陡峭的	これは険しい山です。	這是陡峭的山。
74	濃い koi	濃的	血は水より濃い。	血比水濃。
75	恋しい koishii	思念的	私はあなたがとても恋しい。	我很想念你。
76	細かい komakai	細心的	彼は金銭に細かい。	他對金錢是細心的。
77	怖い kowai	可怕的	蛇が怖い。	蛇是可怕的。
78	寒い samui	寒冷的	今日は寒いです。	今天冷。
79	寂しい sabishii	寂寞的	私は何時も寂しかった。	我總是寂寞的。
80	親しい shitashii	親近的	彼は私の親しい友人だ。	他是我的親近的朋友。
81	渋い shibui	苦澀的	この柿は渋くて食べられない。	這柿子苦澀，不能吃。
82	白い shiroi	白色的	この白いバラは珍しいです。	這白色的玫瑰花是稀有的。
83	少ない sukunai	少的	私は収入が少ないです。	我收入少。

84	凄い すご sugoi	凄慘的	あれは凄い交通事故だった。 すご こうつうじこ	那是凄慘的交通事故。
85	涼しい すず suzushii	涼快的	今は涼しい秋です。 いま すず あき	現在是涼快的秋天。
86	素晴らしい す ば subarashii	很棒的	今日は素晴らしい日曜日です。 きょう す ば にちようび	今天是很棒的星期天。
87	狭い せま semai	狹窄的	彼の家は狭いです。 かれ いえ せま	他的家是狹窄的。
88	高い たか takai	高的	これは高い建物です。 たか たてもの	這是高的建築物。
89	正しい ただ tadashii	正確的	君の判断は正しいです。 きみ はんだん ただ	你的判斷是正確的。
90	楽しい たの tanoshii	快樂的	人生はとても楽しいです。 じんせい たの	人生是很快樂的。
91	頼もしい たの tanomoshii	可靠的	彼はとても頼もしい男だ。 かれ たの おとこ	他是很可靠的男人。
92	容易い たやす tayasui	容易的	日本語を勉強する事は容易い事だ。 にほんご べんきょう こと たやす こと	學習日語是容易的事。
93	小さい ちい chiisai	小的	ここは小さい日本庭園です。 ちい にほんていえん	這裡是小小的日本庭園。
94	近い ちか chikai	近的	私の家はその駅に非常に近い。 わたし いえ えき ひじょう ちか	我的家離那車站非常近。
95	拙い つたな tsutanai	拙劣的	私は拙い日本語でごめんなさい。 わたし つたな にほんご	對不起，我使用了拙劣的日語。
96	つまらない tsumaranai	枯燥的	これはつまらない小説です。 しょうせつ	這是枯燥的小説。

97	冷たい tsumetai	冰冷的	冷たい飲み物を飲みたいです。	想喝冰的飲料。
98	強い tsuyoi	強的	彼は一番強い選手です。	他是最強的選手。
99	辛い tsurai	難受的	別れが辛い。	離別是難受的。
100	尊い toutoi	尊貴的	彼女は私にとって尊い存在です。	她對我來說是尊貴的存在。
101	遠い tooi	遠的	彼の家は駅から遠くない。	他的家距離車站不遠。
102	乏しい toboshii	缺乏的	彼は勇気がとても乏しい。	他很缺乏勇氣。
103	無い nai	沒有的	私はお金がもう無い。	我已經沒有錢。
104	長い nagai	長的	人生は長い。	人生長。
105	苦い nigai	苦的	この薬は少し苦い。	此藥有點苦。
106	憎い nikui	可憎的	彼は実に憎い奴だ。	他真是個可憎的混蛋。
107	鈍い nibui	遲鈍的	彼は動作が鈍い。	他動作遲鈍。
108	温い nurui	溫的	このお茶が温い。	這茶是溫的。
109	眠い nemui	想睡覺的	私は少し眠いです。	我有點想睡覺。

110	眠たい nemutai	想睡覺的	私 は今夜眠たいです。	我今天晚上想睡覺。
111	望ましい nozomashii	所希望的	毎日一時間の散歩をする事が望ましい。	最好是每天散步一小時。
112	のろい noroi	慢的	この列車はひどくのろい。	這列車非常慢。
113	儚い hakanai	轉瞬即逝的	儚い人生ですね。	是稍縱即逝的人生。
114	激しい hageshii	猛烈的	嵐 はとても激しい。	暴風雨非常猛烈。
115	恥ずかしい hazukashii	害羞的	私 は今ちょっと恥ずかしいです。	我現在有點害羞。
116	早い hayai	早的	明日、 私 は一番早い電車に乗らなければなりません。	明天我必須坐最早的電車。
117	速い hayai	快速的	彼女はとても足が速い。	她跑得很快。
118	低い hikui	低的	ラジオの音を低くしてください。	請降低收音機的音量。
119	久しい hisashii	好久的	私 は彼女に久しく会っていない。	我好久沒有看到她。
120	等しい hitoshii	平等的	全ての人は法律の前に等しい。	所有的人在法律之前都平等。
121	酷い hidoi	嚴重的	彼女は酷い怪我を負った。	她負傷很嚴重。
122	広い hiroi	廣闊的	この 湖 はとても広い。	這湖很廣闊的。

123	深い ふか fukai	深的	この広い 湖 はとても深い。 ひろ　みずうみ　　　　　ふか	這廣闊的湖很深。
124	太い ふと futoi	胖的	君は太くも細くもない。 きみ　ふと　　ほそ	你不胖也不瘦。
125	古い ふる furui	舊的	あれは古い 車 です。 ふる　くるま	那是輛舊車。
126	欲しい ほ hoshii	想要	お金が欲しい。 かね　ほ	想要錢。
127	細い ほそ hosoi	瘦的	彼女はとても細い。 かのじょ　　　　　ほそ	她很瘦。
128	不味い ま　ず mazui	不好吃的	あそこの 料 理はまずい。 りょうり	那裡的菜不好吃。
129	貧しい まず mazushii	貧窮的	彼はとても貧しい。 かれ　　　　　　まず	他很貧窮。
130	丸い まる marui	圓的	地球 は丸い。 ちきゅう　　まる	地球是圓的。
131	短 い みじか mijikai	短的	人生は 短 い。 じんせい　みじか	人生是短暫的。
132	醜 い みにく minikui	難看的	彼は 醜 い 男 です。 かれ　みにく　おとこ	他是難看的男人。
133	難 しい むずか muzukashii	困難的	これは 難 しい問題です。 むずか　　もんだい	這個是困難的問題。
134	空しい むな munashii	空虛的	人生はただ空しい 夢 です。 じんせい　　　　むな　ゆめ	人生只是一場空虛的夢。
135	珍 しい めずら mezurashii	珍貴的	それはとても 珍 しい写真です。 めずら　　しゃしん	那張是非常珍貴的照片。

41

136	もろ 脆い moroi	脆弱的	かれ つく　 ふね　 もけい　 もろ 彼が作った船の模型は脆かった。	他做的船的模型是脆弱的。
137	やさ 優しい yasashii	溫柔的	やさ あなたはとても優しい。	你真的很溫柔。
138	やさ 易しい yasashii	容易的	もんだい　　　　　　 やさ この問題はとても易しい。	這個問題很容易。
139	やす 安い yasui	便宜的	あたら　　 くるま　　　　　 やす この新しい車はとても安いです。	這輛新車很便宜。
140	やす 易い yasui	容易的	ほん　　　　　 よ やす この本はとても読み易いです。	這本書很容易讀。
141	やわ 柔らかい yawarakai	柔軟的	わたし　 やわ　　　　　　　　 ほ 私は柔らかいベッドが欲しい。	我想要柔軟的床。
142	ゆる 緩い yurui	寬鬆的	あか くつ すこ ゆる この赤い靴は少し緩い。	這雙紅色的鞋有點鬆。
143	よろ 宜しい yoroshii	適當的	よろ　　　　　　 こと　 おし もし宜しければこの事を教えてください。	如果可以的話，請告訴我這事情。
144	わか 若い wakai	年輕的	かれ わか 彼は若いですか？	他年輕嗎？
145	わる 悪い warui	不好的	おとこ　 わる あの男は悪い。	那男人不好。

㈤ 「い」形容詞時態聽力訓練　▶03-04

下表是將形容詞的【過去式（た）】、【否定式（ない）】、【否定的過去式（なかった）】

按照相對性意義整理而成，以方便讀者熟記！

編號	現在式	過去式（た）	現在否定式（ない）	否定的過去式（なかった）
1	明^{あか}るい bright	明^{あか}るかった	明^{あか}るくない	明^{あか}るくなかった
2	暗^{くら}い dark	暗^{くら}かった	暗^{くら}くない	暗^{くら}くなかった
3	熱^{あつ}い hot	熱^{あつ}かった	熱^{あつ}くない	熱^{あつ}くなかった
4	冷^{つめ}たい cold	冷^{つめ}たかった	冷^{つめ}たくない	冷^{つめ}たくなかった
5	暑^{あつ}い hot	暑^{あつ}かった	暑^{あつ}くない	暑^{あつ}くなかった
6	寒^{さむ}い cold	寒^{さむ}かった	寒^{さむ}くない	寒^{さむ}くなかった
7	厚^{あつ}い thick	厚^{あつ}かった	厚^{あつ}くない	厚^{あつ}くなかった
8	薄^{うす}い thin	薄^{うす}かった	薄^{うす}くない	薄^{うす}くなかった
9	新^{あたら}しい new	新^{あたら}しかった	新^{あたら}しくない	新^{あたら}しくなかった
10	古^{ふる}い old	古^{ふる}かった	古^{ふる}くない	古^{ふる}くなかった
11	美^{うつく}しい pretty	美^{うつく}しかった	美^{うつく}しくない	美^{うつく}しくなかった
12	醜^{みにく}い ugly	醜^{みにく}かった	醜^{みにく}くない	醜^{みにく}くなかった
13	嬉^{うれ}しい happy	嬉^{うれ}しかった	嬉^{うれ}しくない	嬉^{うれ}しくなかった
14	悲^{かな}しい unhappy	悲^{かな}しかった	悲^{かな}しくない	悲^{かな}しくなかった
15	美味^{おい}しい delicious	美味^{おい}しかった	美味^{おい}しくない	美味^{おい}しくなかった
16	不味^{まず}い unpalatable	不味^{まず}かった	不味^{まず}くない	不味^{まず}くなかった
17	多^{おお}い many	多^{おお}かった	多^{おお}くない	多^{おお}くなかった

18	すく 少ない　few	すく 少なかった	すく 少なくない	すく 少なくなかった
19	おお 大きい　big	おお 大きかった	おお 大きくない	おお 大きくなかった
20	ちい 小さい　small	ちい 小さかった	ちい 小さくない	ちい 小さくなかった
21	おそ 遅い　late	おそ 遅かった	おそ 遅くない	おそ 遅くなかった
22	はや 早い　early	はや 早かった	はや 早くない	はや 早くなかった
23	おも 重い　heavy	おも 重かった	おも 重くない	おも 重くなかった
24	かる 軽い　light	かる 軽かった	かる 軽くない	かる 軽くなかった
25	かた 硬い　hard	かた 硬かった	かた 硬くない	かた 硬くなかった
26	やわ 柔らかい　soft	やわ 柔らかかった	やわ 柔らかくない	やわ 柔らかくなかった
27	きび 厳しい　severe	きび 厳しかった	きび 厳しくない	きび 厳しくなかった
28	やさ 優しい　kind	やさ 優しかった	やさ 優しくない	やさ 優しくなかった
29	くろ 黒い　black	くろ 黒かった	くろ 黒くない	くろ 黒くなかった
30	しろ 白い　white	しろ 白かった	しろ 白くない	しろ 白くなかった
31	せま 狭い　narrow	せま 狭かった	せま 狭くない	せま 狭くなかった
32	ひろ 広い　wide	ひろ 広かった	ひろ 広くない	ひろ 広くなかった
33	たか 高い　high	たか 高かった	たか 高くない	たか 高くなかった
34	ひく 低い　low	ひく 低かった	ひく 低くない	ひく 低くなかった
35	たか 高い　expensive	たか 高かった	たか 高くない	たか 高くなかった
36	やす 安い　cheap	やす 安かった	やす 安くない	やす 安くなかった
37	ちか 近い　near	ちか 近かった	ちか 近くない	ちか 近くなかった
38	とお 遠い　far	とお 遠かった	とお 遠くない	とお 遠くなかった
39	つよ 強い　strong	つよ 強かった	つよ 強くない	つよ 強くなかった

40	<ruby>弱<rt>よわ</rt></ruby>い weak	<ruby>弱<rt>よわ</rt></ruby>かった	<ruby>弱<rt>よわ</rt></ruby>くない	<ruby>弱<rt>よわ</rt></ruby>くなかった
41	<ruby>長<rt>なが</rt></ruby>い long	<ruby>長<rt>なが</rt></ruby>かった	<ruby>長<rt>なが</rt></ruby>くない	<ruby>長<rt>なが</rt></ruby>くなかった
42	<ruby>短<rt>みじか</rt></ruby>い short	<ruby>短<rt>みじか</rt></ruby>かった	<ruby>短<rt>みじか</rt></ruby>くない	<ruby>短<rt>みじか</rt></ruby>くなかった
43	<ruby>深<rt>ふか</rt></ruby>い deep	<ruby>深<rt>ふか</rt></ruby>かった	<ruby>深<rt>ふか</rt></ruby>くない	<ruby>深<rt>ふか</rt></ruby>くなかった
44	<ruby>浅<rt>あさ</rt></ruby>い shallow	<ruby>浅<rt>あさ</rt></ruby>かった	<ruby>浅<rt>あさ</rt></ruby>くない	<ruby>浅<rt>あさ</rt></ruby>くなかった
45	<ruby>太<rt>ふと</rt></ruby>い thick	<ruby>太<rt>ふと</rt></ruby>かった	<ruby>太<rt>ふと</rt></ruby>くない	<ruby>太<rt>ふと</rt></ruby>くなかった
46	<ruby>細<rt>ほそ</rt></ruby>い thin	<ruby>細<rt>ほそ</rt></ruby>かった	<ruby>細<rt>ほそ</rt></ruby>くない	<ruby>細<rt>ほそ</rt></ruby>くなかった
47	<ruby>難<rt>むずか</rt></ruby>しい difficult	<ruby>難<rt>むずか</rt></ruby>しかった	<ruby>難<rt>むずか</rt></ruby>しくない	<ruby>難<rt>むずか</rt></ruby>しくなかった
48	<ruby>易<rt>やす</rt></ruby>い easy	<ruby>易<rt>やす</rt></ruby>かった	<ruby>易<rt>やす</rt></ruby>くない	<ruby>易<rt>やす</rt></ruby>くなかった
49	<ruby>良<rt>よ</rt></ruby>い good	<ruby>良<rt>よ</rt></ruby>かった	<ruby>良<rt>よ</rt></ruby>くない	<ruby>良<rt>よ</rt></ruby>くなかった
50	<ruby>悪<rt>わる</rt></ruby>い bad	<ruby>悪<rt>わる</rt></ruby>かった	<ruby>悪<rt>わる</rt></ruby>くない	<ruby>悪<rt>わる</rt></ruby>くなかった

提示

一個單字有很多字義，請在明白文法規則變化後，勤查字典來提升

日語能力！

貳 な形容詞

安^{あんしん}心な	安心的	；簡^{かんたん}単な	簡單的
静^{しず}かな	安靜的	；確^{たし}かな	確實的

(一) な形容詞語尾變化簡表

只要語尾是「な」的形容詞都適用此表 請參考【 第四章 動詞 的說明！】

語幹 （中文字意）	語尾 （變化形式）	接合元件	活用形	中文語意
静^{しず}か（靜）	だろ	う （表示「推測」的語氣）	未然形	安靜的吧
	だっ	た （表示過去的語氣）		安靜了
	で	ない （表示否定的語氣）	連用形	不安靜
	に	して		（當副詞使用） 請安靜
	だ	。	終止形	安靜
	な	（ 時^{とき} ） 連接名詞	連體形	安靜的時候
	なら	ば （表示「假設」的語氣）	假定形	假如安靜的話

上述表格的例句發音練習　🔊03-05

1. 静^{しず}かだろう （安靜的吧！）　2. 静^{しず}かだった （安靜了）

3. 静^{しず}かでない （不安靜）　4. 静^{しず}かにして （請安靜）

5. 静^{しず}かだ。 （安靜）　6. 静^{しず}かな時^{とき} （安靜的時候）

7. 静^{しず}かならば （假如安靜的話）

(二) **な**形容詞語尾變化和語氣分析表

	普通語氣 （常體）	客氣語氣 （敬體）
1. 現在式肯定語氣	静かだ (shizukada)	静かです (shizukadesu)
2. 現在式否定語氣	静かでない (shizukadenai) 静かじゃない (shizukajanai)	静かではありませ**ん** (shizukadehaarimasen)
3. 過去式肯定語氣	静かだった (shizukadatta)	静かでし**た** (shizukadeshita)
4. 過去式否定語氣	静かでなかった (shizukadenakatta) 静かじゃなかった (shizukajanakatta)	静かではありませ**ん**でし**た** (shizukadehaarimasendeshita)
5. 表示「て」的形式語氣 有標點符號（，）作用	静かで (shizukade)	
6. 表示「假設」的語氣	静かならば (shizukadenaraba)	
7. 表示「副詞」的功能	静かに (shizukani)	

(三) 「静かだ」的文法變化綜合練習　▶03-06

編號	日文例句	中文意義
1	今夜は海上が静かだろう。	今晚海上是平靜的吧。
2	その広い部屋は静かだ。	那大房間是安靜的。
3	ここの夜は静かです。	這裡的夜晚是安靜的。
4	今夜は海上が静かでない。	今晚海上不平靜。
5	今夜は海上が静かじゃない。	今晚海上不平靜。
6	今夜、この公園は静かではありませ**ん**。	今晚這公園不安靜。

7	昨夜、この部屋は暗く、静かだった。	昨晚這房間是暗而且安靜。
8	昨夜、この通りは静かでなかった。	昨晚這條道路不平靜。
9	昨夜、この通りは静かじゃなかった。	昨晚這條道路不平靜。
10	昨夜、この通りは静かではありませんでした。	昨晚這條道路不平靜。
11	彼は少し静かな人ですね。	他是有點安靜的人。
12	今日、海はいっそう静かなようだ。	今天大海好像更加平靜。
13	この荷物を静かに置いてください。	請靜靜地放這件行李。
14	静かにして下さい。	請安靜。
15	学生は授業中、静かにしなければならない。	學生必須在上課時安靜。
16	そのクラスはようやく静かになった。	那班終於變安靜了。
17	若し、この付近は静かならばこの住宅を買いたい。	如果這附近安靜的話，想買這住宅。

提醒

1：日文基本句型： （ adj+ n ）s は（ adj ）

例如： 広い教室は静かだ （ 寬廣的教室是安靜的 ）

2：「な」形容詞的「だ」改成「な」時才能修飾名詞。

例如：今夜は静かな夜です。（ 今晚是安靜的夜。 ）

3：「な」形容詞的「だ」改成「に」時可以當作副詞修飾動詞。

例如： 私は静かに音楽を聞く。（ 我靜靜地聽音樂。 ）

4：「な」形容詞的語幹加上「さ」可以成為名詞。

例如：「虚ろだ＝ empty」；「虚ろさ＝ emptiness」

（四） 「な」形容詞單字與例句綜合練習　▶03-07

編號	日文單字	中文單字	日文例句	中文意義
1	あいまい 曖昧だ aimaida	曖昧的	あいまい　 ことば これは曖昧な言葉です。	這個是曖昧的詞。
2	あき 明らかだ akirakada	明顯的	あき　　　　しょうこ これは明らかな証拠です。	這個是明顯的證據。
3	あくしつ 悪質だ akushitsuda	惡劣的	あくしつ　　ふくせい それは悪質な複製です。	那個是惡劣的複製。
4	あ 開けっぱなし だ akeppanashida	直爽的	かれ　あ 彼は開けっぱなしな人です。	他是直爽的人。
5	あさ 浅はかだ asahaka	不周密的	あさ　　　　こうじつ これはとても浅はかな口実です。	這個是非常思考不周到的借口。
6	あざ 鮮やかだ azayakada	鮮明的	わたし　　あざ　　　いろ　　　　　す 私は鮮やかな色がとても好きだ。	我很喜歡鮮明的顏色。
7	あ　まえ 当たり前だ atarimaeda	理所當然的	あ　まえ　こと これは当たり前の事です。	這是理所當然的事。
8	あら 新ただ aratada	新的	あら　　じだい これは新たな時代です。	這是新的時代。
9	あんしん 安心だ anshinda	安心的	あんしん　せいかつ　ほ 安心な生活が欲しい。	想要安心的生活。
10	あんぜん 安全だ anzenda	安全的	あんぜん　ひなんばしょ ここは安全な避難場所です。	這裡是安全的避難場所。
11	いがい 意外だ igaida	意外的	きのう　　いがい　じけん　はっせい 昨日、意外な事件が発生した。	昨天發生了意外的事件。

12	異常だ いじょう ijouda	異常的	今年の冬は異常に寒い。 ことし ふゆ いじょう さむ	今年的冬天異常地冷。
13	偉大だ いだい idaida	偉大的	彼は偉大な音楽家でした。 かれ いだい おんがくか	他是偉大的音樂家。
14	一時的だ いちじてき ichijitekida	臨時的	それは一時的な所得です。 いちじてき しょとく	那個是臨時的所得。
15	一杯だ いっぱい ippaida	飽飽的	私はもうお腹一杯だ。 わたし なかいっぱい	我已經吃飽了。
16	一般的だ いっぱんてき ippantekida	一般的	これは一般的な意見です。 いっぱんてき いけん	這個是一般的意見。
17	意図的だ いとてき itotekida	故意的	彼女は意図的に窓を割った。 かのじょ いとてき まど わ	她故意地打破了窗。
18	嫌だ いや iyada	討厭的	これは嫌だな。 いや	這個很討厭。
19	異様だ いよう iyouda	異樣的	彼女の衣服は異様だ。 かのじょ いふく いよう	她的衣服是奇怪的。
20	色々だ いろいろ iroiroda	各式各樣的	彼は色々な写真を持つ。 かれ いろいろ しゃしん も	他有各式各樣的照片。
21	迂闊だ うかつ ukatsuda	粗心的	彼はとても迂闊な男だ。 かれ うかつ おとこ	他是非常粗心大意的男人。
22	受け身だ う み ukemida	被動的	あなたは受け身な性格ですよね。 う み せいかく	你是被動的性格。
23	内気だ うちき uchikida	羞怯的	彼女はとても内気な娘だ。 かのじょ うちき むすめ	她是很害羞的女孩。
24	永久だ えいきゅう eikyuuda	永久的	彼女は永久に日本を離れた。 かのじょ えいきゅう にほん はな	她永久地離開了日本。

25	永続的だ えいぞくてき eizokutekida	永遠的	私 は永続的な幸福 が欲しい。 わたし　えいぞくてき　こうふく　ほ	我想要永遠的幸福。
26	鋭敏だ えいびん eibinda	機敏的	彼女はとても鋭敏な人だ。 かのじょ　　　えいびん　ひと	她是很機敏的人。
27	円滑だ えんかつ enkatsuda	順利的	全ての事は円滑に進んだ。 すべ　　こと　えんかつ　すす	全部的事情順利地進行了。
28	婉曲だ えんきょく enkyokuda	委婉的	彼女はこの事を婉曲に言った。 かのじょ　　　こと　えんきょく　い	她委婉地説了這事情。
29	遠大だ えんだい endaida	遠大的	これは遠大な計画です。 えんだい　けいかく	這個是遠大的計畫。
30	臆病だ おくびょう okubyouda	膽小的	彼は臆病でない。 かれ　おくびょう	他不膽小。
31	穏やかだ おだ odayakada	平靜的	私 はいつも穏やかに歩く。 わたし　　　　おだ　　　ある	我總是平靜地走路。
32	同じだ おな onaji	同樣的	これは買ったのと同じだ。 か　　　　おな	這就等同於購買。
33	親不孝だ おやふこう oyafukouda	不孝的	彼は親不孝な奴だ。 かれ　おやふこう　やつ	他是不孝的混蛋。
34	疎かだ おろそ orosokada	疏忽的	君の学習を疎かにしないで下さい。 きみ　がくしゅう　おろそ　　　　　　くだ	請不要疏忽你的學習。
35	愚かだ おろ orokada	愚蠢的	これは愚かな行為だった。 おろ　　こうい	這個是愚蠢的行為。
36	革新的だ かくしんてき kakushintekida	創新的	あの会社は常に革新的な企業だ。 かいしゃ　つね　かくしんてき　きぎょう	那家公司是經常革新的企業。
37	革命的だ かくめいてき kakumeitekida	革命性的	これは革命的な発見だ。 かくめいてき　はっけん	這是個革命性的發現。

38	かくやす 格安だ kakuyasuda	非常便宜的	くるま　かくやす この 車 は格安だ。	這輛車非常便宜。
39	か げき 過激だ kagekida	激進的	か げき　　し そう これは過激な 思想 だ。	這個是激進的思想。
40	かす 微かだ kasukada	微弱的	へ や　　かす　　　ひかり　　あ 部屋に微かな 光 が有る。	房間裡有微弱的光。
41	か だん 果断だ kadanda	果斷的	か だん　しょち　　と 果断な処置を採ってください。	請採取果斷的處置。
42	かっ き てき 画期的だ kakkitekida	劃時代的	かっ き てき　　だいはつめい これは画期的な 大発明です。	這個是劃時代的大發明。
43	かっ て 勝手だ katteda	自私的	かっ て　　はんだん これは勝手な 判断だ。	這個是自私的決定。
44	かっぱつ 活発だ kappatsuda	活潑的	かれ　かっぱつ　　しょうねん 彼は活発な 少 年だ。	他是活潑的少年。
45	かん い 簡易だ kanida	簡易的	かん い　　せいそうほうほう これは簡易な 清掃 方法です。	這個是簡易的清掃方法。
46	かんじん 肝心だ kanjinda	重要的	わたし　　かんじん　　こと　わす 私 は肝心な 事を忘れていた。	我一直忘記重要的事。
47	かんぜん 完全だ kanzenda	完美的	わたし　　かんぜん　　こうふく　ほ 私 は完全な 幸福が欲しい。	我想要完美的幸福。
48	かんたん 簡単だ kantanda	簡單的	もんだい　　　　　　　かんたん この問題はとても簡単だ。	這問題是很簡單的。
49	かんぺき 完璧だ kanpekida	完美的	きみ　　に ほん ご　　かんぺき 君の日本語は完璧だ。	你的日語是完美的。
50	き けん 危険だ kikenda	危險的	ひ　つね　　き けん 火は常に危険だ。	火經常是危險的。

51	技術的だ ぎじゅってき gijutsutekida	技術性的	あれは技術的な問題だ。 ぎじゅってき もんだい	那個是技術性的問題。
52	貴重だ きちょう kichouda	寶貴的	あれはとても貴重な経験だった。 きちょう けいけん	那個是很寶貴的經驗。
53	基本的だ きほんてき kihontekida	基本的	これはとても基本的な事実だ。 きほんてき じじつ	這個是很基本的事實。
54	客観的だ きゃっかんてき kyakkantekida	客觀的	客観的な態度を取ってください。 きゃっかんてき たいど と	請採取客觀的態度。
55	急だ きゅう kyuuda	陡的	ここは急な坂道です。 きゅう さかみち	這裡是陡的坡道。
56	器用だ きよう kiyouda	靈巧的	彼は器用な大工です。 かれ きよう だいく	他是靈巧的木工。
57	享楽的だ きょうらくてき kyourakutekida	享樂的	彼は享楽的な生活をした。 かれ きょうらくてき せいかつ	他過著享樂的生活。
58	強烈だ きょうれつ kyouretsuda	強烈的	これは私の強烈な欲望だ。 わたし きょうれつ よくぼう	這個是我的強烈的欲望。
59	極端だ きょくたん kyokutanda	極端的	これはとても極端な例です。 きょくたん れい	這個是很極端的例子。
60	清らかだ きよ kiyorakada	清澈的	この水は清らかな水です。 みず きよ みず	這水是清澈的水。
61	嫌いだ きら kiraida	討厭的	嫌いな食べ物は何ですか？ きら た もの なん	討厭的食物是什麼？
62	綺麗だ きれい kireida	美麗的	彼女は3個の綺麗な蜜柑を選んだ。 かのじょ さんこ きれい みかん えら	她選了三個美麗的橘子。
63	緊急だ きんきゅう kinkyuuda	緊急的	それは緊急な問題だ。 きんきゅう もんだい	那個是緊急的問題。

64	きんべん 勤勉だ kinbenda	勤勉的	かれ きんべん ひと 彼は勤勉な人だ。	他是勤勉的人。
65	ぐうぜん 偶然だ guuzenda	偶然的	ぐうぜん み 偶然にあなたを見つけました。	偶然地找到了你。
66	けいざいてき 経済的だ keizaitekida	節儉的	かのじょ けいざいてき しゅふ 彼女は経済的な主婦です。	她是個節儉的家庭主婦。
67	げきれつ 激烈だ gekiretsuda	激烈的	かれ げきれつ ごき かた 彼は激烈な語気で語る。	他用激烈的語氣説。
68	ケチだ kechida	小氣的	かれ おとこ 彼はケチな男。	他是小氣的男人。
69	けっこう 結構だ kekkouda	很好的	けっこう たく 結構なお宅ですな。	你的房子真不錯！
70	けっていてき 決定的だ ketteitekida	決定性的	わたし けっていてき しょうこ あ 私は決定的な証拠が有る。	我有決定性的證據。
71	げひん 下品だ gehinda	下流的	わたし げひん ことば つか 私に下品な言葉は使わないで。	請不要對我使用下流的語言。
72	げんき 元気だ genkida	健康的	こ げんき こども この子は元気な子供です。	這個孩子是健康的小孩。
73	けんこう 健康だ kenkouda	健康的	けんこう せいかつ ほ 健康な生活が欲しい。	我想要健康的生活。
74	げんじゅう 厳重だ genjuuda	嚴格的	ほうりつ げんじゅう まも 法律は厳重に守らなければならない。	必須嚴格地遵守法律。
75	けんめい 懸命だ kenmeida	拼命的	はは わたし けんめい はたら 母は私が懸命に働かなければならないと言った。	母親説我必須拼命地工作。
76	こうきゅう 高級だ koukyuuda	高級的	こうきゅう それは高級なホテルです。	那間是高級的酒店。

77	公正だ こうせい kouseida	公正的	彼はとても公正な裁判官です。 かれ　　　　こうせい　さいばんかん	他是很公正的法官。
78	好調だ こうちょう kouchouda	良好的	あなたの売上は好調ですね。 うりあげ　こうちょう	你的銷售業績情況良好。
79	幸福だ こうふく koufukuda	幸福的	彼女は幸福な生活を送っている。 かのじょ　こうふく　せいかつ　おく	她過著幸福的生活。
80	公平だ こうへい kouheida	公平的	これは公平な判決です。 こうへい　はんけつ	這個是公平的判決。
81	高名だ こうめい koumeida	著名的	彼は高名な建築家です。 かれ　こうめい　けんちくか	他是著名的建築師。
82	国際的だ こくさいてき kokusaitekida	國際性的	彼は国際的な人物です。 かれ　こくさいてき　じんぶつ	他是國際性的人物。
83	極道だ ごくどう gokudouda	無惡不作的	彼は極道な人だ。 かれ　ごくどう　ひと	他是無惡不作的人。
84	困難だ こんなん konnanda	困難的	この困難な仕事を完成してください。 こんなん　しごと　かんせい	請完成這個困難的工作。
85	根本的だ こんぽんてき konpontekida	根本性的	政府は根本的な変革をしなければならない。 せいふ　こんぽんてき　へんかく	政府必須做根本性的變革。
86	盛んだ さか sakanda	繁盛的	この港は盛んな港だ。 みなと　さか　みなと	這港口是繁盛的港口。
87	些細だ ささい sasaida	瑣細的	些細な事で苦しまないでください。 ささい　こと　くる	請不要為瑣細的事情感到痛苦。
88	殺風景だ さっぷうけい sappuukeida	無趣的	彼は殺風景な男だ。 かれ　さっぷうけい　おとこ	他是無趣的男人。
89	様々だ さまざま samazamada	形形色色的	世の中には様々な人間がいる。 よ　なか　さまざま　にんげん	世界上有形形色色的人。

90	爽やかだ sawayakada	涼爽的	今は爽やかな秋です。	現在是涼爽的秋天。
91	残念だ zannenda	遺憾的	あなたに残念なお知らせが有ります。	有個令你感到遺憾的消息。
92	幸せだ shiawaseda	幸福的	彼女は幸せな人だ。	她是幸福的人。
93	静かだ shizukada	安靜的	静かにこの戸を開けて下さい。	請靜靜地打開這扇門。
94	自然だ shizenda	自然的	これは自然な反応です。	這個是自然的反應。
95	失礼だ shitsureida	不禮貌的	これは失礼な発言です。	這個是不禮貌的發言。
96	淑やかだ shitoyakada	賢淑的	彼女は淑やかな女です。	她是淑女。
97	地味だ jimida	樸素的	彼女は地味な服を着ている。	她穿著樸素的衣服。
98	社交的だ shakoutekida	社交性的	彼女はとても社交的な人です。	她是非常擅長交際的人。
99	洒落だ shareda	時髦的	彼女はお洒落な女です。	她是個時髦的女人。
100	自由だ jiyuuda	自由的	彼女は自由な女です。	她是個自由的女人。
101	自由自在だ jiyuujizaida	自由自在的	私は自由自在な生活が欲しい。	我想要自由自在的生活。
102	充分だ juubunda	足夠的	私たちには充分な時間が有ります。	我們有足夠的時間。

103	重要だ じゅうよう juuyouda	重要的	それらは極めて重要な点です。	那些是極為重要的重點。
104	主要だ しゅよう shuyouda	主要的	台北市は台湾の主要な都市です。	台北市是台灣主要的都市。
105	順調だ じゅんちょう junchouda	順利的	今日はとても順調な天気だ。	今天是很理想的天氣。
106	詳細だ しょうさい shousaida	詳細的	その交通事故を詳細に述べなさい。	請詳細地敘述那場交通事故。
107	正直だ しょうじき shoujikida	真誠的	これは私の正直な意見です。	這個是我的真誠的意見。
108	上手だ じょうず jouzuda	很好的	あなたは上手に歌います。	你唱得好。
109	上等だ じょうとう joutouda	上等的	これはとても上等な日本酒だ。	這是上等的日本清酒。
110	上品だ じょうひん jouhinda	有教養的	彼は上品な紳士です。	他是有教養的紳士。
111	丈夫だ じょうぶ joubuda	牢固的	これは丈夫な靴です。	這雙是牢固的鞋。
112	真剣だ しんけん shinkenda	認真的	その事を真剣に考えてください。	請認真地思考那件事。
113	尋常だ じんじょう jinjouda	尋常的	これは尋常なことではない。	這是一件不尋常的事。
114	親切だ しんせつ shinsetsuda	親切的	あなたは親切な紳士です。	你是親切的紳士。
115	新鮮だ しんせん shinsenda	新鮮的	新鮮な野菜を食べたい。	想吃新鮮的蔬菜。

116	心配だ しんぱい shinpaida	擔心的	あなたは心配な物事が有りますか？ しんぱい ものごと あ	你有擔心的事物嗎？
117	好きだ す sukida	喜愛的	数学は私の好きな教科だ。 すうがく わたし す きょうか	數學是我喜愛的科目。
118	健やかだ すこ sukoyakada	健康的	彼の健やかな成長を祈っています。 かれ すこ せいちょう いの	祝他健康的成長。
119	素敵だ すてき sutekida	可愛的	彼女は素敵な人だ。 かのじょ すてき ひと	她是可愛的人。
120	素直だ すなお sunaoda	直率的	彼はとても素直な人だ。 かれ すなお ひと	他是很直率的人。
121	速やかだ すみ sumiyakada	迅速的	あなたは速やかにこの問題を解決した。 すみ もんだい かいけつ	你迅速地解決了這個問題。
122	正常だ せいじょう seijouda	正常的	それは全く正常な動作です。 まった せいじょう どうさ	那個是絕對正常的動作。
123	清新だ せいしん seishinda	清新的	私は清新な空気が欲しいです。 わたし せいしん くうき ほ	我想要清新的空氣。
124	贅沢だ ぜいたく zeitakuda	奢侈的	これは贅沢な食事だ。 ぜいたく しょくじ	這是奢侈的一頓飯。
125	総合的だ そうごうてき sougoutekida	綜合性的	これは総合的な記事です。 そうごうてき きじ	這個是綜合性的文章。
126	荘厳だ そうごん sougonda	莊嚴的	この寺は荘厳な寺院です。 てら そうごん じいん	這座寺廟是莊嚴的寺廟。
127	聡明だ そうめい soumeida	聰明的	彼女は聡明な生徒だ。 かのじょ そうめい せいと	她是聰明的學生。
128	壮麗だ そうれい soureida	壯麗的	これは壮麗な建物だ。 そうれい たてもの	這個是壯麗的建築物。

129	そっくりだ sokkurida	一模一樣的	彼らはそっくりな腕時計を持っている。	他們有一模一樣的手錶。
130	素朴だ sobokuda	樸實的	彼は農村に住み、素朴な生活を送る。	他住在農村，過樸實的生活。
131	退屈だ taikutsuda	枯燥無味的	この退屈な仕事をしたくない。	不想做這枯燥無味的工作。
132	大丈夫だ daijoubuda	可以的	あなたは必ず大丈夫だ。	你一定可以的。
133	大切だ taisetsuda	重要的	それは大切な課題です。	那是個重要的課題。
134	大層だ taisouda	誇張的	大層なことを言わないでください。	請不要説誇張的事。
135	沢山だ takusanda	很多的	もう沢山だ！	已經夠了！
136	確かだ tashikada	確定的	これは確かな事実だ。	這個是確實的事實。
137	多忙だ tabouda	繁忙的	私はとても多忙な生活を送る。	我過很繁忙的生活。
138	駄目だ dameda	不行的	君は駄目な人間です。	你是沒用的人。
139	多様だ tayouda	多樣的	君は多様な趣味を持つ人です。	你是有著多樣興趣的人。
140	単純だ tanjunda	單純的	私はとても単純な質問が有ります。	我有很單純的問題。
141	丹念だ tannenda	仔細的	私はこの本を丹念に読んだ。	我仔細地讀這本書。

142	ちっぽけだ chippokeda	小小的	私達は山の中のちっぽけなホテルに泊まった。	我們借宿在山裡的小小的旅館了。
143	忠実だ chuujitsuda	忠實的	彼は極めて忠実な従業員だ。	他是極為忠實的職員。
144	中途半端だ chuutohanpada	半途而廢的	彼は中途半端な人間です。	他是做事半途而廢的人。
145	丁寧だ teineida	仔細的	私はさっきそれを丁寧に取り除いた。	我剛才小心地移除了那東西。
146	適切だ tekisetsuda	貼切的	彼女は適切な言葉を使った。	她使用了貼切的字眼。
147	適度だ tekidoda	適度的	君も適度な運動が必要です。	你也需要適度的運動。
148	でたらめだ detarameda	胡説八道的	これはでたらめな批評だ。	這個是胡扯的批評。
149	鉄面皮だ tetsumenpida	厚顏無恥的	彼は鉄面皮な奴だ。	他是厚顏無恥的傢伙。
150	得意だ tokuida	得意的	数学は彼の得意な教科だ。	數學是他的得意的科目。
151	独特だ dokutokuda	獨特的	彼女の独特な声は魅力的です。	她獨特的聲音是有魅力的。
152	特別だ tokubetsuda	特別的	彼は特別な任務を持っています。	他有特別的任務。
153	鈍感だ donkanda	遲鈍的	彼は批評に鈍感な人だ。	他對於批評是遲鈍的。
154	どんなだ donnada	怎樣的	彼女はどんな人ですか？	她是怎樣的人？

155	和やかだ なご nagoyakada	平靜的	彼は和やかな 生 涯を持った。 かれ　なご　　　　しょうがい　も	他過了平靜的一生。
156	生意気だ なま い き namaikida	自大的	彼女は生意気な 娘 だ。 かのじょ　なま い き　むすめ	她是自大的女孩。
157	生半可だ なまはん か namahankada	不成熟的	これは生半可な 考 えだ。 なまはん か　　かんが	這個是不成熟的想法。
158	滑らかだ なめ namerakada	流利的	彼女は英語を滑らかに話せる。 かのじょ　えいご　なめ　　はな	她能流利地說英語。
159	難解だ なんかい nankaida	難解的	これはとても難解な問題だ。 なんかい　もんだい	這個是很難解的問題。
160	難儀だ なん ぎ nangida	困難的	これはとても難儀な仕事だ。 なん ぎ　し ごと	這個是非常困難的工作。
161	賑やかだ にぎ nigiyakada	熱鬧的	ここはとても賑やかな街だ。 にぎ　　　　まち	這裡是很熱鬧的市鎮。
162	熱心だ ねっしん nesshinda	熱心的	あなたは熱心な生徒です。 ねっしん　せいと	你是熱心的學生。
163	伸びやかだ の nobiyakada	悠然自得的	この伸びやかな景色がとても綺麗だ。 の　　　　けしき　　　　きれい	這悠然自得的風景很好看。
164	馬鹿だ ば か bakada	愚蠢的	馬鹿な事を言わないでください。 ば か　こと　い	請不要說愚蠢的事。
165	莫大だ ばくだい bakudaida	巨大的	彼は莫大な貯金を持っている。 かれ　ばくだい　ちょきん　も	他有巨額的儲蓄。
166	恥知らずだ はじ し hajishirazuda	不知羞恥的	恥知らずな事をするな。 はじ し　　　こと	不要做不知羞恥的事情。
167	派手だ は で hadeda	豔麗的	彼女は派手な服を着ている。 かのじょ　は で　ふく　き	她穿著豔麗的衣服。

168	華やかだ はな hanayakada	多采多姿的	私 は華やかな人生を送りたい。 わたし　はな　　　　　じんせい　おく	我想過著多采多姿的人生。
169	遙かだ はる harukada	遠的	君は彼女より遙かにましだ。 きみ　かのじょ　　　はる	你遠遠地比她還要好。
170	不良だ ふ りょう furyouda	不良的	この 車 は不良な 状 態になった。 くるま　　ふりょう　じょうたい	這輛車已成了不良的狀態。
171	不倫だ ふ りん furinda	不貞的	不倫な事をするな。 ふ りん　こと	不要做不貞的事。
172	無礼だ ぶ れい bureida	無禮的	彼はかなり無礼な返事をした。 かれ　　　　　ぶ れい　へん じ	他給了相當無禮的回答。
173	平穏だ へいおん heionda	平穩的	彼は平穏な生活を送ります。 かれ　へいおん　せいかつ　おく	他過平穩的生活。
174	平気だ へい き heikida	不在乎的	彼女は平気な顔をしている。 かのじょ　へい き　かお	她露出不在乎的神情。
175	平凡だ へいぼん heibonda	平凡的	私 は平凡な人だ。 わたし　　へいぼん　ひと	我是平凡的人。
176	平和だ へい わ heiwada	和平的	彼女は平和な世の中を望んでいる。 かのじょ　へい わ　よ　なか　のぞ	她希望全世界是和平的。
177	下手だ へ た hetada	笨拙的	彼女は下手な英語で説明した。 かのじょ　へ た　えい ご　せつめい	她用了笨拙的英語說明。
178	変だ へん henda	奇怪的	変なことを言うな。 へん　　　　　い	不要說奇怪的事情。
179	便利だ べん り benrida	便利的	私 にとってそれは便利な道具です。 わたし　　　　　　　　べん り　どう ぐ	那個對我來說是便利的工具。
180	朗らかだ ほが hogarakada	開朗的	彼女は朗らかな人です。 かのじょ　ほが　　　　ひと	她是開朗的人。

181	本気だ （ほんき） honkida	認真的	彼女は私の冗談を本気にします。 （かのじょ　わたし　じょうだん　ほんき）	她把我的玩笑當真。
182	本当だ （ほんとう） hontouda	真的	彼女は本当に優しい。 （かのじょ　ほんとう　やさ）	她相當地溫柔。
183	卑怯だ （ひきょう） kikyouda	卑鄙的	あなたは卑怯だ。 （ひきょう）	你很卑鄙。
184	久しぶりだ （ひさ） hisashiburida	隔了好久的	久しぶりに日本語を話しました。 （ひさ　にほんご　はな）	隔了好久才說日語。
185	悲惨だ （ひさん） hisanda	悲慘的	これはとても悲惨な交通事故だった。 （ひさん　こうつうじこ）	這是個很悲慘的交通事故。
186	非情だ （ひじょう） hijouda	冷酷無情的	彼はとても非情な人だ。 （かれ　ひじょう　ひと）	他是很冷酷無情的人。
187	非常識だ （ひじょうしき） hijoushikida	不合常理的	これは極めて非常識な計画だ。 （きわ　ひじょうしき　けいかく）	這個是極為不合常理的計畫。
188	密かだ （ひそ） hisokada	秘密的	彼が密かに目的地に行った。 （かれ　ひそ　もくてきち　い）	他秘密地去了目的地。
189	必死だ （ひっし） hisshida	拼命的	彼女はその事故を必死に調査した。 （かのじょ　じこ　ひっし　ちょうさ）	她拼命地調查了那次事故。
190	必要だ （ひつよう） hitsuyouda	必要的	これは必要な辞書だ。 （ひつよう　じしょ）	這個是必要的辭典。
191	非道だ （ひどう） hidouda	殘暴的	彼は自分の非道な行為を認めている。 （かれ　じぶん　ひどう　こうい　みと）	他承認自己的殘暴的行為。
192	皮肉だ （ひにく） hinikuda	諷刺的	皮肉な言葉を言わないでください。 （ひにく　ことば　い）	請不要說諷刺的話。
193	非凡だ （ひぼん） hibonda	非凡的	彼は非凡な音楽の才能を持っている。 （かれ　ひぼん　おんがく　さいのう　も）	他有非凡的音樂才能。

194	美味だ びみ bimida	美味的	これは極めて美味な和菓子です。 きわ びみ わがし	這個是極其美味的日式糕點。
195	不意だ ふい fuida	突然的	要塞は不意に攻撃された。 ようさい ふい こうげき	要塞突然地被攻擊了。
196	富貴だ ふうき fuukida	富貴的	彼は富貴な人だ。 かれ ふうき ひと	他是富貴的人。
197	不穏だ ふおん fuonda	不穩定的	今は不穏な時代です。 いま ふおん じだい	現在是不穩定的時代。
198	不可解だ ふかかい fukakaida	無法理解的	これは不可解な問題です。 ふかかい もんだい	這個是無法理解的問題。
199	不可欠だ ふかけつ fukaketsuda	不可或缺的	これは不可欠な条件です。 ふかけつ じょうけん	這個是不可或缺的條件。
200	不器用だ ぶきよう bukiyouda	笨的	私は不器用な人間だ。 わたし ぶきよう にんげん	我是笨的人。
201	複雑だ ふくざつ fukuzatsuda	複雜的	これは複雑な事件だ。 ふくざつ じけん	這個是複雜的事件。
202	不審だ ふしん fushinda	可疑的	不審な小包にご用心ください。 ふしん こづつみ ようじん	當心可疑的包裹。
203	不親切だ ふしんせつ fushinsetsuda	冷淡的	彼は不親切な人だ。 かれ ふしんせつ ひと	他是冷淡的人。
204	不正だ ふせい fuseida	不正當的	これは不正な金だ。 ふせい かね	這是不正當的錢。
205	真面目だ まじめ majimeda	認真的	彼らはとても真面目な青年です。 かれ まじめ せいねん	他們是很認真的青年。
206	稀だ まれ mareda	罕見的	あなたは稀な天才だ。 まれ てんさい	你是罕見的天才。

207	満足だ まんぞく manzokuda	滿意的	彼は満足な結果を得た。 かれ　まんぞく　けっか　え	他得到了滿意的結果。
208	身勝手だ み　が　って migatteda	自私的	これは彼の身勝手な行為だ。 かれ　み　が　って　こう　い	這個是他自私的行為。
209	見事だ み　ごと migotoda	精彩的	これは見事な小説だ。 み　ごと　しょうせつ	這個是精彩的小説。
210	惨めだ みじ mijimeda	悲慘的	貧民は惨めな生活をする。 ひんみん　みじ　せいかつ	貧民過悲慘的生活。
211	未熟だ み　じゅく mijukuda	不熟練的	彼は未熟な大工だ。 かれ　み　じゅく　だい　く	他是不熟練的木工。
212	無邪気だ む　じゃ　き mujakida	天真的	少女は無邪気に私に微笑んだ。 しょうじょ　む　じゃ　き　わたし　ほ　ほ　え	少女天真地對我微笑了。
213	無駄だ む　だ mudada	徒勞的	それは無駄な努力です。 む　だ　ど　りょく	那是徒勞的努力。
214	無知だ む　ち muchida	無知的	彼はとても無知な男性です。 かれ　む　ち　だんせい	他是很無知的男性。
215	夢中だ む　ちゅう muchuuda	入迷的	私は何時でも彼女に夢中だ。 わたし　いつ　かのじょ　む　ちゅう	我無時無刻為她瘋狂。
216	無理だ む　り murida	不合理的	無理な要求をしないでください。 む　り　ようきゅう	請不要提出不合理的要求。
217	明確だ めいかく meikakuda	明確的	この事件を明確に説明して下さい。 じ　けん　めいかく　せつめい　くだ	請明確地説明這事件。
218	明白だ めいはく meihakuda	明顯的	それは極めて明白な真理です。 きわ　めいはく　しんり	那是極其明顯的真理。
219	滅多だ めった mettada	胡亂的	滅多な事を言わないでください。 めった　こと　い	請不要亂説。

220	猛烈だ もうれつ mouretsuda	猛烈的	猛烈な台風が日本を襲ってくる。 もうれつ　たいふう　にほん　おそ	猛烈的颱風侵襲日本。
221	模範的だ も はんてき mohantekida	模範的	彼女は模範的な生活を送った。 かのじょ　も はんてき　せいかつ　おく	她過了可作楷模的生活。
222	安らかだ やす yasurakada	平靜的	彼は安らかな生活を送る。 かれ　やす　　せいかつ　おく	他過平靜的生活。
223	厄介だ やっかい yakkaida	難處理的	これは厄介な問題です。 やっかい　もんだい	這個是難處理的問題。
224	柔らかだ やわ yawarakada	溫柔的	彼女は柔らかな声で歌った。 かのじょ　やわ　　こえ　うた	她以溫柔的聲音唱歌。
225	有為だ ゆう い yuuida	大有可為的	君は有為な青年だ。 きみ　ゆうい　せいねん	你是大有可為的青年。
226	優秀だ ゆうしゅう yuushuuda	優秀的	あなたは優秀な生徒です。 ゆうしゅう　せいと	你是優秀的學生。
227	有名だ ゆうめい yuumeida	有名的	彼女は有名な作家です。 かのじょ　ゆうめい　さっか	她是有名的作家。
228	豊かだ ゆた yutakada	豐富的	彼女は豊かな想像力を持っている。 かのじょ　ゆた　　そうぞうりょく　も	她擁有豐富的想像力。
229	緩やかだ ゆる yuruyakada	寬鬆的	これらは緩やかな規則だ。 ゆる　　きそく	這些是寬鬆的規則。
230	容易だ よう い youida	容易的	この問題は容易に解決されない。 もんだい　ようい　かいけつ	這問題不容易被解決。
231	陽気だ よう き youkida	快活的	彼は陽気な高齢の紳士です。 かれ　ようき　こうれい　しんし	他是快活的高齡紳士。
232	余計だ よ けい yokeida	不必要的	彼女は余計な費用を省いた。 かのじょ　よけい　ひよう　はぶ	她省下了不必要的開銷。

233	余分だ よぶん yobunda	多餘的	余分な時間は無い。 よぶん じかん な	我沒有多餘的時間。
234	楽だ らく rakuda	輕鬆的	彼女は楽に暮らしている。 かのじょ らく く	她輕鬆地過生活。
235	楽観的だ らっかんてき rakkantekida	樂觀的	彼は楽観的な人だ。 らっかんてき ひと	他是樂觀的人。
236	立派だ りっぱ rippada	出色的	彼女は立派な才能を持っている。 かのじょ りっぱ さいのう も	她有著出色的才能。
237	冷静だ れいせい reiseida	沉著地	彼女は冷静に物事を判断できる。 かのじょ れいせい ものごと はんだん	她能沉著地判斷事物。
238	わがままだ wagamamada	任性的	彼女はわがままな女です。 かのじょ おんな	她是任性的女人。
239	僅かだ わず wazukada	細小的	僅かな事で争わないでください。 わず こと あらそ	請不要為了細小的事情爭吵。

> **提示**　一個單字有很多字義，請在明白文法規則變化後，勤查字典來提升日語能力！

參 沒有語尾變化的形容詞　◀ 03-08

編號	日文單字	中文單字	日文例句	中文翻譯
1	この kono	此	この花はとても 美 しいです。	這花很美。
2	その sono	那	その本は面白いです。	那本書很有趣。
3	あの ano	那	あのレストランの 料 理は美味しいです。	那家餐館的菜很好吃。
4	どの dono	哪	どの 教 科書があなたのですか。	哪本課本是你的？
5	ほんの honno	只是	彼はほんの子供だ。	他只是個孩子。
6	例の reino	往常的	例の場所で会いましょう。	在老地方見吧。
7	ある aru	某些	ある俳優に会うところです。	我正要去看某個演員。
8	あらゆる arayuru	一切	勝 利の為にあらゆる手段を採った。	我採取了一切手段來贏得勝利。
9	いかなる ikanaru	任何的	彼女はいかなる回答もしない。	她不做任何的答覆。
10	所謂 iwayuru	所謂的	彼は所謂天才だ。	他就是所謂的天才。
11	来たる kitaru	下一個	来たる木曜日より始める。	從下週四開始。
12	去る saru	上一個	去る日曜日、彼女に会った。	上個星期天，我和她見了面。

13	こんな konna	這種	こんな 女 は嫌だ。	我討厭這種女人。
14	そんな sonna	那樣 的	そんな事はしない。	我不做那樣的事。
15	あんな anna	那樣 的	あんな奴と付き合うな。	不要和那樣的傢伙來往！
16	どんな donna	什麼 樣的	どんな仕事はしたいか？	你想做什麼樣的工作？
17	大きな ookina	大的	東京 は大きな都会です。	東京是一個大城市。
18	小さな chiisana	小小 的	小さな人形 は可愛い。	小小的玩偶很可愛。
19	おかしな okashina	奇怪 的	彼女は何時もおかしな事をする。	她總是做奇怪的事情。
20	いろんな ironna	各種 的	私 はいろんな辞書が有る。	我有各種的字典。
21	大した taishita	偉大 的	彼は大した外科医だ。	他是一位偉大的外科醫生。
22	とんだ tonda	意想 不到 的	とんだ 所 で 彼女に出会った。	我在一個意想不到的地方碰到了她。
23	我が waga	我的	今日は我が 娘 の 誕 生 日です。	今天是我女兒的生日。

第四章　句子的靈魂 － － － 動詞

中文與日文的比較

習＋う＝習(なら)う；書＋く＝書(か)く；泳＋ぐ＝泳(およ)ぐ；

話＋す＝話(はな)す；立＋つ＝立(た)つ；死＋ぬ＝死(し)ぬ；

學＋ぶ＝学(まな)ぶ；飲＋む＝飲(の)む；乘＋る＝乗(の)る；

所以，日文的動詞就是中文加上「う」、「く」、「ぐ」、「す」、

「つ」、「ぬ」、「ぶ」、「む」、「る」等所構成。

例如：習(なら)う就是中文的【習】。

習(なら)是【語幹】就是中文【習】的意思，不會有字體的變化。

「う」是【語尾】，會有變化。

日文的動詞按照其【語尾】的變化，可以分成以下十三類。

1. 書(か)く　　2. 泳(およ)ぐ　　3. 話(はな)す　　4. 待(ま)つ　　5. 死(し)ぬ

6. 飲(の)む　　7. 学(まな)ぶ　　8. 売(う)る　　9. 買(か)う　　10. 起(お)きる

11. 食(た)べる　　12. 来(く)る　　13. する

以書く為例來説明日文動詞【語尾】的變化！

語幹 （中文字意）	語尾 （變化形式）	接合元件	活用形	中文語意
書 （寫）	か	ない（不）	未然形	不寫
	こ	う（要）		要寫； 寫吧！ （表示「意志、勧誘」的語氣）
	き	たい（想）	連用形	想寫
	い	た		寫了 （表示過去式）
	く	。	終止形	寫
	く	名詞（人）	連體形	寫的人
	け	ば（假如）	假定形	假如寫的話
	け		命令形	去寫 （表示「命令」的語氣）

這張表格就是日語中動詞【語尾】變化最完整的呈現！請讀者熟練！熟記！

接著，我們加上【主詞】使之成為完整的句子來説明動詞【語尾】的變化。

(1) 私は書かない。　　　　　　我不寫。　　　　　—— 未然形

(2) 私は書こうと思う。　　　　我要寫。　　　　　—— 未然形

(3) 私は書きたい。　　　　　　我想寫。　　　　　—— 連用形

(4) 私は手紙を書いた。　　　　我寫了信。　　　　—— 連用形

(5) 私は字を書く。　　　　　　我寫字。　　　　　—— 終止形

(6) この手紙を書く人は誰か？　寫這封信的人是誰？　—— 連體形

(7) 私は手紙を書けば……　　　如果我寫信的話……　—— 假定形

(8) 書け。　　　　　　　　　　去寫！　　　　　　—— 命令形

名詞解釋:

❶「未然形」:表示「尚未發生」或「推測、意志」的語氣。

　　私 は書かない。　　　　　我不寫。

　　私 は書こうと思う。　　　我要寫。

　　句中,「寫」的動作,都尚未發生,所以稱作「未然形」。

❷「連用形」:表示連接「用言」的形式。如連接另一個動詞、い形容詞、或是助動詞。例如,

　　私 は書き終わった。　　　我寫完了。

　　このペンは書き易い。　　　這支鋼筆很好寫。

　　私 は書きたい。　　　　　我想寫。

❸「終止形」:表示「終止」的形式,亦稱為「原形」、「基本形」又稱為「字典形」即表示可

　　以在字典找到此單字,亦表示句子到此為止。可以畫上完美的「句點」。

　　私 は字を書く。　　　　　我寫字。

❹「連體形」:表示連接「體言(名詞)」。

　　この手紙を書く人は誰か?　寫這封信的人是誰?

❺「假定形」:表示連接「假設語氣的助詞」,即表示假設語氣。

　　私 は手紙を書けば……　如果我寫信的話　　　＜ば＝假設語氣＞

❻「命令形」:表示命令的語氣:「書け。」(寫!)

　　【語幹】:就是中文的意思,不會有字體的變化!

　　【語尾】:會有變化!請讀者們熟練!

　　請讀者們仔細閱讀此表,然後牢記於心。因為,除了動詞會有【語尾】的變化之外,い形容詞、な形容詞以及助動詞也會有【語尾】的變化。接著,依序解析日語的十三類動詞的【語尾】變化。

1：書　書く

漢字「書」+「く」=「書<ruby>書<rt>か</rt></ruby>く」日本字

表一 「書く」語尾變化表 只要語尾是「く」的動詞都適用此表

語幹 （中文字意）	語尾 （變化形式）	接合元件	活用形	中文語意
書 （寫）	か	ない（不）	未然形	不寫
	こ	う（要）		要寫 ；寫吧！ （表示「意志、勸誘」的語氣）
	き	たい（想）	連用形	想寫
	い	た		寫了 （表示過去式）
	く	。	終止形	寫
	く	名詞（人）	連體形	寫的人
	け	ば（假如）	假定形	假如寫的話
	け		命令形	去寫 （表示「命令」的語氣）

上述表格的例句發音練習（搭配主詞）　　　　　　04-01

1. 私は書かない。　　　　　　我不寫。

2. 私は書こうと思う。　　　　我要寫。

3. 私は書きたい。　　　　　　我想寫。

4. 私は手紙を書いた。　　　　我寫了信。

5. 私は字を書く。　　　　　　我寫字。

6. この手紙を書く人は誰か？　寫這封信的人是誰？

7. 私は手紙を書けば……　　　如果我寫信的話

8. 書け。　　　　　　　　　　去寫！

表二 時態與語氣分析表　只要是語尾「く」的動詞都適用此表

	普通語氣 （常體）	客氣語氣 （敬體）
1. 現在式肯定語氣	書く (kaku)	書きます (kakimasu)
2. 現在式否定語氣	書かない (kakanai)	書きません (kakimasen)
3. 過去式肯定語氣	書いた (kaita)	書きました (kakimashita)
4. 過去式否定語氣	書かなかった (kakanakatta)	書きませんでした (kakimasendeshita)
5. 表示「想」的語氣	書きたい (kakitai)	書きたいです (kakitaidesu)
6. 表示「假設」的語氣（1）	書けば (kakeba)	
7. 表示「假設」的語氣（2）	書いたら (kaitara)	書きましたら (kakimashitara)
8. 表示「命令」的語氣	書け (kake)	書きませ (kakimase)
9. 表示「意志」的語氣	書こう (kakou)	書きましょう (kakimashou)
10. 表示「使役」的語氣	書かせる (kakaseru)	書かせます (kakasemasu)
11. 表示「被動」的語氣	書かれる (kakareru)	書かれます (kakaremasu)
12. 表示「可能」的語氣	書ける (kakeru)	書けます (kakemasu)
13. 表示「て」的形式語氣 有標點符號（，）作用	書いて (kaite)	書きまして (kakimashite)

表三 重要句型發音練習 只要是語尾「く」的動詞都適用此表　▶04-02

1. 書かない　　　　　　　　　（ 不寫 ）
2. 書かなかった　　　　　　　（ 不寫的過去式語氣 ）
3. 書きたい　　　　　　　　　（ 想寫 ）
4. 書きたかった　　　　　　　（ 想寫的過去式語氣 ）
5. 書きたくない　　　　　　　（ 不想寫 ）
6. 書きたくなかった　　　　　（ 不想寫的過去式語氣 ）
7. 書きなさい　　　　　　　　（ 請寫 ）
8. 書いてください　　　　　　（ 請寫 ）
9. 書かないでください　　　　（ 請不要寫 ）
10. 書かせてください　　　　　（ 請讓某人寫 ）
11. 書かせないでください　　　（ 請不要讓某人寫 ）
12. 書かなければなりません　　（ 非寫不可！ ）
13. 書く事ができる　　　　　　（ 能寫 ）

表四 有關「書く」的例句綜合練習　▶04-03

	日文例句	中文意義
1	彼女がペンで手紙を書く。	她用筆寫信。
2	彼女は物語を書きます。	她寫故事。
3	昨日、彼女は手紙を書いた。	昨天她寫了信。
4	私はこの説明書を書きました。	我寫了這份說明書。
5	私はもう彼女に手紙を書かない。	我已經不給她寫信。
6	彼は長い小説を書きません。	他不寫長篇的小說。

7	昨日、私は日記を書かなかった。	昨天我沒寫日記。
8	私の妹も長い小説を書きませんでした。	我的妹妹也沒寫長篇的小説。
9	私は長い小説を書きたい。	我想寫長篇的小説。
10	去年、私はこの記事を書きたかった。	去年我想寫這篇文章。
11	私はこの記事を書きたくない。	我不想寫這篇文章。
12	彼はこの報告書を書きたくなかったので、何日も手間取った。	他因為不想寫這報告書所以耽擱了好幾天時間。
13	ここに君の名前を書きなさい。	在這裡寫下你的名字。
14	あなたの連絡先を此処に書いてください。	請在這裡寫下你的聯絡地址。
15	あなたの連絡先を書かないでください。	請不要寫你的聯絡地址。
16	君は青いインクで名前を書かなければなりません。	你必須用藍色的墨水寫名字。
17	あなたは英語で彼女にメールを書く事が出来ますか。	你能用英語寫電子郵件給她嗎？
18	彼は自分の名前すら書く事が出来ない。	他甚至連自己的名字都不會寫。
19	ここに何を書けばいいですか？	這裡應該寫什麼好呢？
20	日本語で書こう。	用日語寫吧。
21	私たちは今日の授業の感想を日本語で書きましょう。	我們用日語寫今天上課的感想吧。
22	君は日本語で手紙が書けるか？	你能用日語寫信嗎？
23	日本語の書ける人が欲しい。	想要一位能寫日語的人。
24	漢字を綺麗に書けるようになりたい。	希望能寫漂亮的漢字。

表五 第1類動詞語尾是「く」動詞單字與例句綜合練習　📢 04-04

編號	日文單字	中文單字	日文例句	中文翻譯
1	空く aku	空	空いた箱はあります。	有空的箱子。
2	開く aku	開	窓は開いた。	窗開著。
3	欺く azamuku	欺騙	自分の心を欺かないでください。	請不要欺騙自己的良心。
4	暴く abaku	暴露	彼は秘密を暴いた。	他暴露了秘密。
5	歩く aruku	步行	私はその通りを歩いた。	我走過那街道。
6	行く iku	去	あなたはどこに行った。	你去了哪裡。
7	空く suku	空	腹が空いた。	肚子餓了。
8	開く hiraku	開	彼は新しい店を開いた。	他開了新的商店。
9	抱く idaku	懷抱	彼女は偉大な希望を抱く。	她懷抱著偉大的希望。

10	頂く いただ itadaku	吃	私は彼女と一緒にご飯を頂きたい。 わたし かのじょ いっしょ はん いただ	我想和她一起吃飯。
11	動く うご ugoku	動	動かないでください。 うご	請不要動。
12	浮く う uku	浮	油は水に浮く。 あぶら みず う	油浮在水上。
13	描く えが egaku	畫	彼は美しい絵を描いた。 かれ うつく え えが	他畫了一幅美麗的畫。
14	置く お oku	置放	ここに荷物を置かないでください。 にもつ お	請不要在這裡置放行李。
15	驚く おどろ odoroku	驚嚇	彼女はきっと驚く。 かのじょ おどろ	她一定會感到驚訝。
16	赴く おもむ omomuku	前往	彼は直ちに任地に赴いた。 かれ ただ にんち おもむ	他立即前往了工作崗位。
17	欠く か kaku	缺乏	彼は礼儀を欠く。 かれ れいぎ か	他缺乏禮儀。
18	書く か kaku	寫	ここにあなたの名前を書いてください。 なまえ か	請在這裡寫上你的名字。
19	輝く かがや kagayaku	閃耀	太陽は明るく輝いている。 たいよう あか かがや	太陽明亮地閃耀光芒。
20	傾く かたむ katamuku	傾斜	あの家が西に傾いている。 いえ にし かたむ	那房子向西面傾斜著。
21	乾く かわ kawaku	乾	このシャツが乾いた。 かわ	這件襯衫乾了。
22	渇く かわ kawaku	口渴	喉が渇いた。 のど かわ	口渴了。
23	効く き kiku	有效	この薬は頭痛に効く。 くすり ずつう き	這藥對治療頭痛有效。

24	聴く き kiku	聽	この 美 しい音楽を聴いてください。 うつく　　　おんがく　き	請聽這優美的音樂。
25	聞く き kiku	問	何で聞かないの？ なん　き	為什麼不問呢？
26	築く きず kizuku	建築	彼は白い建物を築いた。 かれ　しろ　たてもの　きず	他蓋了白色的建築物。
27	砕く くだ kudaku	打碎	船は 氷 を砕いて進んだ。 ふね　こおり　くだ　　すす	船破冰前進。
28	割く さ saku	騰出	私 はあなたの為に時間を割く。 わたし　　　　　ため　じかん　さ	我會為你把時間騰出 。
29	裂く さ saku	撕裂	少 女は紙を裂いた。 しょうじょ　かみ　さ	少女撕裂了紙。
30	咲く さ saku	綻放	これらの花は春に咲く。 はな　はる　さ	這些花在春天綻放。
31	裁く さば sabaku	審判	この罪を公平に裁いてください。 つみ　こうへい　さば	請公平地審判此罪。
32	敷く し siku	鋪設	この湿原に鉄道を敷いた。 しつげん　てつどう　し	在這片濕原鋪設了鐵路。
33	退く しりぞ shirizoku	退出	彼は政界から既に 退 いた。 かれ　せいかい　すで　しりぞ	他已退出了政界。
34	好く す suku	喜歡	彼は皆に好かれている。 かれ　みな　す	他受到大家喜歡。
35	背く そむ somuku	違背	この約束に背かないでください。 やくそく　そむ	請不要違背這約定。
36	炊く た taku	煮	まずご飯を炊いてください。 はん　た	首先請煮飯。
37	抱く だ daku	擁抱	姉妹は抱き合った。 しまい　だ　あ	姐妹互相擁抱。

38	付く tsuku	沾附	ボイラーに湯垢がびっしり付いた。	鍋爐裡沾附了水垢。
39	就く tsuku	就職	彼はやっと職に就いた。	他終於就職了。
40	着く tsuku	到達	彼はやっと東京に着いた。	他終於到了東京。
41	突く tsuku	刺	暴漢が短刀で彼の背中を突いた。	歹徒用短刀刺他的背了。
42	続く tsudzuku	繼續	どれくらいこの暑い天気は続きますか？	這炎熱的天氣會持續多久？
43	貫く tsuranuku	貫穿	太陽の光は闇を貫く。	太陽光貫穿黑暗。
44	説く toku	說明	この原理を説かなければなりません。	非說明這原理不可。
45	解く toku	解除	彼の重責を解いてください。	請解除他的重責。
46	溶く toku	溶解	彼女は水で塩を溶いた。	她用水溶解鹽了。
47	届く todoku	送到	昨日、彼女の手紙が私に届いた。	昨天她的信送到了。
48	泣く naku	哭泣	泣かないでください。	請不要哭。
49	鳴く naku	鳴叫	蛙が鳴いたら帰ろう。	如果青蛙叫了的話，就回家吧。
50	嘆く nageku	嘆息	彼女はいつも政治の腐敗を嘆いている。	她總是為政治的腐敗嘆息。
51	懐く natsuku	貼近	この犬は私にすぐ懐いた。	這隻狗馬上往我這貼了上來。

52	抜く ぬ nuku	拔掉	は　いしゃ　わたし　　むしば　ぬ 歯医者は私の虫歯を抜いた。	牙醫把我的蛀牙拔掉了。
53	除く のぞ nozoku	除去	かれ　やね　せきせつ　のぞ 彼は屋根の積雪を除いた。	他除去了屋頂的積雪。
54	吐く は haku	吐出	いき　ふか　は　　くだ 息を深く吐いて下さい。	請深深地吐氣。
55	掃く は haku	掃	まいにちかれ　ほうき　ゆか　は 毎日彼は箒で床を掃く。	每天他用掃帚掃地。
56	履く は haku	穿	くつ　は この靴は履かないでください。	請不要穿這雙鞋。
57	働く はたら hataraku	工作	あに　こうじょう　はたら 兄は工場で働いている。	哥哥在工廠工作。
58	省く はぶ habuku	省下	わたし　　　　　　むだ　　ひよう　はぶ 私たちは無駄な費用を省かなければなりません。	我們必須省下無用的支出。
59	引く ひ haku	查	たんご　　　　じしょ　ひ　くだ この単語をこの辞書で引いて下さい。	請用這本辭典查這個單字。
60	弾く ひ haku	彈	まいにちおとうと　　　　　ひ 毎日弟はギターを弾く。	弟弟每天彈吉他。
61	響く ひび hibiku	影響	ことし　あくてんこう　いなさく　ひび 今年の悪天候が稲作に響いた。	今年的惡劣天氣影響了水稻種植。
62	開く ひら hiraku	開花	にわ　うめ　すこ　　　　ひら　はじ 庭の梅が少しずつ開き始める。	院子的梅樹一點一點地開花了
63	吹く ふ fuku	颳	ひ　つよ　かぜ　ふ あの日は強い風が吹いた。	那天颳了強風。
64	噴く ふ fuku	噴	さくらじま　ときどきけむり　ふ 桜島は時々煙を噴く。	櫻島時常噴出煙。
65	巻く ま maku	捲	かのじょ　あか　かさ　ま 彼女は赤い傘を巻いた。	她捲起了紅色的傘。

66	瞬く またた matataku	閃爍	夜空にたくさんの星が瞬く。	許多星星在夜空閃爍。
67	招く まね maneku	招致	彼女の誤解を招かないでください。	請不要招致她的誤解。
68	磨く みが migaku	擦拭	私はこの靴をピカピカに磨く。	我把這雙鞋擦拭得油亮亮。
69	導く みちび michibiku	引導	彼女は老人を部屋に導いた。	她把老人引導到了房間。
70	向く む muku	面對	公園に向いた家が欲しい。	想要一間面向公園的房子。
71	焼く や yaku	燒烤	私は弱火で牛肉をゆっくり焼く。	我用小火慢慢地燒烤牛肉。
72	逝く ゆ yuku	逝世	彼女は６０歳で逝く。	她在 60 歲時逝世。
73	沸く わ wuku	沸騰	薬缶の水が沸いている。	水壺的水正沸騰。

提示

一個單字有很多字義，請在明白文法規則變化後，勤查字典來提升

日語能力！

2： 泳　泳ぐ

漢字「泳」+「ぐ」＝「泳ぐ」日本字

表一 「泳ぐ」語尾變化表　只要語尾是「ぐ」的動詞都適用此表

語幹 （中文字意）	語尾 （變化形式）	接合元件	活用形	中文語意
泳 （泳）	が	ない（不）	未然形	不游泳
	ご	う（要）		要游泳 ； 游泳吧！ （表示「意志、勸誘」的語氣）
	ぎ	たい（想）	連用形	想游泳
	い	だ		游泳了 （表示過去式）
	ぐ	。	終止形	游泳。
	ぐ	名詞（時）	連體形	游泳的時候
	げ	ば（假如）	假定形	假如游泳的話
	げ		命令形	去游泳 （表示「命令」的語氣）

上述表格的例句發音練習（搭配主詞）　◀04-05

1. 私 は泳がない。　　　我不游泳。
2. 私 は泳ごうと思う。　我要游泳。
3. 私 は泳ぎたい。　　　我想游泳。
4. 私 は泳いだ。　　　　我游泳了。
5. 私 は泳ぐ。　　　　　我游泳。
6. これは泳ぐ時に着る服です。　這是游泳時穿的服裝。
7. 私 は泳げば ……　　假如我游泳的話
8. 泳げ。　　　　　　　去游泳！

表二 時態與語氣分析表　只要是語尾「ぐ」的動詞都適用此表

	普通語氣 （常體）	客氣語氣 （敬體）
1. 現在式肯定語氣	<ruby>泳<rt>およ</rt></ruby>ぐ (oyogu)	<ruby>泳<rt>およ</rt></ruby>ぎます (oyogimasu)
2. 現在式否定語氣	<ruby>泳<rt>およ</rt></ruby>がない (oyoganai)	<ruby>泳<rt>およ</rt></ruby>ぎません (oyogimasen)
3. 過去式肯定語氣	<ruby>泳<rt>およ</rt></ruby>いだ (oyoida)	<ruby>泳<rt>およ</rt></ruby>ぎました (oyogimashita)
4. 過去式否定語氣	<ruby>泳<rt>およ</rt></ruby>がなかった (oyoganakatta)	<ruby>泳<rt>およ</rt></ruby>ぎませんでした (oyogimasendeshita)
5. 表示「想」的語氣	<ruby>泳<rt>およ</rt></ruby>ぎたい (oyogitai)	<ruby>泳<rt>およ</rt></ruby>ぎたいです (oyogitaidesu)
6. 表示「假設」的語氣（1）	<ruby>泳<rt>およ</rt></ruby>げば (oyogeba)	
7. 表示「假設」的語氣（2）	<ruby>泳<rt>およ</rt></ruby>いだら (oyoidara)	<ruby>泳<rt>およ</rt></ruby>ぎましたら (oyogimashitara)
8. 表示「命令」的語氣	<ruby>泳<rt>およ</rt></ruby>げ (oyoge)	<ruby>泳<rt>およ</rt></ruby>ぎませ (oyogimase)
9. 表示「意志」的語氣	<ruby>泳<rt>およ</rt></ruby>ごう (oyogou)	<ruby>泳<rt>およ</rt></ruby>ぎましょう (oyogimashou)
10. 表示「使役」的語氣	<ruby>泳<rt>およ</rt></ruby>がせる (oyogaseru)	<ruby>泳<rt>およ</rt></ruby>がせます (oyogasemasu)
11. 表示「被動」的語氣	<ruby>泳<rt>およ</rt></ruby>がれる (oyogareru)	<ruby>泳<rt>およ</rt></ruby>がれます (oyogaremasu)
12. 表示「可能」的語氣	<ruby>泳<rt>およ</rt></ruby>げる (oyogeru)	<ruby>泳<rt>およ</rt></ruby>げます (oyogemasu)
13. 表示「て」的形式語氣 　有標點符號（，）作用	<ruby>泳<rt>およ</rt></ruby>いで (oyoide)	<ruby>泳<rt>およ</rt></ruby>ぎまして (oyogimashite)

表三 重要句型發音練習　只要是語尾「ぐ」的動詞都適用此表　▶04-06

1. <ruby>泳<rt>およ</rt></ruby>がない 　　　　（ 不游泳 ）
2. <ruby>泳<rt>およ</rt></ruby>がなかった 　　（ 不游泳的過去式語氣 ）
3. <ruby>泳<rt>およ</rt></ruby>ぎたい 　　　　（ 想游泳 ）
4. <ruby>泳<rt>およ</rt></ruby>ぎたかった 　　（ 想游泳的過去式語氣 ）

5. 泳ぎたく**ない** （不想游泳）
6. 泳ぎたく**なかっ**た （不想游泳的過去式語氣）
7. 泳ぎ**なさい** （請游泳）
8. 泳いでください （請游泳）
9. 泳がないでください （請不要游泳）
10. 泳がせてください （請讓我游泳）
11. 泳が**せない**でください （請不要讓某人游泳）
12. 泳がなければなり**ません** （假如不游泳的話是不行；非游泳不可！）
13. 泳ぐ事ができる （能游泳）

表四 有關「泳ぐ」的例句綜合練習 ▶04-07

	日文例句	中文意義
1	僕は海で泳ぐ。	我在海中游泳。
2	僕は夏にここで泳ぎます。	我夏天時在此處游泳。
3	昨日、私は家族と海で泳いだ。	昨天我和家族在海裡游泳了。
4	昨日、私はそこで楽しく泳ぎました。	昨天我快樂地在那裡游泳了。
5	あなたは何故泳がないのですか？	你為什麼不游泳？
6	私の弟は泳ぎません。	我的弟弟不游泳。
7	昨日、彼らも泳がなかった。	昨天他們也沒游泳。
8	昨日、私の妹も泳ぎませんでした。	昨天我的妹妹也沒游泳。
9	私は君と広い海で泳ぎたい。	我想和你在廣闊的大海游泳。
10	昨日、私も君と泳ぎたかった。	昨天我也想和你游泳。

11	私 は水泳が好きだが、そこでは泳ぎたくない。	我喜愛游泳，但是不想在那裡游泳。
12	昨日、 私 は彼女と泳ぎたくなかった。	昨天我本來不想和她游泳。
13	彼女とゆっくり泳いでください。	請和她慢慢地游泳。
14	速く泳ぎなさい。	請快點游泳。
15	この 湖 で泳がないでください。	請不要在這湖裡游泳。
16	彼らは若い子供たちにあの 湖 で泳がせる。	他們讓年輕的小孩們在那湖裡游泳。
17	健康の為にあなたは泳がなければなりません。	你必須為健康游泳。
18	あなたは泳ぐ事が出来ますか。	你會游泳嗎？
19	私 は速く泳ぐ事が出来ない。	我不能游得很快。
20	毎日泳げば健康になるかもしれない。	如果每天游泳的話，也許會變得健康。
21	彼女は速く泳げる。	她能游得很快。
22	私 は泳げれば此の 美しい 湖 で泳ぎたい。	如果能游泳的話，我想在這美麗的湖游泳。
23	速く泳げ！	快點游！
24	川に行って泳ごう。	去河邊游泳吧。
25	湖 に行って泳ぎましょう。	去湖邊游泳吧。
26	彼女が川を泳ぎ渡ったんだ。	她游過這條河了！

提醒

1：日文基本句型：s は o を v

2：（泳ぎ）可以當作名詞

3：此語尾是「ぐ」的文法變化形式都一樣。

表五 第 2 類動詞語尾是「ぐ」動詞單字與例句綜合練習　◀ 04-08

編號	日文單字	中文單字	日文例句	中文意義
1	相次ぐ あいつ aitsugu	接二連三	その地域一帯は相次ぐ惨事に見舞われた。 ち いきいったい あいつ さんじ み ま	那一帶遭受到了接二連三的悲慘事件。
2	仰ぐ あお aogu	仰望	彼女は青空を仰いだ。 かのじょ あおぞら あお	她仰望藍天。
3	急ぐ いそ isogu	快點	そんなに急がないでください。 いそ	請不要那麼急。
4	薄らぐ うす usuragu	漸衰	時が経つにつれて、記憶は薄らいだ。 とき た きおく うす	隨著時間過去記憶模糊了。
5	泳ぐ およ oyogu	游泳	この海で泳がないでください。 うみ およ	請不要在這片海游泳。
6	稼ぐ かせ kasegu	賺錢	彼はお金をたくさん稼ぐ。 かれ かね かせ	他賺很多錢。
7	担ぐ かつ katsugu	扛	男は袋を肩に担いだ。 おとこ ふくろ かた かつ	男人扛了袋子在肩上。
8	騒ぐ さわ sawaugu	吵鬧	そんなに騒がないでください。 さわ	請不要那麼吵鬧。
9	注ぐ そそ sosogu	注入	荒川は東京湾に注ぐ。 あらかわ とうきょうわん そそ	荒川注入東京灣。
10	継ぐ つ tsugu	繼承	若い王子は王位を継いだ。 わか おうじ おうい つ	年輕的王子繼承了王位。
11	次ぐ つ tsugu	次於	大阪は東京に次ぐ大都会です。 おおさか とうきょう つ だいとかい	大阪是次於東京的大都市。
12	接ぐ つ tsugu	接	医者は彼の折れた足を接いだ。 いしゃ かれ お あし つ	醫生將他斷掉的腳接了起來。
13	紡ぐ つむ tsumugu	紡織	お婆ちゃんは綿を糸に紡いだ。 ばあ わた いと つむ	奶奶把棉織成線了。

14	研ぐ togu	研磨	この砥石でナイフを研いでください。	請用這磨刀石研磨小刀。
15	嫁ぐ totsugu	嫁入	彼女は名門の家に嫁いだ。	她嫁入了名門。
16	防ぐ fusegu	防止	風雨を防ぐ物は何も無い。	沒有可以防止風雨的物品。
17	脱ぐ nugu	脱	ここで靴を脱がなければなりませんか。	必須得在此處脫鞋嗎？
18	和らぐ yawaragu	緩和	彼の優しい言葉で彼女の気持ちが和らいだ。	他溫柔的語氣緩和了她的心情。
19	揺らぐ yuragu	動搖	強い風を受けて木々が揺らいだ。	受到強風吹襲，樹林在搖動。

提示 一個單字有很多字義，請在明白文法規則變化後，勤查字典來提升日語能力！

3: 話　話^{はな}す

漢字「話」+「す」=「話^{はな}す」日本字

表一「話^{はな}す」語尾變化表　只要語尾是「す」的動詞都適用此表

語幹 （中文字意）	語尾 （變化形式）	接合元件	活用形	中文語意
話^{はな} （説）	さ	ない（不）	未然形	不説
	そ	う（要）		要説 ； 説吧！ （表示「意志、勧誘」的語氣）
	し	たい（想）	連用形	想説
		た		説了 （表示過去式）
	す	。	終止形	説。
	す	名詞（人^{ひと}）	連體形	説的人
	せ	ば（假如）	假定形	假如説的話
	せ		命令形	説 （表示「命令」的語氣）

上述表格的例句發音練習（搭配主詞）　　04-09

1. 私^{わたし}は話^{はな}さない。　　我不説。
2. 私^{わたし}は話^{はな}そうと思^{おも}う。　我要説。
3. 私^{わたし}は話^{はな}したい。　　我想説。
4. 私^{わたし}は話^{はな}した。　　我説了。
5. 私^{わたし}は話^{はな}す。　　我説。
6. 今^{いま}、話^{はな}す人^{ひと}は誰^{だれ}か？　現在説話的人是誰？
7. 私^{わたし}は話^{はな}せば……　假如我説的話
8. 話^{はな}せ。　　説！

表二 時態與語氣分析表　只要是語尾「す」的動詞都適用此表

	普通語氣（常體）	客氣語氣（敬體）
1. 現在式肯定語氣	話す (hanasu)	話します (hanashimasu)
2. 現在式否定語氣	話さない (hanasanai)	話しません (hanashimasen)
3. 過去式肯定語氣	話した (hanashita)	話しました (hanashimashita)
4. 過去式否定語氣	話さなかった (hanasanakatta)	話しませんでした (hanashimasendeshita)
5. 表示「想」的語氣	話したい (hanashitai)	話したいです (hanashitaidesu)
6. 表示「假設」的語氣 (1)	話せば (hanaseba)	
7. 表示「假設」的語氣 (2)	話したら (hanashitara)	話しましたら (hanashimashitara)
8. 表示「命令」的語氣	話せ (hanase)	話しませ (hanashimase)
9. 表示「意志」的語氣	話そう (hanasou)	話しましょう (hanashimashou)
10. 表示「使役」的語氣	話させる (hanasaseru)	話させます (hanasasemasu)
11. 表示「被動」的語氣	話される (hanasareru)	話されます (hanasaremasu)
12. 表示「可能」的語氣	話せる (hanaseru)	話せます (hanasemasu)
13. 表示「て」的形式語氣	話して (hanashite)	話しまして (hanashimashite)

表三 重要句型發音練習　只要是語尾「す」的動詞都適用此表　▶ 04-10

1. 話さない　　　　　　　　　（ 不説 ）
2. 話さなかった　　　　　　　（ 不説的過去式語氣 ）
3. 話したい　　　　　　　　　（ 想説 ）
4. 話したかった　　　　　　　（ 想説的過去式語氣 ）
5. 話したくない　　　　　　　（ 不想説 ）
6. 話したくなかった　　　　　（ 不想説的過去式語氣 ）
7. 話しなさい　　　　　　　　（ 請説 ）
8. 話してください　　　　　　（ 請説 ）
9. 話さないでください　　　　（ 請不要説 ）
10. 話させてください　　　　　（ 請讓某人説 ）
11. 話させないでください　　　（ 請不要讓某人説 ）
12. 話さなければなりません　　（ 假如不説的話是不行；非説不可！ ）
13. 話す事ができる　　　　　　（ 能説 ）

表四 有關「話す」的例句綜合練習　◀ 04-11

	日文例句	中文意義
1	私 は 私 の友人と低い声で話す。	我低聲和我的朋友説話。
2	彼は英語の先生と英語を話します。	他和英語老師説英語。
3	私 たちは彼女と沢山話した。	我們和她説了很多。
4	昨日、 私 たちは山田さんと話しました。	昨天我們和山田先生説話了。
5	私 はその事を誰にも話さない。	我不會對任何人説那件事。
6	エレンは日本語を話しません。	艾倫不説日語。
7	昨日、 私 は彼と一言も話さなかった。	昨天我一句話也沒和他説。
8	私 は 私 たちのプロジェクトについて何も話しませんでした。	關於我們的項目我什麼也沒説。
9	もっとあなたと話したい。	我想和你多説一點話。
10	私 はあなたとその事をもっと話したかった。	關於那件事我本來想和你多説一點。
11	私 は彼女とは話したくない。	我不想和她説話。
12	多分彼女は 私 と話したくなかったのだろう。	或許她不想和我説話吧。
13	もっとゆっくりこの事を話してください。	請更慢慢地説此事。
14	もう一度ゆっくりこの事をお 話 ください。	請將這事再一次慢慢地説。
15	日本語ではっきり話しなさい。	請用日語説清楚。
16	彼女の前でその事を話さないでください。	請不要在她的面前説那件事情。
17	私 にその事を話させてください。	請讓我説那件事情。
18	彼女にその事を話させないでください。	請不要讓她説那件事。

19	私 たちは日本語を話さなければなりませんか？	我們必須説日語嗎？
20	私 は日本語を話す事が出来ます。	我能説日語。
21	私 は日本語をゆっくり話したいが、話す事が出来ない。	我想慢慢地説日語可是辦不到。
22	彼女と何を話せばいいですか？	和她説什麼好呢？
23	私 は彼女と何を話したらいいのか分からなかった？	我不知道要和她説什麼好呢？
24	私 は英語が少し話せる。	我能説一點點英語。
25	「はっきり話せ！」と警察が叫んだ。	警察大喊 "給我説清楚！" 。
26	一緒に日本語で話そうね。	我們一起用日語説吧。
27	一緒に日本語で話しましょう。	我們一起用日語説吧。

提醒

1：日文基本句型：s は o を v

2：（話し）可以當作名詞

3：語尾是「す」的動詞單字變化形式都一樣。

表五 第 3 類動詞語尾是「す」動詞單字與例句綜合練習 　🔊 04-12

編號	日文單字	中文單字	日文例句	中文意義
1	<ruby>愛<rt>あい</rt></ruby>す aisu	愛	<ruby>私<rt>わたし</rt></ruby> は <ruby>私<rt>わたし</rt></ruby> の<ruby>国<rt>くに</rt></ruby>を<ruby>愛<rt>あい</rt></ruby>す。	我愛我的國家。
2	<ruby>明<rt>あ</rt></ruby>かす akasu	揭露	<ruby>彼<rt>かれ</rt></ruby>は <ruby>私<rt>わたし</rt></ruby> に<ruby>彼<rt>かれ</rt></ruby>の<ruby>計画<rt>けいかく</rt></ruby>を<ruby>明<rt>あ</rt></ruby>かした。	他向我揭露了他的計畫。
3	<ruby>余<rt>あま</rt></ruby>す amasu	多出	<ruby>彼<rt>かれ</rt></ruby>は<ruby>小遣<rt>こづか</rt></ruby>いを<ruby>余<rt>あま</rt></ruby>そうとした。	他想要省下零用錢。
4	<ruby>甘<rt>あま</rt></ruby>やかす amayakasu	溺愛	<ruby>子供<rt>こども</rt></ruby>を<ruby>甘<rt>あま</rt></ruby>やかさないでください。	請不要溺愛小孩。
5	<ruby>荒<rt>あ</rt></ruby>らす arasu	損壞	<ruby>暴風雨<rt>ぼうふうう</rt></ruby>が<ruby>農作物<rt>のうさくもつ</rt></ruby>を<ruby>荒<rt>あ</rt></ruby>らした。	暴風雨損壞了農作物。
6	<ruby>現<rt>あらわ</rt></ruby>す arawasu	出現	<ruby>彼女<rt>かのじょ</rt></ruby>が<ruby>最後<rt>さいご</rt></ruby>に <ruby>姿<rt>すがた</rt></ruby> を <ruby>現<rt>あらわ</rt></ruby> さなかった。	她到最後都沒有出現。
7	<ruby>表<rt>あらわ</rt></ruby>す arawasu	表示	あなたの<ruby>誠意<rt>せいい</rt></ruby>を <ruby>表<rt>あらわ</rt></ruby> してください。	請表示你的誠意。
8	<ruby>合<rt>あ</rt></ruby>わす awasu	結合	<ruby>成功<rt>せいこう</rt></ruby>の<ruby>為<rt>ため</rt></ruby><ruby>互<rt>たが</rt></ruby>いに <ruby>力<rt>ちから</rt></ruby> を<ruby>合<rt>あ</rt></ruby>わせて<ruby>一緒<rt>いっしょ</rt></ruby>に<ruby>努力<rt>どりょく</rt></ruby>しよう。	為了成功，結合大家的力量一起努力吧。
9	<ruby>生<rt>い</rt></ruby>かす akasu	活用	<ruby>私<rt>わたし</rt></ruby> は<ruby>自分<rt>じぶん</rt></ruby>の<ruby>才能<rt>さいのう</rt></ruby>を <ruby>十分<rt>じゅうぶん</rt></ruby>に<ruby>生<rt>い</rt></ruby>かしたい。	我想充分地活用自己的才能。
10	<ruby>致<rt>いた</rt></ruby>す itasu	做	<ruby>私<rt>わたし</rt></ruby> はあの<ruby>事<rt>こと</rt></ruby>を<ruby>致<rt>いた</rt></ruby>したくない。	我不想做那件事。
11	<ruby>動<rt>うご</rt></ruby>かす ugokasu	改變	<ruby>彼女<rt>かのじょ</rt></ruby>の<ruby>決意<rt>けつい</rt></ruby>は<ruby>動<rt>うご</rt></ruby>かし<ruby>難<rt>がた</rt></ruby>い。	難以改變她的決心。
12	<ruby>潤<rt>うるお</rt></ruby>す uruosu	滋潤	この<ruby>大雨<rt>おおあめ</rt></ruby>は<ruby>田畑<rt>たはた</rt></ruby>を <ruby>潤<rt>うるお</rt></ruby> した。	這場大雨滋潤了田地。
13	<ruby>映<rt>うつ</rt></ruby>す utsusu	反映	この<ruby>報道<rt>ほうどう</rt></ruby>は<ruby>世相<rt>せそう</rt></ruby>を<ruby>映<rt>うつ</rt></ruby>しました。	這則報導反映了社會世態。

14	移す うつ utsusu	移動	彼女は三年前に住所を移した。 かのじょ さんねんまえ じゅうしょ うつ	她3年前搬家了。
15	写す うつ utsusu	拍照	彼女は美しい写真を写した。 かのじょ うつく しゃしん うつ	她拍了美麗的照片。
16	促す うなが unagasu	促進	この栄養は子供の発育を促す。 えいよう こども はついく うなが	這營養會促進小孩的發育。
17	犯す おか okasu	觸犯	法律を犯さないでください。 ほうりつ おか	請不要觸犯法律。
18	冒す おか okasu	冒	彼は自身の危険を冒して人を救った。 かれ じしん きけん おか ひと すく	他冒自身的危險救人。
19	侵す おか okasu	侵犯	敵はしばしば国境を侵した。 てき こっきょう おか	敵人常常侵犯國境。
20	起こす お okosu	喚醒	明日朝6時に起こしてください。 あしたあさろくじ お	明早6點請叫我起床。
21	押す お osu	按	このボタンを軽く押してください。 かる お	請輕按這按鈕。
22	推す お osu	推薦	私たちは彼を社長に推した。 わたし かれ しゃちょう お	我們推薦他為社長。
23	遅らす おく okurasu	延遲	返事を遅らせないでください。 へんじ おく	請不要延遲回答。
24	興す おこ okosu	設立	彼は大きい会社を興した。 かれ おお かいしゃ おこ	他設立了大公司。
25	落とす お otosu	丟下	石を落とさないでください。 いし お	請不要丟石頭。
26	脅す おど odosu	威脅	昨夜、彼はナイフで私を脅した。 さくや かれ わたし おど	昨晚他用小刀威脅了我。
27	驚かす おどろ odorokasu	吃驚	その赤い靴の値段の高さには驚かされた。 あか くつ ねだん たか おどろ	那雙紅色的鞋的價格讓我吃驚了。

28	脅かす おびや obiyakasu	威脅	核兵器は世界の平和と安全を脅かす。 _{かくへいき せかい へいわ あんぜん おびや}	核武器威脅世界的和平與安全。
29	及ぼす およ oyobosu	影響到	天候は米価に影響を及ぼす。 _{てんこう べいか えいきょう およ}	氣候影響到米價。
30	下ろす お orosu	領錢	新しい車を買う為に貯金を下ろした。 _{あたら くるま か ため ちょきん お}	為買新車領出了存款。
31	降ろす お orosu	讓人下車	駅の前で降ろしてください。 _{えき まえ お}	請在車站前讓我下車。
32	卸す おろ orosu	批發	あの商品を定価の八掛けで卸す。 _{しょうひん ていか はち が おろ}	以定價的八折批發那商品。
33	返す かえ kaesu	歸還	明日、これを君に返すよ。 _{あした きみ かえ}	明天把這個還給你。
34	帰す かえ kaesu	歸於	この科学実験は失敗に帰した。 _{かがくじっけん しっぱい かえ}	這個科學實驗以失敗告終了。
35	隠す かく kakusu	隱藏	私は弟がケーキを隠すのを見た。 _{わたし おとうと かく み}	我看到弟弟藏了蛋糕。
36	貸す か kasu	租	私は家を貸したい。 _{わたし いえ か}	我想租房子。
37	醸す かも kamosu	醸	ここは酒を醸す蔵です。 _{さけ かも くら}	這裡是醸酒的倉庫。
38	枯らす か karasu	使枯萎	鉢植えを枯らさないでください。 _{はちう か}	請不要讓盆栽枯萎。
39	交わす か kawasu	交換	私たちは互いに名刺を交わした。 _{わたし たが めいし か}	我們互相交換了名片。
40	乾かす かわ kawakasu	使乾燥	太陽が洗濯物を乾かした。 _{たいよう せんたくもの かわ}	太陽曬乾了洗衣物。
41	来す きた kitasu	引起	戦争は田畑の荒廃を来した。 _{せんそう たはた こうはい きた}	戰爭引起了田地的荒廢。

42	腐らす kusarasu	使腐爛	すぐに食べなかったのでバナナを腐らしてしまった。	因為沒馬上吃所以香蕉腐爛了。
43	崩す kuzusu	崩潰	大雨を伴う台風は堤防を崩してしまった。	伴隨著大雨的颱風崩潰了堤防。
44	下す kudasu	下達	最後に彼が命令を下さなかった。	最後他沒下達命令。
45	覆す kutsugaesu	顛覆	最後に彼らは政府を覆した。	最後他們推翻了政府。
46	暮らす kurasu	生活	私は日本で暮らしたい。	我想在日本生活。
47	消す kesu	關燈	電灯を消してください。	請關燈。
48	超す kosu	超過	予算を超さないでください。	請不要超過預算。
49	越す kosu	越過	これらの冒険家は高い山を越した。	這些冒險家越過了高山。
50	焦がす kogasu	烤焦	彼はトーストを真っ黒に焦がした。	他把吐司烤焦了。
51	志す kokorozasu	立志	私は歴史学者を志したい。	我想立志成為歷史學家。
52	肥やす koyasu	使肥沃	農夫は肥料で土地を肥やす。	農夫用肥料使土地肥沃。
53	凝らす korasu	費盡 心思	彼は新しい機械に工夫を凝らした。	他悉心鑽研於新的機械。
54	懲らす korasu	懲罰	私たちはその男の罪を懲らす。	我們懲罰那個男人。
55	殺す korosu	殺死	私はその罪を犯した者を殺したい。	我想殺死那個犯罪的人。

56	転がす korogasu	滾動	子供たちが大きな雪の玉を転がしていた。	小孩們正在滾動大雪球。
57	壊す kowasu	破壞	その事が私の全ての夢を壊した。	那件事破壞了我所有的夢想。
58	捜す sagasu	尋找	この迷子を捜してください。	請尋找這迷路的孩子。
59	探す sagasu	找	私はいい仕事を探したい。	我想找一份好工作。
60	差す sasu	撐	彼女は赤い傘を差した。	她撐了一把紅色的傘。
61	刺す sasu	刺	彼女は短刀でその男の咽喉を刺した。	她用短刀刺了那男人的咽喉。
62	指す sasu	指向	磁石の針は北を指す。	磁針指向北方。
63	挿す sasu	插進	お母さんは花瓶に花を挿した。	母親把花插進了花瓶。
64	諭す satosu	告誡	先生は生徒たちにあの過ちを諭した。	老師向學生們告誡了那個過錯。
65	覚ます samasu	醒來	僕は夜中に時々目を覚ます。	我經常在半夜時醒來。
66	冷ます samasu	冷卻	熱いミルクを氷水で冷ましてください。	請用冰水冷卻熱的牛奶。
67	示す shimesu	出示	旅券を示してください。	請出示護照。
68	記す shirusu	寫	ここに姓名と住所を記してください。	請把姓名和地址寫在此處。

69	透かす sukasu	留出 縫隙	窓を少し透かしてください。	請將窗留出一點縫隙。
70	過ごす sugosu	渡過	私は田舎で自由に過ごしたい。	我想在鄉下自由地過生活。
71	済ます sumasu	完成	私はこの仕事を明日まで済ましたい。	我想在明天前完成這項工作。
72	唆す sosonokasu	唆使 慫恿	彼は女に唆されて友人を裏切った。	他被女人慫恿，背叛了朋友。
73	反らす sorasu	弄彎	体操選手は体を後ろの方へ反らす事ができる。	體操選手能將身體向後仰。
74	倒す taosu	打倒	彼は強い相手を倒した。	他打倒了強大的對手。
75	耕す tagayasu	耕作	農家の人達は鋤で土を深く耕す。	農人們用鋤深耕土地。
76	足す tasu	加	スープにもう少し塩を足してください。	請在湯裡再加一些鹽。
77	出す dasu	拿出	パスポートを出してください。	請拿出護照。
78	正す tadasu	改正	この誤謬を正してください。	請改正這錯誤。
79	試す tamesu	嘗試	私は自分の日本語の能力を試したい。	我想試試自己的日語能力。
80	絶やす tayasu	斷絕	禍根を絶やさなければならない。	必須斷絕禍根。
81	垂らす tarasu	滴	彼女の額に汗を垂らす。	她的額頭在滴著汗水。
82	散らす chirasu	使散落	強い風が桜の花を散らした。	強風使櫻花散落。

83	散らかす ち chirakasu	亂丟	へや かみくず ち 部屋に紙屑を散らかさないでくださ い。	請不要在房間到處亂丟紙屑。
84	費やす つい tsuiyasu	耗費	ざつだん じかん つい 雑談に時間を費やさないでください。	請不要在閒聊中耗費時間。
85	遣わす つか tsukawasu	派遣	だいとうりょう にほん ししゃ つか 大統領は日本に使者を遣わした。	總統派遣使者到日本。
86	尽くす つ tsukusu	竭盡	かれ かいしゃ ため ぜんりょく つ 彼は会社の為に全力を尽くした。	他為公司竭盡了全力。
87	照らす て terasu	照亮	たいよう だいち て 太陽は大地を照らす。	太陽照亮大地。
88	通す とお toosu	通過	とお すみません、ちょっと通してください。	對不起，請借過一下。
89	溶かす と tokasu	溶解	くすり みず と この薬を水に溶かしてください。	請用水溶解這藥。
90	閉ざす と tozasu	關閉	かいこう こおり と 海港は氷に閉ざされた。	海港被冰封閉了。
91	飛ばす と tobasu	吹走	わたし ぼうし つよ かぜ と 私の帽子が強い風に飛ばされた。	我的帽子被強風吹走了。
92	治す なお naosu	治癒	ゆうめい いしゃ かれ びょうき なお あの有名な医者は彼の病気を治した。	那有名的醫生治癒了他的疾病。
93	直す なお naosu	修理	ふる いす なお この古い椅子を直してください。	請修理這把舊的椅子。
94	流す なが nagasu	用水沖	しようご かなら みず なが 使用後、必ずトイレに水を流してく ださい。	使用後，務必沖水。
95	成す な nasu	完成	かれ わか とき おお じぎょう な 彼は若い時に大きい事業を成した。	他年輕時，完成了大事業。
96	悩ます なや nayamasu	使苦惱	はげ しつう なや 激しい歯痛に悩まされている。	他為劇烈的牙疼苦惱著。

97	慣らす な narasu	馴服	動物園に野生の虎を慣らす事ができます。 <small>どうぶつえん やせい とら な こと</small>	我能馴服動物園裡的野生虎。
98	鳴らす な narasu	使…出聲	あの寺は鐘を鳴らしている。 <small>てら かね な</small>	那座寺廟正在響鐘。
99	逃がす に nigasu	使逃走	悪人を逃がす。 <small>あくにん に</small>	讓壞人逃走了。
100	濁す にご nigosu	弄濁	この記録的な大雨でこの川の水を濁した。 <small>きろくてき おおあめ かわ みず にご</small>	這場記錄性的大雨弄濁這條河水了。
101	抜かす ぬ nukasu	遺漏	大事なところを抜かさないでください。 <small>だいじ ぬ</small>	請不要遺漏最重要的地方。
102	寝かす ね nekasu	使睡覺	彼女はベビーベッドを揺すって子どもを寝かす。 <small>かのじょ ゆ こ ね</small>	她搖動搖籃，讓小孩入睡。
103	逃す のが nogasu	錯過	今日、私は始発電車を逃しました。 <small>きょう わたし しはつでんしゃ のが</small>	今天我錯過了頭班車。
104	残す のこ nokosu	留下	彼は財産を娘に残しませんでした。 <small>かれ ざいさん むすめ のこ</small>	他沒留下財產給女兒。
105	延ばす の nobasu	延長	私は日本滞在を1週間延ばしたい。 <small>わたし にほんたいざい いっしゅうかん の</small>	我想延長一星期時間逗留日本。
106	伸ばす の nobasu	伸	彼は手を伸ばして本棚から本を取った。 <small>かれ て の ほんだな ほん と</small>	他伸手，從書架拿了書。
107	化かす ば bakasu	欺騙 迷惑	君はあの男に化かされないでください。 <small>きみ おとこ ば</small>	請你不要被那男人迷惑。
108	励ます はげ hagemasu	鼓勵	いつも自分で自分を励ます。 <small>じぶん じぶん はげ</small>	隨時鼓勵自己。
109	外す はず hazusu	取下	あの携帯電話を充電器から外してください。 <small>けいたいでんわ じゅうでんき はず</small>	請從充電器取下那手機。

110	果たす はたす hatasu	完成	やっと 私 は 私 の 義務を果たしました。	終於完成了我的義務。
111	放す はな hanasu	放開	あの大事な綱を放さないでください。	請不要放開那條重要的粗繩。
112	離す はな hanasu	分離	雄と雌を離してください。	請將雄雌分離。
113	話す はな hanasu	説	ゆっくり話してください。	請慢慢地説。
114	生やす は hayasu	長出	彼は鬚を生やし始めた。	他開始長出了鬍鬚。
115	晴らす は hayasu	解除	親友と酒で 心 の憂さを晴らした。	和親密的朋友以酒遣散心中的憂愁。
116	浸す ひた hitasu	浸泡	赤いタオルを水に浸してください。	請把紅色的毛巾浸泡在水裡。
117	冷やす ひ hiyasu	冰鎮	ビールを冷蔵庫で冷やしてください。	請將啤酒放入冰箱冰鎮。
118	翻す ひるがえ hirugaesu	改變	彼らは既に彼らの 承 諾を 翻 した。	他們已改變了他們的承諾。
119	更かす ふ fukasu	熬夜	昨夜、 私 は英語を勉 強 して夜を更かした。	昨晚我讀英語而熬夜。
120	伏す ふ fusu	潛伏	強盗は山で伏している。	強盗正潛伏在山裡。
121	増やす ふ fuyasu	增加	製菓工 場 は徐々に生産 量 を増やす。	製菓工廠漸漸地增加生產量。
122	殖やす ふ fuyasu	繁殖	金魚を殖やしてください。	請繁殖金魚。
123	減らす へ herasu	減少	必要な経費を減らさないでください。	請不要減少必要的經費。

124	干す ほ hosu	曬乾	洗濯物を日に干してください。	請在陽光下曬乾衣物。
125	施す ほどこ hodokosu	施捨	貧しい人に金銭を施してください。	請把金錢施捨給貧窮的人。
126	滅ぼす ほろ horobosu	毀滅	核兵器は我が地球を滅ぼすと思います。	我認為核子武器會毀滅我們的地球。
127	負かす ま makasu	打敗	強い軍隊は敵を負かした。	強大的軍隊打敗了敵人。
128	任す まか makasu	委託	彼は重大な責任を任された。	他被委託了重要的責任。
129	紛らす まぎ magirasu	排解	彼は寂しさを紛らす為にギターを弾いていた。	他為排解寂寞而彈了吉他。
130	増す ま masu	增加	その海外ニュースで私の不安が増した。	那則海外新聞增加了我的不安。
131	回す まわ mawasu	旋轉	この赤いねじをしっかり回して下さい。	請確實地轉緊好這紅色的螺絲。
132	満たす み mitasu	滿足	政府は人民の希望を満たさなければなりません。	政府必須滿足人民的期望。
133	乱す みだ mitasu	弄亂	その知らせは彼の決心を大いに乱した。	那消息大大地打亂了他的決心。
134	蒸す む musu	蒸	蒸篭で魚を10分間蒸し下さい。	請用蒸籠蒸魚10分鐘。
135	蒸らす む murasu	悶燒	豚肉を暫く蒸らして下さい。	豬肉請再悶一會兒。
136	召す め mesu	召見	姫がお召しです。	公主召見你。

137	もう 申す mousu	説	彼は以前にこう申しました。	他以前就這麼説了。
138	もど 戻す modosu	放回	その本を棚に戻して下さい。	請把那本書放回書架。
139	も 燃やす moyasu	燃燒	私たちは紙屑を燃やした。	我們燃燒了廢紙。
140	もよお 催す moyoosu	舉行	彼女はパーティーを催した。	她舉辦了派對。
141	も 漏らす morasu	洩漏	私たちはあの秘密をわざわざ漏らした。	我們故意洩漏了那個秘密。
142	やど 宿す yadosu	懷孕	彼女は私の子を宿す。	她懷了我的孩子。
143	ゆる 許す yurusu	原諒	彼は彼女の過失を許さなかった。	他沒饒恕她的過失。
144	よご 汚す yogosu	弄髒	あの白い洋服を汚さないでください。	請不要弄髒那套白色的西裝。
145	わ 沸かす wakasu	使沸騰	お茶を沸かして下さい。	請煮茶。
146	わずら 煩わす wazurawasu	使煩惱	ていねんたいしょくご、心を煩わす事が何も無い。	退休以後，都沒有什麼煩心的事。
147	わた 渡す watasu	交	私は入り口で車掌に切符を渡した。	我把票交給了入口處的站務員。

> **提示**　一個單字有很多字義，請在明白文法規則變化後，勤查字典來提升日語能力！

4： 待　　待つ

漢字「待」+「つ」 = 「待つ」日本字

表一 「待つ」語尾變化表　只要語尾是「つ」的動詞都適用此表

語幹 （中文字意）	語尾 （變化形式）	接合元件	活用形	中文語意
待 （待）	た	ない（不）	未然形	不等
	と	う（要）		要等 ； 等吧！ （表示「意志、勸誘」的語氣）
	ち	たい（想）	連用形	想等
	っ	た		等了 （表示過去式）
	つ	。	終止形	等。
	つ	名詞（人）	連體形	等的人
	て	ば（假如）	假定形	假如等的話
	て		命令形	等 （表示「命令」的語氣）

上述表格的例句發音練習（搭配主詞） ▶04-13

1. 私は待たない。　　　　我不等。
2. 私は待とうと思う。　　我要等。
3. 私は待ちたい。　　　　我想等。
4. 私は待った。　　　　　我等了。
5. 私は待つ。　　　　　　我等。
6. あそこで待つ人は誰か？　在那兒等的人是誰？
7. 私は待てば……　　　　假如我等的話
8. 待て　　　　　　　　　等一下！

表二 時態與語氣分析表

	普通語氣 （常體）	客氣語氣 （敬體）
1. 現在式肯定語氣	待つ (matsu)	待ちます (machimasu)
2. 現在式否定語氣	待たない (matanai)	待ちません (machimasen)
3. 過去式肯定語氣	待った (matta)	待ちました (hanashimashita)
4. 過去式否定語氣	待たなかった (matanakatta)	待ちませんでした (machimasendeshita)
5. 表示「想」的語氣	待ちたい (machitai)	待ちたいです (machitaidesu)
6. 表示「假設」的語氣（1）	待てば (mateba)	
7. 表示「假設」的語氣（2）	待ったら (mattara)	待ちましたら (hanashimashitara)
8. 表示「命令」的語氣	待て (mate)	待ちませ (machimase)
9. 表示「意志」的語氣	待とう (matou)	待ちましょう (machimashou)
10. 表示「使役」的語氣	待たせる (mataseru)	待たせます (matasemasu)
11. 表示「被動」的語氣	待たれる (matareru)	待たれます (mataremasu)
12. 表示「可能」的語氣	待てる (materu)	待てます (matemasu)
13. 表示「て」的形式語氣	待って (matte)	待ちまして (machimashite)

表三 重要句型發音練習　只要是語尾「つ」的動詞都適用此表　🔊04-14

1. 待^またない　　　　　　　（ 不等 ）

2. 待^またなかった　　　　　（ 不等的過去式語氣 ）

3. 待^まちたい　　　　　　　（ 想等 ）

4. 待^まちたかった　　　　　（ 想等待的過去式語氣 ）

5. 待^まちたくない　　　　　（ 不想等 ）

6. 待^まちたくなかった　　　（ 不想等的過去式語氣 ）

7. 待^まちなさい　　　　　　（ 請等 ）

8. 待^まってください　　　　（ 請等 ）

9. 待^またないでください　　（ 請不要等 ）

10. 待^またせてください　　　（ 請讓我等 ）

11. 待^またせないでください　（ 請不要讓某人等 ）

12. 待^またなければなりません　（ 非等不可！ ）

13. 待^まつ事^{こと}ができる　　　　（ 能等 ）

表四 有關「待(ま)つ」的例句綜合練習　◖04-15

	日文例句	中文意義
1	私(わたし)はあなたを待(ま)つ。	我等你。
2	あなたは私(わたし)を待(ま)ちます。	你等我。
3	私(わたし)はあなたを二時間(にじかん)待(ま)った。	我等了你兩小時。
4	私(わたし)たちはここで3時間(さんじかん)待(ま)ちました。	我們在這裡等了3小時。
5	君(きみ)はここでもうこれ以上(いじょう)待(ま)たない方(ほう)が良(よ)い。	你最好不要在這裡再等下去。
6	今日(きょう)、私(わたし)は君(きみ)を待(ま)ちません。	今天我不等你。
7	昨日(きのう)、私(わたし)は公園(こうえん)で君(きみ)を待(ま)たなかった。	昨天我沒在公園等你。
8	昨日(きのう)、私(わたし)は公園(こうえん)で君(きみ)を待(ま)ちませんでした。	昨天我沒在公園等你。
9	今(いま)、私(わたし)は駅(えき)で君(きみ)を待(ま)ちたい。	現在我想在車站等你。
10	昨日(きのう)、私(わたし)は駅(えき)で君(きみ)を待(ま)ちたかった。	昨天我想在車站等你。
11	明日(あした)、私(わたし)は駅(えき)で彼女(かのじょ)を待(ま)ちたくない。	明天我不想在車站等她。
12	昨日(きのう)、私(わたし)は駅(えき)で彼女(かのじょ)を待(ま)ちたくなかった。	昨天我本來不想在車站等她。
13	ちょっと待(ま)ってください。	請稍等。
14	ここで少々(しょうしょう)お待(ま)ちください。	請在這裡稍等。
15	ここでちょっと待(ま)ちなさい。	請在這裡稍等。
16	万一(まんいち)私(わたし)が乗(の)り遅(おく)れたら、私(わたし)を待(ま)たないでください。	萬一我趕不上列車時，請不要等我。
17	あなたは彼(かれ)をここで待(ま)たせておいてください。	請你讓他在此處等候。
18	あんな寒(さむ)い夜(よる)に、長(なが)く彼(かれ)らを待(ま)たせないでください。	在那樣寒冷的夜，請不要讓他們久等。

19	あなたたちは午後六時（ご ご ろく じ）までここで彼女（かのじょ）を待（ま）たなければなりませ**ん**。	你們必須在此處等她到下午6點。
20	私（わたし）は明日（あした）まで眠（ねむ）らずに待（ま）つ事（こと）が出来（でき）ます。	我能不睡覺地等到明天。
21	あなたはそれを明日（あした）まで待（ま）つ事（こと）が出来（でき）ますか？	你能等那個到明天嗎？
22	待（ま）つ人（ひと）が早（はや）く来（く）れば良（よ）いです。	如果等的人早點來的話就好了。
23	どこであなたを待（ま）てば良（よ）いですか？	我在哪裡等你好呢？
24	私（わたし）は彼女（かのじょ）をどこで待（ま）ったら良（よ）いですか？	我在哪裡等她好呢？
25	私（わたし）が待（ま）てるのは午後五時（ご ご ご じ）までです。	我能等到下午五點。
26	午後五時（ご ご ご じ）まで待（ま）て。	等到下午五點！
27	お待（ま）たせしました。	讓您久等了。
28	待（ま）たせてすみませ**ん**でした。	對不起讓您久等了。
29	待（ま）たされるのは我慢（が まん）できません。	不能忍受等待。（我不等人。）
30	午後五時（ご ご ご じ）まで待（ま）とう。	等到下午5點吧！
31	私（わたし）は列車（れっしゃ）の到着（とうちゃく）を心（こころ）から待（ま）ち望（のぞ）みます。	我打從心裡期待火車的到達。
32	私（わたし）は彼（かれ）に会（あ）うのが待（ま）ち切（き）れない。	我等不及要見他。
33	私（わたし）は待（ま）ちに待（ま）ったが、彼女（かのじょ）がついにやって来（き）た。	我等了又等，她終於來了。

提醒

1：日文基本句型：s は o を v

2：（待（ま）ち）可以當作名詞

3：語尾是「つ」的動詞單字變化形式都一樣。

表五 第 4 類動詞語尾是「つ」動詞單字與例句綜合練習　　▶04-16

編號	日文單字	中文單字	日文例句	中文意義
1	誤る あやま ayamaru	弄錯	やり方を 誤らないでください。 かた　あやま	請不要弄錯作法。
2	撃つ う utsu	射擊	鳥を撃たないでください。 とり　う	請不要射擊鳥。
3	打つ う utsu	打	あの選手はボールを強く打った。 せんしゅ　　　　　　つよ　う	那選手用力打了球。
4	討つ う utsu	討伐	敵を討たなければなりません。 てき　う	必須討伐敵人。
5	勝つ か katsu	獲勝	この訴訟は勝ちたい。 そしょう　か	我想贏得這場訴訟。
6	育つ そだ sodatsu	生長	この珍しい花は高い山で育つ。 めずら　　　はな　たか　やま　そだ	這朵新奇的花是在高山上培育。
7	立つ た tatsu	站立	直ぐに立ちなさい。 す　　　た	請立刻站起來。
8	建つ た tatsu	建造	そこには高い建物が建つ予定です。 たか　たてもの　た　よてい	預計要在那裡建造高樓。
9	裁つ た tatsu	裁剪	この新しいはさみは布や紙などを裁つ事ができる。 あたら　　　　　ぬの　かみ　　　た　　こと	這把新的剪刀能剪布和紙等材質。
10	絶つ た tatsu	戒除	私は既に悪い習慣を絶った。 わたし　すで　わる　しゅうかん　た	我已經戒除了不好的習慣。
11	断つ た tatsu	斷絕	あの人との関係を断ってください。 ひと　　　かんけい　た	請斷絕與那人的關係。
12	経つ た tatsu	經過	時間が経つのは早い。 じかん　た　　　　はや	時間過得很快。

13	保つ tamotsu	保持	世界の平和を保ってください。	請維持世界的和平。
14	放つ hanatsu	發射	警官隊はデモ隊に催涙弾を放った。	警察向示威群眾發射出催涙彈。
15	待つ matsu	等候	ちょっと待ってください。	請稍等。
16	持つ motsu	持有	彼は入場券を手に持っている。	他持有門票。

> **提示** 一個單字有很多字義，請在明白文法規則變化後，勤查字典來提升日語能力！

5： 死　死ぬ

漢字「死」＋「ぬ」＝「死ぬ」日本字

表一 「死ぬ」語尾變化表　語尾是「ぬ」的動詞，只有「死ぬ」。

語幹 （中文字意）	語尾 （變化形式）	接合元件	活用形	中文語意
死 （死）	な	ない（不）	未然形	不死
	の	う（要）		要死 ； 死吧！ （表示「意志、勸誘」的語氣）
	に	たい（想）	連用形	想死
	ん	だ		死了 （表示過去式）
	ぬ	。	終止形	死。
	ぬ	名詞（時）	連體形	死的時候
	ね	ば（假如）	假定形	假如死的話
	ね		命令形	去死 （表示「命令」的語氣）

上述表格的例句發音練習（搭配主詞） ◖▶04-17

1. 私は死なない。　　　　我不死。

2. 一緒に死のう。　　　　一起死吧！

3. 私は死にたい。　　　　我想死。

4. 彼は死んだ。　　　　　他死了。

5. 人は必ず死ぬ。　　　　人必死。

6. 人が死ぬ時は何時か？　人死的時候是何時？

7. 死ねば　　　　　　　　假如死的話 ……

8. 死ね。　　　　　　　　去死！

表二 時態與語氣分析表

	普通語氣 （常體）	客氣語氣 （敬體）
1. 現在式肯定語氣	死ぬ (shinu)	死にます (shinimasu)
2. 現在式否定語氣	死なない (shinanai)	死にません (shinimasen)
3. 過去式肯定語氣	死んだ (shinda)	死にました (shinimashita)
4. 過去式否定語氣	死ななかった (shinanakatta)	死にませんでした (shinimasendeshita)
5. 表示「想」的語氣	死にたい (shinitai)	死にたいです (shinitaidesu)
6. 表示「假設」的語氣（1）	死ねば (shineba)	
7. 表示「假設」的語氣（2）	死んだら (shindara)	死にましたら (shinimashitara)
8. 表示「命令」的語氣	死ね (shine)	死にませ (shinimase)
9. 表示「意志」的語氣	死のう (shinou)	死にましょう (shinimashou)
10. 表示「使役」的語氣	死なせる (shinaseru)	死なせます (shinasemasu)
11. 表示「被動」的語氣	死なれる (shinareru)	死なれます (shinaremasu)
12. 表示「可能」的形式語氣	死ねる (shineru)	死ねます (shinemasu)
13. 表示「て」的形式語氣 有標點符號（，）作用	死んで (shinde)	死にまして (shinimashite)

1. 死なない　　　　　　　　（ 不死 ）

2. 死ななかった　　　　　　（ 不死的過去式語氣 ）

3. 死にたい　　　　　　　　（ 想死 ）

4. 死にたかった　　　　　　（ 想死的過去式語氣 ）

5. 死にたくない　　　　　　（ 不想死 ）

6. 死にたくなかった　　　　（ 不想死的過去式語氣 ）

7. 死になさい　　　　　　　（ 請死 ）

8. 死んでください　　　　　（ 請死 ）

9. 死なないでください　　　（ 請不要死 ）

10. 死なせてください　　　　（ 請讓我死 ）

11. 死なせないでください　　（ 請不要讓某人死 ）

12. 死ななければなりません　（ 非死不可！ ）

13. 死ぬ事ができる　　　　　（ 能死 ）

表四 「死ぬ」的例句綜合練習 ◀ 04-19

	日文例句	中文意義
1	人は 必 ず死ぬ。	人一定會死。
2	私 達はいつか死にます。	我們總有一天會死。
3	彼は最近死んだ。	他最近死了。
4	彼女は五 十 歳で死にました。	她在 50 歲時死了。
5	あいつはまだ死なない。	那傢伙還不死。
6	幸 運に彼はその船難で死ななかった。	幸運地他沒死於那場船難。
7	私 はとても死にたい。	我很想死。
8	私 はまだ死にたくない。	我還不想死。
9	直ちに死んでください。	請馬上去死。
10	死なないで。	不要死。
11	「 私 は死ななければなりません。」と、彼女は絶望 的に言った。	她絕望地説了「我必須死」。
12	国の為に死ぬ事が出来る。	我能為國家而死。
13	「一緒に死のう」と、彼女は絶望的に言った。	她絕望地説了「一起死吧」。
14	彼 女は退屈で死にそうだ。	她好像無聊得要死。
15	君の友人は死ぬ前にこの手紙を書いたようだ。	你的朋友似乎在死之前寫了這封信。
16	夫 に死なれた女性は未亡人と呼ばれる。	死了丈夫的女性稱做寡婦。
17	早く死ねば好いのに。	真希望你早點去死。
18	死ね！	去死！（ 口語 ）

提醒 語尾是「ぬ」的動詞單字只有一個。

6： 飲　飲む
　　　　　　の

漢字「飲」+「む」 ＝ 「飲む」日本字
　　　　　　　　　　　の

表一　「飲む」語尾變化表　只要是語尾「む」的動詞都適用此表
　　　　　　の

語幹（中文字意）	語尾（變化形式）	接合元件	活用形	中文語意
飲（喝）	ま	ない（不　）	未然形	不喝
	も	う（要　）		要喝　；　喝吧！（表示「意志、勸誘」的語氣）
	み	たい（想　）	連用形	想喝
	ん	だ		喝了（表示過去式）
	む	。	終止形	喝。
	む	名詞（人）	連體形	喝的人
	め	ば（假如　）	假定形	假如喝的話
	め		命令形	喝（表示「命令」的語氣）

上述表格的例句發音練習（搭配主詞）　　◀ 04-20

1. 私 は酒を飲まない。　　　　我不喝酒。
　わたし さけ の

2. 一緒に飲もう。　　　　　　我們一起喝一杯吧。
　いっしょ の

3. 私 は酒を飲みたい。　　　　我想喝酒。
　わたし さけ の

4. 私 は酒を飲んだ。　　　　　我喝了酒。
　わたし さけ の

5. 私 は酒を飲む。　　　　　　我喝酒。
　わたし さけ の

6. あそこで酒を飲む人は誰か？　在那裡喝酒的人是誰？
　　　　さけ の ひと だれ

7. 飲めば……　　　　　　　　假如喝的話
　の

8. 飲め。　　　　　　　　　　喝！
　の

表二 時態與語氣分析表　只要是語尾「む」的動詞都適用此表

	普通語氣 （常體）	客氣語氣 （敬體）
1. 現在式肯定語氣	飲む (nomu)	飲みます (nomimasu)
2. 現在式否定語氣	飲まない (nomanai)	飲みません (nomimasen)
3. 過去式肯定語氣	飲んだ (nonda)	飲みました (nomimashita)
4. 過去式否定語氣	飲まなかった (nomanakatta)	飲みませんでした (nomimasendeshita)
5. 表示「想」的語氣	飲みたい (nomitai)	飲みたいです (nomitaidesu)
6. 表示「假設」的語氣（1）	飲めば (nomeba)	
7. 表示「假設」的語氣（2）	飲んだら (nondara)	飲みましたら (nomimashitara)
8. 表示「命令」的語氣	飲め (nome)	飲みませ (nomimase)
9. 表示「意志」的語氣	飲もう (nomou)	飲みましょう (nomimashou)
10. 表示「使役」的語氣	飲ませる (nomaseru)	飲ませます (nomasemasu)
11. 表示「被動」的語氣	飲まれる (nomareru)	飲まれます (nomaremasu)
12. 表示「可能」的語氣	飲める (nomeru)	飲めます (nomemasu)
13. 表示「て」的形式語氣 有標點符號（，）作用	飲んで (nonde)	飲みまして (nomimashite)

表三 重要句型發音練習　只要是語尾「む」的動詞都適用此表　　04-21

1. 飲まない　　　　　　　　　（ 不喝 ）
2. 飲まなかった　　　　　　　（ 不喝的過去式語氣 ）
3. 飲みたい　　　　　　　　　（ 想喝 ）
4. 飲みたかった　　　　　　　（ 想喝的過去式語氣 ）
5. 飲みたくない　　　　　　　（ 不想喝 ）
6. 飲みたくなかった　　　　　（ 不想喝的過去式語氣 ）
7. 飲みなさい　　　　　　　　（ 請喝 ）
8. 飲んでください　　　　　　（ 請喝 ）
9. 飲まないでください　　　　（ 請不要喝 ）
10. 飲ませてください　　　　　（ 請讓我喝 ）
11. 飲ませないでください　　　（ 請不要讓某人喝 ）
12. 飲まなければなりません　　（ 非喝不可！ ）
13. 飲む事ができる　　　　　　（ 能喝 ）

表四 有關「飲む」的例句綜合練習 　04-22

	日文例句	中文意義
1	私 は水を飲む。	我喝水。
2	私 は水を飲みます。	我喝水。
3	昨日、 私 はお酒を飲んだ。	昨天我喝了酒。
4	昨日、 私 はお酒を飲みました。	昨天我喝了酒。
5	彼女はお酒を飲まない。	她不喝酒。
6	彼女はお酒を飲みません。	她不喝酒。
7	昨日、彼女はお酒を飲まなかった。	昨天她沒喝酒。
8	昨日、彼女はお酒を飲みませんでした。	昨天她沒喝酒。
9	私 はこのブランデーを飲みたい。	我想喝這白蘭地。
10	昨日、 私 は彼とお酒を飲みたかった。	昨天我本來想和他喝酒。
11	私 は彼とお酒を飲みたくない。	我不想和他喝酒。
12	昨夜、 私 はビールを飲みたくなかった。	昨晚我本來不想喝啤酒。
13	あなたはもっとビールを飲んでください。	你請喝更多的啤酒。
14	この 薬 を早く飲みなさい。	請趕快吃這藥。
15	お酒を飲まないでください。	請不要喝酒。
16	６時おきに彼女に 薬 を一服飲ませてください。	請每隔六小時讓她吃一次藥。
17	あなたは彼女にお酒を飲ませないでください。	請你不要讓她喝酒。
18	この 薬 を飲まなければなりませんか？	我必須要吃這藥嗎？
19	この子供は苦い 薬 を飲む事が出来る。	這小孩能吃苦的藥。
20	その子供は苦い 薬 を飲む事が出来ない。	那小孩不能吃苦的藥。

21	<ruby>去年<rt>きょねん</rt></ruby>、その<ruby>子供<rt>こども</rt></ruby>は<ruby>苦<rt>にが</rt></ruby>い <ruby>薬<rt>くすり</rt></ruby> を<ruby>飲<rt>の</rt></ruby>む<ruby>事<rt>こと</rt></ruby>が<ruby>出来<rt>でき</rt></ruby>なかった。	去年那小孩還不能吃苦的藥。
22	<ruby>去年<rt>きょねん</rt></ruby>、その<ruby>子供<rt>こども</rt></ruby>は<ruby>苦<rt>にが</rt></ruby>い <ruby>薬<rt>くすり</rt></ruby> を<ruby>飲<rt>の</rt></ruby>む<ruby>事<rt>こと</rt></ruby>が<ruby>出来<rt>でき</rt></ruby>ませんでした。	去年那小孩還不能吃苦的藥。
23	この <ruby>薬<rt>くすり</rt></ruby> を<ruby>飲<rt>の</rt></ruby>めば <ruby>病気<rt>びょうき</rt></ruby>が<ruby>治<rt>なお</rt></ruby>る。	如果吃這藥的話，疾病會治好。
24	お<ruby>酒<rt>さけ</rt></ruby>を<ruby>飲<rt>の</rt></ruby>んだら<ruby>運転<rt>うんてん</rt></ruby>するな。	如果喝了酒，就不要開車。
25	<ruby>彼女<rt>かのじょ</rt></ruby>はお<ruby>酒<rt>さけ</rt></ruby>をなかなか<ruby>飲<rt>の</rt></ruby>める。	她很能喝酒。

> **提醒**
>
> 1：日文基本句型：s は o を v
>
> 2：（<ruby>飲<rt>の</rt></ruby>み）可以當作名詞
>
> 3：語尾是「む」的動詞單字變化形式都一樣。

表五 第 6 類動詞語尾是「む」動詞單字與例句綜合練習　▶ 04-23

編號	日文單字	中文意義	日文例句	中文意義
1	<ruby>赤<rt>あか</rt></ruby>らむ akaramu	變紅	<ruby>熟<rt>じゅく</rt></ruby>した<ruby>柿<rt>かき</rt></ruby>の<ruby>実<rt>み</rt></ruby>が<ruby>赤<rt>あか</rt></ruby>らんでいる。	成熟的柿子紅透了。
2	<ruby>明<rt>あか</rt></ruby>らむ akaramu	天亮	<ruby>暁<rt>あかつき</rt></ruby>に<ruby>東<rt>ひがし</rt></ruby>の<ruby>空<rt>そら</rt></ruby>が<ruby>明<rt>あか</rt></ruby>らむ。	黎明時東方的天空漸亮。
3	<ruby>編<rt>あ</rt></ruby>む amu	編織	<ruby>彼女<rt>かのじょ</rt></ruby>は<ruby>毛糸<rt>けいと</rt></ruby>で<ruby>赤<rt>あか</rt></ruby>い<ruby>靴下<rt>くつした</rt></ruby>を<ruby>編<rt>あ</rt></ruby>む。	她用毛線編織紅色的襪子。
4	<ruby>怪<rt>あや</rt></ruby>しむ ayashimu	懷疑	<ruby>大統領<rt>だいとうりょう</rt></ruby>の<ruby>能力<rt>のうりょく</rt></ruby>を<ruby>怪<rt>あや</rt></ruby>しまないでください。	請不要懷疑總統的能力。
5	<ruby>危<rt>あや</rt></ruby>ぶむ ayabumu	擔心	<ruby>彼<rt>かれ</rt></ruby>の<ruby>安全<rt>あんぜん</rt></ruby>を<ruby>危<rt>あや</rt></ruby>ぶまないでください。	請不要擔心他的安全。
6	<ruby>歩<rt>あゆ</rt></ruby>む ayumu	走	<ruby>新<rt>あたら</rt></ruby>しい<ruby>道<rt>みち</rt></ruby>を<ruby>歩<rt>あゆ</rt></ruby>んでください。	請走新的路。

7	哀れむ あわ awaremu	可憐	彼を哀れまないでください。 かれ あわ	請不要可憐他。
8	勇む いさ isamu	精神抖擻	彼らは勇んで甲子園に出発します。 かれ いさ こうしえん しゅっぱつ	他們精神抖擻地出發去甲子園。
9	傷む いた itamu	腐爛壞掉	あまり長く置くと桃が傷むよ。 なが お もも いた	放太久的話桃子會腐爛掉喔。
10	痛む いた itamu	疼痛	昨夜私の歯が酷く痛んだ。 さくやわたし は ひど いた	昨晚我的牙齒非常疼痛。
11	悼む いた itamu	哀悼	私は彼の突然の死を深く悼んだ。 わたし かれ とつぜん し ふか いた	我深深哀悼他突然的逝世。
12	慈しむ いつく itsukushimu	慈愛	彼女は孤児を慈しみ育てる。 かのじょ こじ いつく そだ	她慈愛地培育孤兒。
13	営む いとな itonamu	經營	彼の野望は自分の事業を営む事だ。 かれ やぼう じぶん じぎょう いとな こと	他的野心是要經營自己的事業。
14	挑む いど idomu	挑戰	選手たちは皆世界新記録に挑みたい。 せんしゅ みなせかいしんきろく いど	選手們都想挑戰新世界記錄。
15	忌む い imu	忌諱	昔は同性結婚を忌む傾向が有った。 むかし どうせいけっこん い けいこう あ	以前有忌諱同性婚姻的傾向。
16	卑しむ いや iyashimu	鄙視	私は嘘吐きを卑しむ。 わたし うそつ いや	我看不起說假話的人。
17	疎む うと utomu	疏遠	旧友を疎まないでください。 きゅうゆう うと	請不要疏遠舊友。
18	産む う umu	產	この雌鶏は毎日卵を産む。 めんどり まいにちたまご う	這隻母雞每天產卵。
19	生む う umu	生	金が利息を生む。 かね りそく う	本金生利息。
20	恨む うら uramu	怨恨	彼は離婚した妻を恨まなかった。 かれ りこん つま うら	他不怨恨離婚的妻子。

21	潤む うる urumu	濕潤	あの少女の目は涙で潤んでいた。	那少女淚眼汪汪。
22	笑む え emu	微笑	君が笑む度もっと見たくなる。	每次你微笑，我都想多看幾眼。
23	拝む おが ogamu	拜	彼は仏を黙って拝んだ。	他靜靜地拜了佛。
24	惜しむ お oshimu	珍惜	私たちは時を惜しまなければなりません。	我們必須愛惜光陰。
25	囲む かこ kakomu	包圍	正しい答えを丸で囲んでください。	請用圓圈圈出正確的答案。
26	悲しむ かな kanashimu	悲傷	彼女は母親の死を悲しんでいた。	她為母親的死而悲傷。
27	絡む から karamu	交流	私は彼女に絡む必要は無い。	我沒有接觸她的必要。
28	刻む きざ kizamu	雕刻	彼は大理石を刻んで仏像を作った。	他雕刻大理石，做了佛像。
29	酌む く kumu	斟	私たちは桜を見ながら酒を酌んで飲みました。	我們一邊看櫻花，一邊倒酒喝了。
30	組む く kumu	組裝	これは丸太で組んだ筏です。	這是用原木組裝而成的木筏。
31	悔やむ く kuyamu	懊悔	覚えて！後できっと悔やむなよ。	記得！之後一定不要懊悔哦。
32	苦しむ くる kurushimu	痛苦	私は歯痛に苦しんでいる。	我苦於牙痛。
33	好む この konomu	喜歡	私はテニスを見る事を好む。	我愛好看網球。
34	拒む こば kobamu	拒	我々は彼女の要求を丁重に拒んだ。	我們鄭重地拒絕了她的要求。

35	込む こ komu	擁擠	ラッシュ時の通勤電車はいつも込んでいる。	尖峰時刻的通勤電車總是擁擠。
36	沈む しず shizumu	沉	太陽が既に西に沈んだ。	太陽已西沉了。
37	親しむ した shitashimu	親近	彼女は大変親しみ易い。	她非常容易親近。
38	済む す sumu	完成	九時ちょっと前に仕事が済んだ。	我們在九點之前完成這工作。
39	住む す sumu	居住	私は独りで田舎に住みたい。	我想一個人住在鄉下。
40	澄む す sumu	清澈	この小川の水がとても澄んでいる。	這條小河的水非常清澈。
41	進む すす susumu	前進	大勢の人々はゆっくり前へ進んだ。	大批的人們慢慢地前進了。
42	涼む すず suzumu	乘涼	彼女は川の堤で涼んでいる。	她正在河堤邊乘涼。
43	畳む たた tatamu	摺、疊	このシャツを畳んでください。	請摺這件襯衫。
44	楽しむ たの tanoshimu	享受	人生を楽しんでください。	請享受人生。
45	頼む たの tanomu	拜託	私はあなたに頼みたい事が有ります。	我有想拜託你的事。
46	縮む ちぢ chidjimu	縮小	この羊毛のセーターは洗濯すると縮む。	這羊毛的毛衣洗滌的話會縮水。
47	慎む つつし tsutsushimu	謹慎	言行を慎んでください。	請謹言慎行。
48	謹む つつし tsutsushimu	恭謹	謹んで新年のお慶びを申し上げます。	謹賀新年。

49	包む tsutsumu	包	これを紙にしっかり包んでください。	請把這個用紙確實地包起來。
50	積む tsumu	累積	彼女は巨万の富を積んだ。	她累積了萬貫家產。
51	摘む tsumu	摘	この赤い花を摘まないでください。	請不要摘這朵紅色的花。
52	富む tomu	富有	彼は経験に富む。	他富有經驗。
53	慰む nagusamu	消遣	私は本を読んで慰む。	我靠讀書消遣。
54	和む nagomu	平靜下來	彼女の話を聴くと私の心が和む。	聽了她的話，我的心就安定下來。
55	懐かしむ natsukashimu	懷念	お年寄りは頻りに故郷を懐かしむ。	老人家頻繁地懷念故鄉。
56	悩む nayamu	煩惱	彼は仕事でひどく悩む。	他為工作非常煩惱。
57	憎む nikumu	憎恨	彼はあなたを憎まない。	他不憎恨你。
58	盗む nusumu	偷竊	私の財布は盗まれた。	我的錢包被偷走了。
59	飲む nomu	喝	私は冷たい飲み物を飲みたい。	我想喝冰涼的飲料。
60	臨む nozomu	面對	私は海に臨む家が欲しい。	我想要一間面對海的房子。
61	望む nozomu	希望	彼の養母は彼の幸福だけを望む。	他的養母只希望他幸福。
62	励む hagemu	努力	あなたは勉強に励まなければなりません。	你必須努力學習。

63	はさ 挟む hasamu	夾	まど ゆび はさ 窓に指を挟まないでください。	請不要被窗戶夾到手指。
64	はず 弾む hazumu	彈跳	あか たか はず その赤いボールは高く弾んだ。	那個紅色的球彈得很高。
65	はば 阻む habamu	阻止	てき ぜんしん おお かわ はば 敵の前進は大きな川に阻まれた。	敵人的前進被大河阻止了。
66	ひそ 潜む hisomu	潛藏	しめいてはいはん やま なか ひそ 指名手配犯は山の中に潜んでいる。	通緝犯正潛藏在山中。
67	ふく 含む fukumu	包含	くち みず ふく 口に水を含まないでください。	口中請不要含著水。
68	ふく 膨らむ fukuramu	膨脹	ふうせん くうき い ふく ゴム風船に空気を入れたら膨らむ。	氣球打進空氣後就膨脹。
69	ふ 踏む fumu	踩踏	しばふ ふ 芝生を踏まないでください。	請不要踩踏草坪。
70	めぐ 恵む megumu	救濟	おとこ こじき めぐ その男は乞食を恵んだ。	那男人救濟了乞丐。
71	やす 休む yasumu	休息	やす ひつよう あ あなたは休む必要が有る。	你有必要休息。
72	や 病む yamu	生病	かれ つうふう や 彼は痛風を病んでいる。	他患有痛風病。
73	や 止む yamu	停止	あめ すで や 雨は既に止んだ。	雨已停了。
74	ゆる 緩む yurumu	鬆動	くつ ひも ゆる 靴の紐が緩んだ。	鞋帶鬆了。
75	よ 読む yomu	閱讀	しょ よ このビジネス書を読んでください。	請看這本商業書。

提示 一個單字有很多字義，請在明白文法規則變化後，勤查字典來提升日語能力！

7： 學　　学ぶ

漢字「學」+「ぶ」=「学ぶ」日本字

表一 「学ぶ」語尾變化表　只要語尾是「ぶ」的動詞都適用此表

語幹 （中文字意）	語尾 （變化形式）	接合元件	活用形	中文語意
学 （學）	ば	ない（不）	未然形	不學
	ぼ	う（要）		要學　；　學吧！ （表示「意志、勸誘」的語氣）
	び	たい（想）	連用形	想學
	ん	だ		學了 （表示過去式）
	ぶ	。	終止形	學。
	ぶ	名詞（人）	連體形	學的人
	べ	ば（假如）	假定形	假如學的話
	べ		命令形	去學 （表示「命令」的語氣）

上述表格的例句發音練習（搭配主詞）　◀ 04-24

1. 私は日本語を学ばない。　　　我不學日語。

2. 一緒に日本語を学ぼう。　　　一起學習日語吧。

3. 私は日本語を学びたい。　　　我想學日語。

4. 私は日本語を学んだ。　　　我學了日語。

5. 私は日本語を学ぶ。　　　我學日語。

6. 日本語を学ぶ人はいますか？　有學日語的人嗎？

7. 日本語を学べば ……　　　假如學日語的話

8. 学べ。　　　學！

表二 時態與語氣分析表　只要是語尾「ぶ」的動詞都適用此表

	普通語氣（常體）	客氣語氣（敬體）
1. 現在式肯定語氣	学ぶ (manabu)	学びます (manabimasu)
2. 現在式否定語氣	学ばない (manabanai)	学びません (manabimasen)
3. 過去式肯定語氣	学んだ (mananda)	学びました (manabimashita)
4. 過去式否定語氣	学ばなかった (manabanakatta)	学びませんでした (manabimasendeshita)
5. 表示「想」的語氣	学びたい (manabitai)	学びたいです (manabitaidesu)
6. 表示「假設」的語氣（1）	学べば (manabeba)	
7. 表示「假設」的語氣（2）	学んだら (manandara)	学びましたら (manabimashitara)
8. 表示「命令」的語氣	学べ (manabe)	学びませ (manabimase)
9. 表示「意志」的語氣	学ぼう (manabou)	学びましょう (manabimashou)
10. 表示「使役」的語氣	学ばせる (manabaseru)	学ばせます (manabamasu)
11. 表示「被動」的語氣	学ばれる (manabareru)	学ばれます (manabaremasu)
12. 表示「可能」的語氣	学べる (manaberu)	学べます (manabemasu)
13. 表示「て」的形式語氣　有標點符號（，）作用	学んで (manande)	学びまして (manabimashite)

表三 重要句型發音練習 只要是語尾「ぶ」的動詞都適用此表　◀ 04-25

1. 学ばない　　　　　　　　（ 不學 ）
2. 学ばなかった　　　　　　（ 不學的過去式語氣 ）
3. 学びたい　　　　　　　　（ 想學 ）
4. 学びたかった　　　　　　（ 想學的過去式語氣 ）
5. 学びたくない　　　　　　（ 不想學 ）
6. 学びたくなかった　　　　（ 不想學的過去式語氣 ）
7. 学びなさい　　　　　　　（ 請學 ）
8. 学んでください　　　　　（ 請學 ）
9. 学ばないでください　　　（ 請不要學 ）
10. 学ばせてください　　　　（ 請讓我學 ）
11. 学ばせないでください　　（ 請不要讓某人學 ）
12. 学ばなければなりません　（ 非學不可！ ）
13. 学ぶ事ができる　　　　　（ 能學 ）

表四 有關「学ぶ」的例句綜合練習　▶ 04-26

	日文例句	中文意義
1	私は日本語を学ぶ。	我學日語。
2	私は日本語を学びます。	我學日語。
3	私は日本で日本語を学んだ。	我在日本學了日語。
4	私は日本で日本語を学びました。	我在日本學了日語。
5	私たちは英語を学ばなくては成らない。	我們一定要學英語。
6	私は英語を学びません。	我不學英語。
7	私は英語を学ばなかった。	我沒學過英語。
8	私は英語を学びませんでした。	我沒學過英語。
9	私は英語を学びたい。	我想學英語。
10	若い時に私は英語を学びたかった。	我在年輕的時候，本來想學英語。
11	彼は数学を学びたくない。	他不想學數學。
12	若い時に彼は数学を学びたくなかった。	他在年輕的時候，本來不想學數學。
13	日本語を学んでください。	請學日語。
14	毎日少しずつ日本語を学びなさい。	請每天一點一點地學日語。
15	タバコを吸う事を学ばないでください。	請不要學抽煙。
16	彼女に日本語を学ばせてください。	請讓她學日語。
17	彼女にタバコを吸う方法を学ばせないでください。	請你不要讓她學抽煙。
18	あなたは日本語を一歩一歩学ばなければなりません。	你必須一步一步地學日語。
19	あなたは難しい日本語を学ぶ事が出来る。	你能學困難的日語。

20	私は日本語を学ぶ事が出来ない。	我學不會日語。
21	去年、私は日本語を学ぶ事が出来なかった。	去年我無法學日語。
22	去年、私は日本語を学ぶ事が出来ませんでした。	去年我無法學日語。
23	日本語を学べば学ぶほど益益学びたくなる。	如果學了日語的話，會變得越來越想學日語。（日語越學越想學。）
24	私は日本語を学んだらこの本を読める。	如果學了日語的話，就能讀懂這本書。
25	この本が有れば日本語は独学で学べる。	如果有這本書的話，就能自學日語。

提醒

1：日文基本句型：s は o を v

2：（学び）可以當作名詞

3：語尾是「ぶ」的動詞單字變化形式都一樣。

表五 第 7 類動詞語尾是「ぶ」動詞單字與例句綜合練習　▶ 04-27

編號	日文單字	中文單字	日文例句	中文意義
1	遊ぶ asobu	玩	私は子供たちと雪の中で楽しく遊んだ。	我在雪中和小孩們愉快地玩耍。
2	浮かぶ ukabu	漂浮	たくさんの落ち葉が水面に浮かんでいた。	有許多落葉漂浮在水面上。
3	選ぶ erabu	選擇	欲しい絵本を選んでください。	請挑選想要的繪本。
4	及ぶ oyobu	達到	その事件の影響はすぐ全国に及んだ。	那事件的影響立即遍及了全國。

5	転ぶ ころ korobu	跌倒	ろうじん すべ ころ 老人は滑って転んだ。	老人滑倒了。
6	叫ぶ さけ sakebu	呼喊	ろうじん たす さけ 老人は「助けてくれ」と叫んだ。	老人呼喊一聲救命！
7	忍ぶ しの shinobu	忍受	ぶじょく しの この侮辱を忍ばなければなりません。	必須忍受這種侮辱。
8	尊ぶ とうと toutobu	尊重	ひと けんり とうと 人の権利を尊んでください。	請尊重別人的權利。
9	跳ぶ と tobu	跳	かれ かたあし たか と こと 彼は片足で高く跳ぶ事ができる。	他能單腳跳很高。
10	飛ぶ と tobu	飛翔	たか たか くうちゅう と 鷹は高く空中を飛ぶ。	老鷹在高空中飛翔。
11	並ぶ なら narabu	排隊	かれ よこ なら あなたは彼の横に並んでください。	請你排在他的旁邊。
12	運ぶ はこ hakobu	搬運	おも にもつ はこ この重い荷物を運んでください。	請搬運這件重的行李。
13	学ぶ まな manabu	學習	に ほん ご まな 日本語を学んでください。	請學習日語。
14	結ぶ むす musubu	繫結	くつひも むす 靴紐をちゃんと結んでください。	請好好地繫鞋帶。
15	呼ぶ よ yobu	呼叫	ただ いしゃ よ 直ちに医者を呼んでください。	請立即叫醫生。
16	喜ぶ よろこ yorokobu	喜	かのじょ よろこ 彼女はとても喜ぶ。	她會非常開心。

提示 一個單字有很多字義，請在明白文法規則變化後，勤查字典來提升日語能力！

8: 賣　売る

漢字「賣」+「る」＝「売る」日本字

表一 「売る」語尾變化表　只要是語尾「る」的動詞都適用此表

語幹（中文字意）	語尾（變化形式）	接合元件	活用形	中文語意
売（賣）	ら	ない（不）	未然形	不賣
	ろ	う（要）		要賣 ；　賣吧！（表示「意志、勸誘」的語氣）
	り	たい（想）	連用形	想賣
	っ	た		賣了（表示過去式）
	る	。	終止形	賣。
	る	名詞（人）	連體形	賣的人
	れ	ば（假如）	假定形	假如賣的話
	れ		命令形	去賣（表示「命令」的語氣）

上述表格的例句發音練習（搭配主詞）　　◀04-28

1. 私 はこの 車 を売らない。　　　　　我不賣這輛車。
2. 私 はこの 車 を売ろうと思う。　　　我要賣這輛車。
3. 私 はこの 車 を売りたい。　　　　　我想賣這輛車。
4. 私 はこの 車 を売った。　　　　　　我賣了這輛車。
5. 私 はこの 車 を売る。　　　　　　　我賣這輛車。
6. この 車 を売る人は誰か？　　　　　賣這輛車的人是誰？
7. 私 はこの 車 を売れば……　　　　　假如我賣這輛車的話
8. 売れ。　　　　　　　　　　　　　　去賣！

4 句子的靈魂

表二 時態與語氣分析表　只要是語尾「る」的動詞都適用此表

	普通語氣（常體）	客氣語氣（敬體）
1. 現在式肯定語氣	売る (uru)	売ります (urimasu)
2. 現在式否定語氣	売らない (uranai)	売りません (urimasen)
3. 過去式肯定語氣	売った (utta)	売りました (urimashita)
4. 過去式否定語氣	売らなかった (uranakatta)	売りませんでした (urimasendeshita)
5. 表示「想」的語氣	売りたい (uritai)	売りたいです (uritaidesu)
6. 表示「假設」的語氣（1）	売れば (ureba)	
7. 表示「假設」的語氣（2）	売ったら (uttara)	売りましたら (urimashitara)
8. 表示「命令」的語氣	売れ (ure)	売りませ (urimase)
9. 表示「意志」的語氣	売ろう (urou)	売りましょう (urimashou)
10. 表示「使役」的語氣	売らせる (uraseru)	売らせます (urasemasu)
11. 表示「被動」的語氣	売られる (urareru)	売られます (uraremasu)
12. 表示「可能」的形式語氣	売れる (ureru)	売れます (uremasu)
13. 表示「て」的形式語氣 有標點符號（，）作用	売って (utte)	売りまして (urimashite)

133

表三 重要句型發音練習：只要是語尾「る」的動詞都適用此表　◖▶ 04-29

1. 売らない　　　　　　　　（ 不賣 ）

2. 売らなかった　　　　　　（ 不賣的過去式語氣 ）

3. 売りたい　　　　　　　　（ 想賣 ）

4. 売りたかった　　　　　　（ 想賣的過去式語氣 ）

5. 売りたくない　　　　　　（ 不想賣 ）

6. 売りたくなかった　　　　（ 不想賣的過去式語氣 ）

7. 売りなさい　　　　　　　（ 請賣 ）

8. 売ってください　　　　　（ 請賣 ）

9. 売らないでください　　　（ 請不要賣 ）

10. 売らせてください　　　　（ 請讓我賣 ）

11. 売らせないでください　　（ 請不要讓某人賣 ）

12. 売らなければなりません　（ 非賣不可！ ）

13. 売る事ができる　　　　　（ 能賣 ）

表四 有關「売る」的例句綜合練習 ▶04-30

	日文例句	中文意義
1	私 は切符を売る。	我賣車票。
2	私 は切符を売ります。	我賣車票。
3	昨日、 私 は 珍 しい本を売った。	昨天我賣了一本稀有的書。
4	昨日、 私 は 珍 しい本を売りました。	昨天我賣了一本稀有的書。
5	私 はこの 珍 しい本を売らないよ。	我不會賣這本稀有的書。
6	私 はこの 珍 しい本を売りません。	我不賣這本稀有的書。
7	結 局 、彼はこの 珍 しい本を売らなかった。	最後他沒賣這本稀有的書。
8	結 局 、彼はこの 珍 しい本を売りませんでした。	最後他沒賣這本稀有的書。
9	私 はこの辞書をこの値段で売りたい。	我想以這個價格賣這本辭典。
10	去 年、彼は彼の家を売りたかった。	去年他本來想賣他的房子。
11	どんな値段であっても 私 はこの辞書を売りたくない。	無論開什麼樣的價格我都不想賣這本辭典。
12	去年、 私 は自分の家を売りたくなかった。	去年我本來不想賣自己的房子。
13	あなたはこの本を 私 に売ってください。	請你把這本書賣給我。
14	この家を早く売りなさい。	請趕快賣掉這房子。
15	この家を売らないでください。	請不要賣這房子。
16	この家を売らせてください。	請讓我賣這房子。
17	彼 女にこの家を売らせないでください。	請不要讓她賣這房子。
18	あなたはこの 商 品を売らなければなりません。	你必須賣這個商品。
19	あなたはこの 商 品を売る事が出来る。	你能賣這個商品。

20	彼女はこの 商品を売る事が出来ない。	她不能賣這個商品。
21	彼はこの 商品を売る事が出来なかった。	他沒能賣這個商品。
22	社長はこの 商品を売る事が出来ませんでした。	社長沒能賣這個商品。
23	この 商品を東京 で売れば 5 万円にはなる。	如果在東京賣這個商品的話，可以賣 5 萬日元。
24	この 商品を 2 0 0 万円で売ったら利益はどのくらいか？	以 200 萬日元賣這個商品的話，利益是多少？
25	この本は 必 ず売れる。	這本書一定暢銷。
26	彼女の家が売れた。	她的房子賣出了。

提醒

1：日文基本句型：s は o を v

2：（売り）可以當作名詞

3：語尾是「る」的動詞單字變化形式都一樣。

表五 第 8 類動詞語尾是「る」動詞單字與例句綜合練習　◀ 04-31

編號	日文單字	中文單字	日文例句	中文例句
1	<ruby>在<rt>あ</rt></ruby>る aru	在	<ruby>私<rt>わたし</rt></ruby>の家は<ruby>東京<rt>とうきょう</rt></ruby>の<ruby>郊外<rt>こうがい</rt></ruby>にある。	我的房子在東京的郊外。
2	<ruby>有<rt>あ</rt></ruby>る aru	有	<ruby>彼女<rt>かのじょ</rt></ruby>は<ruby>多<rt>おお</rt></ruby>くのお<ruby>金<rt>かね</rt></ruby>と<ruby>暇<rt>ひま</rt></ruby>がある。	她有錢有閒。
3	<ruby>挙<rt>あ</rt></ruby>がる agaru	抓到	その<ruby>殺人容疑者<rt>さつじんようぎしゃ</rt></ruby>はもう<ruby>挙<rt>あ</rt></ruby>がった。	已抓到了那個殺人嫌疑犯。
4	<ruby>上<rt>あ</rt></ruby>がる agaru	進入	どうぞ、お<ruby>上<rt>あ</rt></ruby>がりください。	請進。
5	<ruby>揚<rt>あ</rt></ruby>がる agaru	油炸	<ruby>私<rt>わたし</rt></ruby>は<ruby>揚<rt>あ</rt></ruby>がった<ruby>天<rt>てん</rt></ruby>ぷらを<ruby>食<rt>た</rt></ruby>べたい。	我想吃油炸的天婦羅。
6	<ruby>預<rt>あず</rt></ruby>かる azukaru	保管	この<ruby>荷物<rt>にもつ</rt></ruby>を<ruby>預<rt>あず</rt></ruby>かってください。	請幫我保管這個行李。
7	<ruby>焦<rt>あせ</rt></ruby>る aseru	焦急	<ruby>焦<rt>あせ</rt></ruby>らないでください。	請不要焦急。
8	<ruby>当<rt>あ</rt></ruby>たる ataru	命中	<ruby>石<rt>いし</rt></ruby>は<ruby>彼女<rt>かのじょ</rt></ruby>の<ruby>頭<rt>あたま</rt></ruby>に<ruby>当<rt>あ</rt></ruby>たった。	石頭打中了她的頭。
9	<ruby>温<rt>あたた</rt></ruby>まる atatamaru	溫暖	<ruby>体<rt>からだ</rt></ruby>の<ruby>温<rt>あたた</rt></ruby>まる<ruby>飲物<rt>のみもの</rt></ruby>をください。	請給我一杯可以讓身體暖和的飲料。
10	<ruby>暖<rt>あたた</rt></ruby>まる atatamaru	溫暖	この<ruby>部屋<rt>へや</rt></ruby>はよく<ruby>暖<rt>あたた</rt></ruby>まっていた。	這房間好溫暖。
11	<ruby>集<rt>あつ</rt></ruby>まる atsumaru	聚集	<ruby>子供<rt>こども</rt></ruby>たちは<ruby>運動場<rt>うんどうじょう</rt></ruby>に<ruby>集<rt>あつ</rt></ruby>まった。	小孩們聚集在運動場了。
12	<ruby>侮<rt>あなど</rt></ruby>る anadoru	欺侮	<ruby>誰<rt>だれ</rt></ruby>も<ruby>彼<rt>かれ</rt></ruby>を<ruby>侮<rt>あなど</rt></ruby>る<ruby>度胸<rt>どきょう</rt></ruby>が<ruby>無<rt>な</rt></ruby>い。	誰也不敢欺侮他。
13	<ruby>余<rt>あま</rt></ruby>る amaru	剩下	お<ruby>金<rt>かね</rt></ruby>がたくさん<ruby>余<rt>あま</rt></ruby>った。	剩下很多錢。

14	操る あやつ ayatsuru	操縱	彼は人形を上手に操る。 かれ にんぎょう じょうず あやつ	他善於操縱玩偶。
15	誤る あやま ayamaru	錯誤	判断を誤らないでください。 はんだん あやま	請不要做出錯誤的判斷。
16	謝る あやま ayamaru	道歉	あなたは彼に謝る必要は無い。 かれ あやま ひつよう な	你沒有向他道歉的必要。
17	改まる あらた aratamaru	改變	彼の生活態度は急に改まった。 かれ せいかつたいど きゅう あらた	他的生活態度突然改變了。
18	憤る いきどお ikidooru	憤怒	元大統領の不正に国民は憤った。 もとだいとうりょう ふせい こくみん いきどお	國民對前總統的貪婪感到憤怒。
19	至る いた itaru	到達	この鉄道は京都を経て大阪に至る。 てつどう きょうと へ おおさか いた	這條鐵路經京都到達大阪。
20	偽る いつわ itsuwaru	假裝	彼は警察官と偽った。 かれ けいさつかん いつわ	他假裝成警察。
21	祈る いの inoru	祈禱	ご成功を祈る。 せいこう いの	祝你成功。
22	彩る いろど irodoru	點綴	最後に花火が夏の夜空を彩った。 さいご はなび なつ よぞら いろど	最後煙火點綴了夏天的夜空。
23	要る い iru	需要	現在僕はお金が少し要る。 げんざいぼく かね すこ い	現在我需要一點錢。
24	受かる う ukaru	考取	彼は早稲田大学に受かった。 かれ わせだだいがく う	他考上了早稻田大學。
25	承る うけたまわ uketamawaru	恭聽	その新しい計画の内容を承りたい。 あたら けいかく ないよう うけたまわ	想聽那項新的計畫的容。
26	埋まる う umaru	擠滿	広い講堂が学生で埋まる。 ひろ こうどう がくせい う	大禮堂擠滿學生。
27	薄まる うす usumaru	變弱	その薬の効果が薄まった。 くすり こうか うす	那藥的效果變弱了。

28	映る うつ utsuru	映入	にわ まつ き かげ みず うつ 庭の松の木の影が水に映っている。	院子裡松樹的影子映照在水上。
29	移る うつ utsuru	移動	かのじょ かいけいぶ うつ 彼女は会計部に移った。	她調到會計部了。
30	写る うつ utsuru	照相	うつ これはよく写るカメラだ。	這是照相功能很好的相機。
31	売る う uru	出售	かびん じか う その花瓶は時価で売った。	用時價賣了那個花瓶。
32	植わる uwaru	種植	どうろ りょうがわ まつ う 道路の両側に松が植わっていた。	在道路的兩側種植松樹。
33	送る おく okuru	發送	わたし ゆうびん てがみ おく 私は郵便でこの手紙を送った。	我用郵件寄出這封信了。
34	贈る おく okuru	贈送	しちょう かのじょ し かぎ おく 市長は彼女に市の鍵を贈った。	市長贈送市鑰給她。
35	怒る おこ okoru	生氣	かのじょ ことば き す おこ 彼女の言葉を聞いて直ぐに怒った。	我聽了她的話後，馬上就生氣了。
36	興る おこ okuru	興起	とし しょうぎょう おこ この都市に商業が興ったのは じゅうろくせいき １６世紀である。	這個都市的商業興起是在 16 世紀。
37	起こる お okuru	發生	いずはんとう おそ じしん お 伊豆半島で恐ろしい地震が起こった。	伊豆半島發生了可怕的地震。
38	怠る おこた okotaru	懈怠	べんきょう おこた 勉強を怠らないでください。	請不要疏忽學習。
39	治まる おさ osamaru	平息	くに ないらん おさ この国の内乱がようやく治まった。	這個國家的內亂終於平息了。
40	収まる おさ osamaru	平息	かのじょ いか さいご おさ 彼女の怒りが最後に収まった。	她的憤怒最後平息了。
41	修まる おさ osamaru	改正	み おさ あの人はやっと身が修まった。	那個人終於改邪歸正了。

42	納める おさ osameru	繳納	税金が期日通りに納める。 ぜいきん　きじつどお　おさ	税金如期繳納。
43	教わる おそ osowaru	受教	私は日本語を上田先生から教わった。 わたし　にほんご　うえだせんせい　おそ	我跟上田老師學了日語。
44	陥る おちい ochiiru	陷入	彼女の誘惑に陥らないでください。 かのじょ　ゆうわく　おちい	請不要陷入她的誘惑。
45	劣る おと otoru	不如	今は昔に劣る。 いま　むかし　おと	今不如昔。
46	躍る おど odoru	激動	彼の胸は喜びで躍った。 かれ　むね　よろこ　おど	他的心欣喜雀躍。
47	踊る おど otoru	跳舞	何故彼女と踊らなかったの？ なぜかのじょ　おど	為什麼不和她跳舞？
48	終わる お owaru	結束	楽しい夏休みはすぐに終わります。 たの　なつやす　お	快樂的暑假馬上就要結束。
49	織る お oru	編織	この布は木綿で織ってある。 ぬの　もめん　お	這塊布是用木棉編織而成。
50	折る お oru	折斷	木を折らないでください。 き　お	請不要折斷樹木。
51	刈る か karu	割	庭の雑草を刈ってください。 にわ　ざっそう　か	請割除院子的雜草。
52	駆る か karu	駕駛	彼は車を駆って事故の現場に急いだ。 かれ　くるま　か　じこ　げんば　いそ	他驅車趕往事故現場。
53	狩る か karu	狩獵	彼はこの山で鹿を狩った。 かれ　しか　か	他在這座山獵鹿。
54	帰る かえ kaeru	回	彼は家に無事に帰った。 かれ　うち　ぶじ　かえ	他平安地回家了。
55	返る かえ kaeru	返回	学生時代はもう返って来ない。 がくせいじだい　かえ　こ	學生時代，已不復返。

56	薫る かお kaoru	散發香味	ここはオリーブの花の薫る谷です。	這裡是散發橄欖花香味的山谷。
57	香る かお kaoru	散發香味	庭には桜の花が香っている。	院子的櫻花正散發香味。
58	架かる か kakaru	架設	河に架かる橋は300メートルです。	河上架設的橋有三百公尺。
59	掛かる か kakaru	掛	壁に世界地図が掛かっている。	牆上掛著世界地圖。
60	係る かか kakaru	有關	これは人命に係る事です。	這是攸關人命的事。
61	限る かぎ kagiru	限定	我々の予算は20万円以内に限られている。	我們的預算被限制在20萬日元以內。
62	陰る かげ kageru	被遮住	さっと太陽が陰る。	太陽被雲迅速遮蔽。
63	重なる かさ kasanaru	堆積	川岸でゴミが積み重なる。	垃圾在河岸邊堆積起來。
64	飾る かざ kazaru	裝飾	私の部屋を華やかに飾りたい。	我想華麗地佈置我的房間。
65	語る かた kataru	訴説	彼は真相を語りたくなかった。	他不想説出真相。
66	固まる かた katamaru	凝結	雪が固まって氷に成る。	雪凝結成冰。
67	偏る かたよ katayoru	偏袒	これは偏った判定です。	這是偏袒的判決。
68	被る かぶ kaburu	戴上	あなたの帽子を被ってください。	請戴上你的帽子。
69	絡まる から karamaru	纏繞	釣り糸が海草に絡まってしまった。	釣魚線被海藻纏住。

70	変わる か kawaru	轉變	考えが変われば、人生が変わる。	想法改變的話，人生也會跟著改變。
71	換わる か kawaru	交換	席を換わらないでください。	請不要更換座位。
72	替わる か kawaru	替換	先発投手から田中に替わった。	先發投手換成田中了。
73	代わる か kawaru	取代	機械が人力に必ず代わる。	機械一定會取代人力。
74	切る き kiru	切斷	私は剪定鋏で枝を切る。	我用修枝剪刀剪樹枝。
75	決まる き kimaru	決定	旅行の日程がまだ決まっていない。	旅行的日程還沒決定。
76	極まる きわ kiwamaru	極為	これは本当にでたらめを極まる。	這真是極為荒唐。
77	繰る く kuru	紡織	彼女は手早く糸を繰った。	她快速地紡絲。
78	腐る くさ kusaru	腐爛	これは腐った蜜柑です。	這顆是腐爛的橘子。
79	下る くだ kudaru	下行	私は新幹線で鹿児島まで下った。	我搭乘新幹線下行到鹿兒島。
80	下さる くだ kudasaru	送給	彼女は私にプレゼントを下さった。	她送禮物給我。
81	覆る くつがえ kutsugaeru	被推翻	何百年も続いた政権が覆った。	存續幾百年的政權被推翻了。
82	配る くば kubaru	分配	食べ物と飲み物が地震の被災者たちに配られた。	食物和飲料被分配到地震的受災戶。
83	曇る くも kumoru	變陰	突然、空が曇って来た。	天空突然地變陰來了。

84	加わる kuwawaru	加入	あなたはどちらのチームに加わりたいですか。	你想加入哪支球隊？
85	削る kezuru	削	この鉛筆を削ってください。	請削這支鉛筆。
86	煙る kemuru	冒煙	この炭はあまり煙らない。	這木炭幾乎不冒煙。
87	凝る koru	熱衷	今、彼女は料理に凝っている。	現在她正熱衷於烹飪。
88	凍る kooru	凍結	水が凍ると氷に成る。	水凍結的話就變成冰。
89	異なる kotonaru	不同	利息は銀行に因って異なる。	利息因銀行而不同。
90	断る kotowaru	拒絕	私の招待を断らないでください。	請不要拒絕我的招待。
91	困る komaru	困擾	私は困る事がありません。	我沒有困擾的事。
92	転がる korogaru	滾動	転がる石に苔は付かない。	滾石不生苔。
93	去る saru	離開	去年に彼は日本を去り、二度と戻らなかった。	他去年離開日本後就再也沒回來。
94	下がる sagaru	下降	朝から温度が急に下がってきた。	清晨起溫度突然下降了。
95	遮る saegiru	遮擋	日光を遮る大木が無かった。	沒有遮擋陽光的大樹。
96	盛る sakaru	興盛	火は強風に煽られて激しく燃え盛った。	火被強風煽而猛烈地燃燒了起來。
97	探る saguru	尋找	私は事件の原因を詳しく探りたい。	我想詳細探究事件的原因。

98	刺さる さ sasaru	扎上	腕にとげが刺さった。 うで　　　　　さ	手臂被植物的刺刺到了。
99	授かる さず sazukaru	授予	彼は勇敢な行為で勲章を授かりました。 かれ　ゆうかん　こうい　くんしょう　さず	他因勇敢的行為被授予了勳章。
100	定まる さだ sadamaru	定	国の運命はもう定まっている。 くに　うんめい　　　　さだ	國家的命運已定。
101	悟る さと satoru	理解	彼はやっと自分の誤りを悟りました。 かれ　　　じぶん　あやま　さと	他終於領悟到自己的錯誤。
102	障る さわ sawaru	有害	あまり酒を飲み過ぎると体に障る。 さけ　の　す　　　　からだ　さわ	喝太多酒的話對身體有害。
103	触る さわ sawaru	觸摸	それに触らないでください。 さわ	請不要觸摸那個。
104	知る し shiru	知道	私は飛行機事故の原因を知らなければなりません。 わたし　ひこうき じこ　げんいん　し	我必須知道飛機事故的原因。
105	茂る しげ shigeru	繁茂	春になると、草が茂る。 はる　　　　　くさ　しげ	春天一到，草就茂密。
106	静まる しず shizumaru	平靜	暴風雨がだんだん静まった。 ぼうふうう　　　　しず	暴風雨漸漸平靜了。
107	鎮まる しず shizumaru	平息	あの都市の暴動がようやく鎮まった。 とし　ぼうどう　　　　しず	那都市的暴動終於平息了。
108	滴る したた shitataru	滴	涙が彼女の顔から滴り落ちてくる。 なみだ かのじょ かお　　したた お	眼淚從她的臉滴落。
109	縛る しば shibaru	捆綁	あの小包をロープで縛ってください。 こづつみ　　　　　しば	請用繩子將那件包裹綁好。
110	渋る しぶ shiburu	不情願	何故この大規模な住宅計画に出資を渋っているのか？ なぜ　　だいきぼ　じゅうたくけいかく　しゅっし　しぶ	為什麼對於出資這項大規模的住宅計畫如此不情願？
111	絞る しぼ shiboru	擰	このタオルを強く絞ってください。 つよ しぼ	請用力擰乾這條毛巾。

112	しぼ 搾る shiboru	擠，榨	つよ しぼ このレモンを強く絞ってください。	請用力擠這個檸檬。
113	し 閉まる shimaru	關閉	としょかん ご ご ろくじ し 図書館は午後 6 時に閉まる。	圖書館將在下午6點關閉。
114	しめ 湿る shimeru	濕潤	じめん つゆ しめ 地面が露で湿っている。	地面因露水而潮濕。
115	す 擦る suru	擦	かのじょ す 彼女はマッチを擦った。	她點了火柴。
116	す 刷る suru	印刷	しょはん ごせんぶ す 初版は五千部刷った。	初版印了五千本。
117	すべ 滑る suberu	滑	わたし こお ほどう すべ ころ 私は凍った歩道で滑って転んだ。	我在結冰的人行道滑倒了。
118	すわ 座る suwaru	坐	すわ ここに座ってください。	請坐這。
119	せ 競る seru	競爭	そうしゃたち しゅい はげ せ 走者達は首位を激しく競った。	選手們激烈地競爭第一名。
120	せば 狭まる sebamaru	變窄	どうろ はば しだい せば 道路の幅は次第に狭まる。	道路的寬度漸漸地變窄。
121	せま 迫る semaru	逼迫	かのじょ まず せま かね ぬす 彼女は貧しさに迫られてお金を盗んだ。	她被貧窮所逼迫而偷了錢。
122	そな 備わる sonawaru	備有	さいしんせつび そな このホテルには最新設備が備わった。	這家酒店備有最新的設備。
123	そ 染まる somaru	被染	あき な は あか そ 秋に成ると葉は赤く染まる。	一到秋天葉子被染成紅色。
124	た 足る taru	足以	かのじょ だいじ たく た 彼女は大事を託すに足る。	她足以託付大事。
125	たか 高まる takaru	提高	かれ がくしゅうのうりょく たか 彼の学習能力がだんだん高まる。	他的學習能力漸漸提高。

126	助かる tasukaru	獲救	少年は海に落ちたが助かった。	少年掉到海裡但是獲救了。
127	携わる tazusawaru	參與	私はこの計画に携わりたい。	我想參與這項計劃。
128	奉る tatematsuru	供奉	これは神仏に奉る供え物です。	這是供奉給神佛的供品。
129	黙る damaru	安靜	黙れ！	閉嘴！
130	賜る tamawaru	賞賜	彼女は年金を賜った。	她領取了老人年金。
131	頼る tayoru	依賴	他人に頼らないでください。	請不要依賴他人。
132	散る chiru	散去	興味を持っている見物人もやがて散って行った。	看熱鬧的群眾不久也散去了。
133	契る chigiru	約定	あの夫婦はお互いに二世を契った。	那對夫婦相約永結同心。
134	縮まる chidjimaru	縮短	あの恐ろしい体験で寿命が１０年縮まった。	那恐怖的經驗，彷彿讓我減壽了十年。
135	散らかる chirakaru	散亂	公園には紙屑や空き缶と吸い殻が散らかっていた。	公園裡散亂著紙屑以及空罐和菸蒂。
136	釣る tsuru	釣	私は魚を釣りに行きたい。	我想去釣魚。
137	漬かる tsukaru	浸泡	彼がのんびり温泉に漬かる。	他悠閒地泡溫泉。
138	捕まる tsukamaru	被抓	彼は捕まる前に四つの銀行を襲った。	他在被抓之前搶了四家銀行。
139	作る tsukuru	製作	万人を魅了する曲を作りたい。	想作一首使萬人入迷的歌曲。

140	造る つく tsukuru	造	あの会社はたくさんの大きな船を造った。 <small>かいしゃ おお ふね つく</small>	那家公司造了許多大船。
141	伝わる つた tsutawaru	流傳	漢字は中国から日本に伝わった。 <small>かんじ ちゅうごく にほん つた</small>	漢字是從中國流傳到日本的。
142	勤まる つと tsutomaru	勝任	この会社は私に勤まらなかった。 <small>かいしゃ わたし つと</small>	我不能勝任這家公司。
143	募る つの tsunoru	招募	政府は兵を募らなければなりません。 <small>せいふ へい つの</small>	政府必須募兵。
144	詰まる つ tsumaru	不通	軽い風邪で鼻が詰まっている。 <small>かる かぜ はな つ</small>	因輕微的感冒而鼻塞。
145	積もる つ tsumoru	堆積	塵も積もれば山と成る。 <small>ちり つ やま な</small>	積土成山。
146	強まる つよ tsuyomaru	增強	風はだんだん強まる。 <small>かぜ つよ</small>	風漸漸地增強。
147	連なる つら tsuranaru	相連	その山脈は南北に延々と連なっている。 <small>さんみゃく なんぼく えんえん つら</small>	那山脈延連南北。
148	照る て teru	照耀	太陽が照る。 <small>たいよう て</small>	太陽照耀。
149	採る と toru	採用	この研究方法を採ろう。 <small>けんきゅうほうほう と</small>	採用這研究方法吧。
150	撮る と toru	拍照	私の趣味は写真を撮る事です。 <small>わたし しゅみ しゃしん と こと</small>	我的愛好是拍照。
151	執る と toru	執	彼は人気作家で，幾つかの雑誌の連載物に筆を執っている。 <small>かれ にんきさっか いく ざっし れんさい もの ふで と</small>	他是受歡迎的作家，在幾個連載雜誌都有執筆。
152	取る と toru	取得	彼女は博士号を取らなかった。 <small>かのじょ はくしごう と</small>	她沒取得博士學位。
153	捕る と toru	抓	猫は鼠を捕る。 <small>ねこ ねずみ と</small>	貓抓老鼠。

154	通る とお tooru	通過	彼女は大学院の試験を通らなかった。 かのじょ　だいがくいん　しけん　とお	她沒通過研究所的考試。
155	滞る とどこお todokooru	延誤	地震の影響で物資の流通が滞っている。 じしん　えいきょう　ぶっし　りゅうつう　とどこお	地震導致物資的流通延誤。
156	泊まる と tomaru	投宿	私はこのホテルによく泊まる。 わたし　と	我經常投宿在這間旅館。
157	止まる と tomaru	停止	バスが完全に止まるまで座席に座って下さい。 かんぜん　と　ざせき　すわ　くだ	請在公車完全停止前坐在座位上。
158	留まる と tomaru	停留	私はそこに留まる。 わたし　と	我要留在那裡。
159	成る な naru	成為	私は音楽家になりたい。 わたし　おんがくか	我想成為音樂家。
160	鳴る な naru	鳴	鐘が鳴る。 かね　な	鐘響。
161	治る なお naoru	治愈	この薬で私の腹痛が治った。 くすり　わたし　ふくつう　なお	這藥治好了我的腹痛。
162	直る なお naoru	修理好	冬には壊れた家も直っていた。 ふゆ　こわ　いえ　なお	在冬天壞掉的房子也修理好了。
163	殴る なぐ naguru	毆打	私は彼を殴りたい。 わたし　かれ　なぐ	我想毆打他。
164	握る にぎ nigiru	掌握	自分の運命をしっかり握って下さい。 じぶん　うんめい　にぎ　くだ	請掌握好自己的命運。
165	濁る にご nigoru	混濁	川は泥で濁っていた。 かわ　どろ　にご	河流因泥土而混濁。
166	鈍る にぶ niburu	遲鈍	年を取ると記憶力が鈍る。 とし　と　きおくりょく　にぶ	年紀大了記憶就遲鈍。
167	塗る ぬ nuru	塗抹	ジョンが壁を白く塗った。 かべ　しろ　ぬ	約翰將牆壁塗白。

168	抜かる nukaru	出錯	抜からないでください。	請不要粗心大意。
169	練る neru	構思	この計画を練って下さい。	請擬定這項計畫。
170	粘る nebaru	堅持	最後まで粘って下さい。	請堅持到最後。
171	眠る nemuru	睡覺	昨夜は眠れなかった。	昨晚我睡不著。
172	載る noru	刊載	そのニュースは昨日の朝日新聞に載っていた。	這新聞刊登載在昨天的朝日新聞。
173	乗る noru	騎乘	私は馬に乗りたい。	我想騎馬。
174	残る nokoru	留下	彼は夜遅くまで会社に残る。	他留在公司直到深夜。
175	昇る noboru	上升	太陽は東から昇る。	太陽從東方升起。
176	上る noboru	上漲	最近、物価が上る。	最近，物價上漲。
177	登る noboru	攀爬	私は来年もその山に登ります。	我明年也要爬那座山。
178	張る haru	張掛	このテニスのネットを張ってください。	請掛好這張網球網。
179	入る hairu	進入	どうぞお入りください。	請進。
180	計る hakaru	計算	優れた教育の価値は金銭では計れない。	優秀教育的價值不能用金錢衡量。
181	測る hakaru	測量	この川の水深を測ってください。	請測量這條河流的水深。

182	量る はか hakaru	量秤	この小包の重さを量ってください。 こづつみ　おも　はか	請量秤這件包裹的重量。
183	図る はか hakaru	圖求	便宜を図らないでください。 べんぎ　はか	請不要貪圖便宜。
184	謀る はか hakaru	計謀	彼らは総理の殺害を謀った。 かれ　そうり　さつがい　はか	他們曾計謀殺害總理。
185	諮る はか hakaru	諮詢	あなたに諮りたい事が有る。 はか　こと　あ	有想和你諮詢的事。
186	走る はし hashiru	奔跑	彼女はとても速く走る。 かのじょ　はや　はし	她非常迅速地奔跑。
187	挟まる はさ hasamaru	夾	小指が戸に挟まった。 こゆび　と　はさ	小指被門縫夾到。
188	始まる はじ hajimaru	開始	その野球試合は何時に始まりますか？ やきゅうじあい　いつ　はじ	那場棒球比賽什麼開始？
189	早まる はや hayamaru	著急	早まらないでください。 はや	請不要著急。
190	光る ひか hakaru	發光	彼は自分の車を光るまで磨いた。 かれ　じぶん　くるま　ひか　みが	他把自己的車磨到發光。
191	浸る ひた hitaru	浸泡	大雨で村が水に浸った。 おおあめ　むら　みず　ひた	村莊因大雨浸泡在水裡了。
192	翻る ひるがえ hirugaeru	飄揚	青い旗が風に翻っている。 あお　はた　かぜ　ひるがえ	藍色的旗子在風中飄揚。
193	広がる ひろ hirogaru	擴展	感染が広がった。 かんせん　ひろ	感染擴散開來。
194	広まる ひろ hiromaru	擴散	その悪い噂は直ぐに広まる。 わる　うわさ　す　ひろ	那個不好的謠言隨即散播開來。
195	降る ふ furu	下降	雨が降りそうだ。 あめ　ふ	好像要下雨了。

196	振る ふ furu	揮棒	この鈴を振らないでください。 すず ふ	請不要搖這鈴噹。
197	太る ふと futoru	發胖	毎日食べ過ぎるとあなたはきっと太る。 まいにちた す ふと	每天吃太多的話你一定會胖。
198	深まる ふか fukamaru	加深	あの夫婦の愛情は日増しに深まった。 ふうふ あいじょう ひま ふか	那對夫婦的愛情日漸加深了。
199	減る へ heru	減少	台湾では喫煙者の数が減った。 たいわん きつえんしゃ かず へ	在台灣吸煙的人數減少了。
200	隔たる へだ hedataru	隔離	彼の家は海から何キロも隔たっている。 かれ いえ うみ なん へだ	他的房子離海邊有好幾公里。
201	掘る ほ horu	挖掘	彼は地面に深い穴を掘った。 かれ じめん ふか あな ほ	他在地面挖了個很深的洞。
202	彫る ほ horu	雕刻	樹皮に名前を彫らないでください。 じゅひ なまえ ほ	請不要在樹皮上雕刻名字。
203	葬る ほうむ hoomuru	埋葬	彼は公園墓地に葬られた。 かれ こうえんぼち ほうむ	他被埋葬在公園墓地。
204	誇る ほこ hokoru	誇耀	彼は誇るべき物が何も無い。 かれ ほこ もの なに な	他沒有任何可誇耀之處。
205	曲がる ま magaru	轉彎	右へ曲がってください。 みぎ ま	請向右轉。
206	混ざる ま mazaru	摻混	この物質は水と混ざる事ができない。 ぶっしつ みず ま こと	這物質不能和水摻混。
207	参る まい mairu	來	只今参ります。 ただいままい	馬上來。
208	勝る まさ masaru	勝過	予防は治療に勝る。 よぼう ちりょう まさ	預防勝於治療。
209	交わる まじ majiwaru	交際	彼女と交わる者が無い。 かのじょ まじ もの な	沒有人和她來往。

210	祭る まつ matsuru	祭祀	彼は先祖を丁寧に祭る。 かれ せんぞ ていねい まつ	他恭敬地祭祀祖先。
211	守る まも mamoru	守護	あなたは自分の家族を堅く守らなけれ じぶん かぞく かた まも ばならない。	你必須堅定地守護自己的家人。
212	回る まわ mawaru	圍繞	地球は太陽の周りを回っている。 ち きゅう たいよう まわ まわ	地球圍繞著太陽轉。
213	実る みの minoru	結實	秋に果物が実る。 あき くだもの みの	秋天時水果成熟。
214	群がる むら muragaru	聚集	夏祭りに人が大通りに群がる。 なつまつ ひと おおどお むら	夏季慶典時人們聚集在大馬路上。
215	巡る めぐ meguru	巡遊	今年、私は桜の名所を巡りたい。 ことし わたし さくら めいしょ めぐ	今年我想巡遊各個在櫻花的名勝。
216	盛る も moru	盛	この杓文字で飯を茶碗に盛ってくださ しゃもじ めし ちゃわん も い。	請用這飯杓盛飯到碗裡。
217	漏る も moru	漏	その家の天井から雨が漏った。 いえ てんじょう あめ も	雨從那房子的天花板漏出來了。
218	潜る もぐ moguru	潛入	私は深い海に潜りたい。 わたし ふか うみ もぐ	我想潛入深海。
219	戻る もど modoru	回	何時に家に戻るか？ なんじ いえ もど	幾點會回到家？
220	宿る やど Yadoru	寓於	健全な精神は健全な肉体に宿る。 けんぜん せいしん けんぜん にくたい やど	健全的精神寓於健全的身體。
221	破る やぶ yaburu	打破	彼は世界記録を破った。 かれ せかいきろく やぶ	他打破了世界記錄。
222	休まる やす yasumaru	安寧	ここへ来ると何時も心が休まる。 く いつ こころ やす	每到此處，我的內心總會感到安寧。
223	揺る ゆ yuru	搖動	彼の船は波に揺られていた。 かれ ふね なみ ゆ	他的船因波浪而晃動。

224	揺さぶる yusaburu	動搖	彼の突然の解任は経済界を揺さぶった。	他突然的解職動搖了經濟界。
225	揺する yusuru	搖晃	椅子を揺すらないでください。	請不要搖晃椅子。
226	譲る yuzuru	讓給	彼は会社の管理を孫に譲った。	他將公司的管理讓給孫子了。
227	因る yoru	由於	僕の成功は彼の助力に因る。	我的成功是因為他的幫助。
228	寄る yoru	靠近	火の傍へ寄らないでください。	請不要靠近火。
229	弱る yowaru	衰弱	我々の体が弱ると，感染にかかり易い。	我們的身體一衰弱，就容易感染。
230	弱まる yowamaru	變弱	嵐が次第に弱まった。	暴風雨漸漸地變弱了。
231	割る waru	分成	この板を二つに割ってください。	請把木板分成兩半。
232	渡る wataru	過	私はその橋を渡った。	我渡過了那座橋。
233	分かる wakaru	明白	あなたの言いたい事はよく分かる。	我非常明白你想説的事。

提示　一個單字有很多字義，請在明白文法規則變化後，勤查字典來提升日語能力！

9： 買　　買う

漢字「買」+「う」=「買う」日本字

表一　「買う」語尾變化表　只要是語尾「う」的動詞都適用此表

語幹（中文字意）	語尾（變化形式）	接合元件	活用形	中文語意
買（買）	わ	ない（不）	未然形	不買
	お	う（要）		要買 ；買吧！（表示「意志、勸誘」的語氣）
	い	たい（想）	連用形	想買
	っ	た		買了（表示過去式）
	う	。	終止形	買。
	う	名詞（人）	連體形	買的人
	え	ば（假如）	假定形	假如買的話
	え		命令形	去買（表示「命令」的語氣）

上述表格的例句發音練習（搭配主詞）　　　◀ 04-32

1. 私 はあの 車 を買わない。　　　　我不買那輛車。

2. 私 はあの 車 を買おうと思う。　　我要買那輛車。

3. 私 はあの 車 を買いたい。　　　　我想買那輛車。

4. 私 はあの 車 を買った。　　　　　我買了那輛車。

5. 私 はあの 車 を買う。　　　　　　我買那輛車。

6. あの 車 を買う人は誰ですか？　　買那輛車的人是誰？

7. 私 はあの 車 を買えば……　　　　假如我買那輛車的話

8. 買え。　　　　　　　　　　　　　去買！

表二 時態與語氣分析表 只要是語尾「う」的動詞都適用此表

	普通語氣 （常體）	客氣語氣 （敬體）
1. 現在式肯定語氣	買う（kau）	買います（kaimasu）
2. 現在式否定語氣	買わない（kawanai）	買いません（kaimasen）
3. 過去式肯定語氣	買った（katta）	買いました（kaimashita）
4. 過去式否定語氣	買わなかった（kawanakatta）	買いませんでした （kaimasendeshita）
5. 表示「想」的語氣	買いたい（kaitai）	買いたいです（kaitaidesu）
6. 表示「假設」的語氣（1）	買えば（kaeba）	
7. 表示「假設」的語氣（2）	買ったら（kattara）	買いましたら（kaimashitara）
8. 表示「命令」的語氣	買え（kae）	買いませ（kaimase）
9. 表示「意志」的語氣	買おう（kaou）	買いましょう（kaimashou）
10. 表示「使役」的語氣	買わせる（kawaseru）	買わせます（kawasemasu）
11. 表示「被動」的語氣	買われる（kawareru）	買われます（kawaremasu）
12. 表示「可能」的形式語氣	買える（kaeru）	買えます（kaemasu）
13. 表示「て」的形式語氣 有標點符號（，）作用	買って（katte）	買いまして（kaimashite）

表三 重要句型發音練習 只要是語尾「う」的動詞都適用此表 ◀ 04-33

1. 買^かわない （ 不買 ）

2. 買^かわなかった （ 不買的過去式語氣 ）

3. 買^かいたい （ 想買 ）

4. 買^かいたかった （ 想買的過去式語氣 ）

5. 買^かいたくない （ 不想買 ）

6. 買^かいたくなかった （ 不想買的過去式語氣 ）

7. 買^かいなさい （ 請買 ）

8. 買^かってください （ 請買 ）

9. 買^かわないでください （ 請不要買 ）

10. 買^かわせてください （ 請讓我買 ）

11. 買^かわせないでください （ 請不要讓某人買 ）

12. 買^かわなければなりません （ 非買不可！ ）

13. 買^かう事^{こと}ができる （ 能買 ）

表四 有關「買う」的例句綜合練習　▶04-34

	日文例句	中文意義
1	私は絵本を買う。	我買繪本。
2	私は絵本を買います。	我買繪本。
3	昨日、彼女は絵本を買った。	昨天她買了繪本。
4	昨日、彼女は絵本を買いました。	昨天她買了繪本。
5	彼はまだ切符を買わない。	他還不買車票。
6	彼はまだ切符を買いません。	他還不買車票。
7	結局、彼はその本を買わなかった。	最後他沒買那本書。
8	結局、彼はその本を買いませんでした。	最後他沒買那本書。
9	私は日本語辞書を買いたい。	我想買日語辭典。
10	去年、私は新しい車を買いたかった。	去年我本來想買新車。
11	私は新しい車を買いたくない。	我不想買新車。
12	去年、私は新しい車を買いたくなかった。	去年我本來不想買新車。
13	あなたはこの新しい車を買ってください。	請你買這輛新車。
14	出来るだけ早く切符を買いなさい。	請盡早買車票。
15	その偽物を買わないでください。	請不要買那個假貨。
16	その赤い靴を買わせてください。	請讓我買那雙紅鞋。
17	彼女にその赤い靴を買わせないでください。	請不要讓她買那雙紅鞋。
18	あなたはこの安い商品を買わなければなりません。	你必須買這個便宜的商品。
19	私は将来きっと家を買う事が出来る。	我將來一定能買房子。
20	私はこの高い商品を買う事が出来ない。	我買不起這個貴的商品。

21	私 はこの大きい別荘を買う事が出来なかった。	我本來買不起這棟大別墅。
22	私 はこの大きい別荘を買う事が出来ませんでした。	我本來買不起這棟大別墅。
23	彼女に何を買えば好いですか？	給她買什麼東西好呢？
24	どのデジカメを買ったら好いだろうか？	買哪台數位照相機好呢？
25	美しい服を買え。	去買套美麗的衣服！

提醒

1：日文基本句型：s は o を v

2：（買い）可以當作名詞

3：語尾是「う」的動詞單字變化形式都一樣。

表五 第 9 類動詞語尾是「う」動詞單字與例句綜合練習　🔊 04-35

編號	日文單字	中文單字	日文例句	中文意義
1	会う au	見	私はあなたに会いたい。	我想見你。
2	合う au	適合	この服はあなたに合わない。	這件衣服不適合你。
3	遭う au	遭	昨日私は交通事故に遭った。	昨天我遭遇了交通事故。
4	商う akinau	經商	私は骨董品を商いたい。	我想經營古董生意。
5	味わう ajiwau	品嚐	本場の中国料理を味わってください。	請品嚐正宗的中國菜。
6	扱う atsukau	處理	私たちはその問題を適切に扱う。	我們適當地處理那問題。
7	洗う arau	清洗	この車を洗ってください。	請清洗這輛車。
8	争う arasou	競爭	彼は他の三人の男と賞を堂々と争う。	他堂堂正正地和其他的3位男人競爭獎賞。
9	言う iu	説	言わないでください。	請不要説。
10	憩う ikou	休息	旅人は常に泉のほとりに憩う。	旅人經常在泉水旁休息。
11	祝う iwau	慶祝	私たちは祖父の長寿を祝う。	我們慶祝祖父的長壽。
12	伺う ukagau	拜訪	明日伺いましょう。	我明天去拜訪您吧。

13	失 う ushinau	失去	仕事に興味を失わないでください。	請不要對工作失去興趣。
14	歌 う utau	唱歌	彼はいつも楽しく歌う。	他總是愉快地唱歌。
15	疑 う utagau	懷疑	何故あなたは彼を疑うのですか？	為什麼你懷疑他？
16	奪 う ubau	搶奪	彼は全財産を奪われた。	他的全部財產被搶奪了。
17	敬 う uyamau	尊敬	彼女は世界の人々から敬われていた。	她被世界的人們尊敬。
18	占 う uranau	占卜	彼女の吉凶を占ってください。	請占卜她的吉凶。
19	潤 う uruou	濕潤	大雨で田畑が潤った。	田地因大雨而變得濕潤了。
20	追 う ou	追	警察官は急いで容疑者を追う。	警察趕緊追嫌疑犯。
21	負 う ou	承擔	私はこの重い責任を負わなければなりません。	我必須承擔此重責大任。
22	覆 う oou	覆蓋	白い雪が地面を覆った。	白雪覆蓋了地面。
23	補 う oginau	補償	彼は私の損失を補わなければなりません。	他必須補償我的損失。
24	行 う okonau	進行	この有名な医師が重要な手術を行う。	這位名醫進行重要的手術。
25	襲 う osou	襲擊	大地震が新潟を襲った。	大地震襲擊了新潟。

26	思う omou	覺得	僕はいいと思います。	我覺得很好。
27	飼う kau	飼養	俺は犬を飼いたい。	我想養狗。
28	買う kau	購買	私は新車を買った。	我買了新車。
29	囲う kakou	圈圍	私は垣根で野菜畑を囲った。	我用籬笆圍了菜園。
30	語らう katarau	談話	昨日、先生と将来の発展を語らった。	昨天跟老師談了今後的發展。
31	構う kamau	在乎	どうか私に構わないでください。	請不要在乎我。
32	通う kayou	通勤	私は地下鉄で学校に通う。	我搭乘地下鐵上下學。
33	競う kisou	競爭	彼と競う者は無い。	沒有與他競爭的人。
34	嫌う kirau	厭惡	彼女はこれを最も嫌う。	她最厭惡這個。
35	食う kuu	吃	私はこの魚を食う。	我吃這條魚。
36	食らう kurau	吃	彼女はご飯を食らって寝てしまった。	她吃了飯就睡覺了。
37	狂う kuruu	故障	この歯車が狂った。	齒輪故障了。
38	請う kou	請求	彼らの許しを請う。	請求他們的許可。
39	恋う kou	思戀	彼はいつも亡き妻を恋う。	他總是思戀亡妻。

40	逆らう さか sakarau	違反	この規則に逆らわないでください。 きそく　さか	請不要違反這條規則。
41	誘う さそ sasou	邀請	明日、私は彼女をランチに誘う。 あした　わたし　かのじょ　　　　　　さそ	明天我邀請她吃午餐。
42	慕う した shitau	愛慕	彼女は彼を深く慕っている。 かのじょ　かれ　ふか　した	她正深深地愛慕他。
43	従う したが shitagau	遵守	善良な市民は法律に従わなけ ぜんりょう　しみん　ほうりつ　したが ればなりません。	善良的市民必須遵守法律。
44	吸う す suu	吸	煙草を吸わないでください。 たばこ　す	請不要抽菸。
45	救う すく sukuu	救	その犬は少年の命を救った。 いぬ　しょうねん　いのち　すく	那條狗救了少年的生命。
46	住まう す sumau	住	お住まいはどちらですか？ す	您府上在哪裡？
47	沿う そ sou	沿	私たちは川に沿って走った。 わたし　　　かわ　そ　　　はし	我們沿著河奔跑。
48	添う そ sou	陪伴	私は彼の買い物に付き添う。 わたし　かれ　か　もの　つ　そ	我陪他購物。
49	損なう そこ sokonau	損害	毎日、飲み過ぎは健康を損なう。 まいにち　の　す　　けんこう　そこ	每天喝太多會損害健康。
50	戦う たたか tatakau	戰鬥	私は自由の為に死ぬまで戦う。 わたし　じゆう　ため　し　　　　たたか	我為自由戰鬥至死。
51	闘う たたか tatakau	戰鬥	私たちは平和の為に闘わなけ わたし　　　へいわ　ため　たたか ればなりません。	我們必須為和平戰鬥。
52	漂う ただよ tadayou	漂流	私は自由に水中で漂いたい。 わたし　じゆう　すいちゅう　ただよ	我想在水中自由地漂流。
53	誓う ちか chikau	發誓	彼は禁酒を神に誓った。 かれ　きんしゅ　かみ　ちか	他向神發誓禁酒。

54	違う ちが chigau	不同	その点では君は彼と意見が違う。	在那點上，你和他意見不同。
55	使う つか tsukau	使用	お父さんはお金を大事に使う。	父親小心地使用錢。
56	遣う つか tsukau	用	私は殆どの金を本に遣ってしまう。	我把大多數的錢用在書本上。
57	償う つぐな tsugunau	補償	君は彼に償わなければなりません。	你必須對他補償。
58	繕う つくろ tsukurou	修補	この傘を繕ってください。	請修補這把傘。
59	伝う つた tsutau	沿著	僕は尾根を伝って進んだ。	我沿著山脊前進。
60	培う つちか tsuchikau	培育	彼は学生の愛国心を培う必要を説いた。	他說明了培養學生愛國心的必要。
61	集う つど tsudou	集合	若人が全国から東京に集う。	年輕人從全國聚集在東京。
62	問う と tou	問	その理由を問わなければなりません。	必須問出那理由。
63	整う ととの totonou	做好準備	夕食の用意が整わなかった。	晚餐還沒準備好。
64	調う ととの totonou	談妥	両国の交渉が調った。	兩國的交涉談妥了。
65	弔う とむら tomurau	悼念	これは死者を弔う歌です。	這是悼念死者的歌。
66	伴う ともな tomonau	伴隨	権利はきっと義務を伴う。	權利一定伴隨義務。

67	習う なら narau	學習	私は日本語を習いたい。	我想學習日語。
68	倣う なら narau	仿效	以下これに倣ってください。	以下請仿效這個。
69	担う にな ninau	擔負	重要な責任を担ってください。	請擔負重要的責任。
70	縫う ぬ nuu	縫	これを手で縫ったんですか？	這是手工縫上的嗎？
71	願う ねが negau	希望	私はあなたの幸せを願う。	我祝你幸福。
72	計らう はか hakarau	處理	この事を適当に計らってください。	請適當地處理此事。
73	払う はら harau	支付	現金で払ってください。	請用現金支付。
74	拾う ひろ hirou	撿拾	私はそのごみを拾った。	我撿了那垃圾。
75	奮う ふる furuu	振奮	勇気を奮ってください。	請振奮勇氣。
76	振るう ふ furuu	發揮	彼は料理に腕を振るった。	他在料理上發揮了才能。
77	舞う ま mau	舞蹈	彼女は楽しく舞った。	她愉快地跳了舞。
78	賄う まかな makanau	供給	彼女は家族に食事を賄った。	她提供三餐給家人。
79	惑う まど madou	困惑	彼女の誘惑に惑わないでください。	請不要沉溺在她的誘惑中。
80	迷う まよ mayou	迷路	道に迷わないでください。	請不要迷路。

81	向かう mukau	前往	毎日、私は歩いて学校に向かう。	我每天走路上學。
82	養う yashinau	扶養	彼は家族を養う為にせっせと働く。	他為了扶養家人拼命地工作。
83	雇う yatou	雇用	あなたは彼女を雇う事ができます。	你能雇用她。
84	結う yuu	梳理	髪を結ってください。	請綁頭髮。
85	酔う you	喝醉	彼はいつも酒に酔った。	他總是喝醉。
86	装う yosoou	假裝	病を装わないでください。	請不要假裝生病。
87	患う wazurau	患	彼は胃病を患う。	他患上胃病。
88	煩う wazurau	憂慮	私は子供の将来を煩う。	我憂慮小孩的將來。
89	笑う warau	笑	彼女は心から笑う。	她打從心裡笑。

提示 一個單字有很多字義，請在明白文法規則變化後，勤查字典來提升日語能力！

10：起　　起きる

漢字「起」+「き」+「る」 = 「起きる」→　日本字

此類動詞單字的構造規則是

漢字 +「い」+「る」 = 日本字　　漢字 +「き」+「る」 = 日本字

漢字 +「ぎ」+「る」 = 日本字　　漢字 +「じ」+「る」 = 日本字

漢字 +「ち」+「る」 = 日本字　　漢字 +「に」+「る」 = 日本字

漢字 +「ひ」+「る」 = 日本字　　漢字 +「び」+「る」 = 日本字

漢字 +「み」+「る」 = 日本字　　漢字 +「り」+「る」 = 日本字

表一 以「起きる」為例的語尾變化表

只要是此類動詞的文法變化形式都一樣都適用

語幹 （中文字意）	語尾 （變化形式）	接合元件	活用形	中文語意
起 （起）	き	ない（不）	未然形	不起床；不站起來
	き	よう（要）		要起床；起床吧 （表示「意志、勸誘」的語氣）
	き	たい（想）	連用形	想起床；想站起來
	き	た		起床了；站起來了 （表示過去式）
	きる	。	終止形	起。
	きる	名詞（人）	連體形	起床的人；站起來的人
	きれ	ば（假如）	假定形	假如起床的話；假如站起來的話
	きろ		命令形	起床！站起來！ （表示「命令」的語氣）

上述表格的例句發音練習（搭配主詞）　　▶ 04-36

1. 私 は起きない。　　　　　我不站起來

2. 私 は起きようと思う。　　我要站起來

3. 私 は起きたい。　　　　　我想站起來

4. 私 は起きた。　　　　　　我站起來了

5. 私 は起きる。　　　　　　我站起來

6. 起きる人 は誰ですか？　　站起來的人是誰？

7. 起きれば……　　　　　　　我假如站起來的話

8. 起きろ。　　　　　　　　　站起來！

表二 時態與語氣分析表　只要是此種語尾的動詞都適用此表

	普通語氣（常體）	客氣語氣（敬體）
1. 現在式肯定語氣	起きる (okiru)	起きます (okimasu)
2. 現在式否定語氣	起きない (okinai)	起きません (okimasen)
3. 過去式肯定語氣	起きた (okita)	起きました (okimashita)
4. 過去式否定語氣	起きなかった (okinakatta)	起きませんでした (okimasendeshita)
5. 表示「想」的語氣	起きたい (okitai)	起きたいです (okitaidesu)
6. 表示「假設」的語氣（1）	起きれば (okireba)	
7. 表示「假設」的語氣（2）	起きたら (okitara)	起きましたら (okimashitara)
8. 表示「命令」的語氣	起きろ (okiro)	起きませ (okimase)
9. 表示「意志」的語氣	起きよう (okiyou)	起きましょう (okimashou)
10. 表示「使役」的語氣	起きさせる (okisaseru)	起きさせます (okisasemasu)
11. 表示「能夠」的語氣	起きられる (okirareru)	起きられます (okiraremasu)
12. 表示「て」的形式語氣	起きて (okite)	起きまして (okimashite)

表三 重要句型發音練習　只要是此種語尾的動詞都適用此表　🔊 04-37

1. 起^おきない （ 不站起來 ）
2. 起^おきなかった （ 不站起來的過去式語氣 ）
3. 起^おきたい （ 想站起來 ）
4. 起^おきたかった （ 想站起來的過去式語氣 ）
5. 起^おきたくない （ 不想站起來 ）
6. 起^おきたくなかった （ 不想站起來的過去式語氣 ）
7. 起^おきなさい （ 請站起來 ）
8. 起^おきてください （ 請站起來 ）
9. 起^おきないでください （ 請不要站起來 ）
10. 起^おきさせてください （ 請讓我站起來 ）
11. 起^おきさせないでください （ 請不要讓某人站起來 ）
12. 起^おきなければなりません （ 非站起來不可！ ）
13. 起^おきる事^{こと}ができる （ 能站起來 ）

表四 有關「起^おきる」的例句綜合練習　🔊 04-38

	日文例句	中文意義
1	私^{わたし}は毎日朝^{まいにちあさ}早^{はや}く起^おきる。	我每天早起。
2	私^{わたし}は毎日朝^{まいにちあさ}早^{はや}く起^おきます。	我每天早起。
3	私^{わたし}はさっき起^おきた。	我剛剛才起床。
4	私^{わたし}はさっき起^おきました。	我剛剛才起床。
5	母^{はは}はまだ起^おきない。	母親還沒起床。

6	母はまだ起きません。	母親還沒起床。
7	昨日、父は早く起きなかった。	昨天父親沒早起。
8	昨日、父は早く起きませんでした。	昨天父親沒早起。
9	明日、私は早く起きたい。	明天我想早起。
10	昨日、私は早く起きたかった。	昨天我本來想早起。
11	明日、私は早く起きたくない。	明天我不想早起。
12	昨日、私は早く起きたくなかった。	昨天我本來不想早起。
13	あなたは明日の朝五時半に起きてください。	請你在明天早晨5點半起來。
14	朝早く起きなさい。	請早起。
15	寒い冬に朝早く起きないでください。	在寒冷的冬天請不要早起。
16	寒い冬に朝早く起きさせてください。	請讓我在寒冷的冬天早起。
17	寒い冬に父を朝早く起きさせないでください。	請不要讓父親在寒冷的冬天早起。
18	明日、あなたは早く起きなければなりません。	明天你必須早起。
19	私は毎朝六時に起きる事が出来る。	我每天早上能6點起床。
20	私は毎朝五時に起きる事が出来ない。	我無法每天在早上5點起床。
21	昨日、私は五時に起きる事が出来なかった。	昨天我不能在5點起來。
22	昨日、私は五時に起きる事が出来ませんでした。	昨天我不能在5點起來。
23	毎朝早く起きればあなたの体に好いです。	如果每天早起的話，對你的身體好。
24	起きる時間だよ。	是時候該起床囉。
25	明日は早く起きろよ。	明天要早起喔！

表五 第 10 類動詞單字與例句綜合練習 ▶04-39

編號	日文單字	中文單字	日文例句	中文意義
1	鋳る iru	鑄造	この鐘は青銅で鋳た物だ。	這鐘是用青銅鑄造。
2	居る iru	住	君は今、どこに居るか？	你現在住何處？
3	射る iru	射	人を射ないで下さい。	請不要射人。
4	老いる oiru	老	人はどうやって老いるのか？	人是怎麼老的？
5	悔いる kuiru	懊悔	彼は自分の過ちを深く悔いた。	他深深地懊悔自己的過失。
6	強いる shiiru	強迫	あなたの意見を他人に強いないで下さい。	請不要將你的意見強加於他人身上。
7	率いる hikiiru	帶領	彼は軍隊を率いる。	他帶領軍隊。
8	報いる mukuiru	報答	私はきっと先生の恩に報いる。	我一定報答老師之恩。
9	用いる mochiiru	採用	新しい方法を用いてください。	請採用新的方法。
10	飽きる akiru	厭倦	私は日本語の勉強に飽きない。	我不厭倦日語的學習。
11	生きる ikiru	活	私たちは何の為に生きるのか？	我們為何而活？
12	起きる okiru	起床	私は何時も早く起きる。	我總是早起。
13	着る kiru	穿	私は派手な服を着たい。	我想穿花俏的衣服。

14	尽きる tsukiru	用盡	君の持ち時間はもうすぐ尽きる。	你的期限就快到了。
15	過ぎる sugiru	通過	列車は長いトンネルを過ぎた。	列車通過了長長的隧道。
16	閉じる tojiru	關閉	目を閉じてください。	請閉上眼睛。
17	恥じる hajiru	羞愧	僕は彼らの事を恥じる。	我對他們的事情感到羞愧。
18	混じる majiru	夾雜	これは真実が嘘に混じる物語です。	這是虛實參半的故事。
19	落ちる ochiru	掉落	秋には木の葉が落ちる。	秋天樹葉落下。
20	朽ちる kuchiru	腐朽	朽ちない物は何も無い。	沒有不腐朽的東西。
21	満ちる michiru	滿	今夜、月が満ちている。	今晚是滿月。
22	煮る niru	煮	母は鍋でじゃがいもを強火で煮る。	母親用鍋用大火煮馬鈴薯。
23	似る niru	像	この子は父親によく似ています。	這孩子很像他父親。
24	浴びる abiru	淋浴	私はシャワーを浴びたい。	我想淋浴。
25	帯びる obiru	佩	日本の侍は腰に剣を帯びる。	日本的武士在腰間佩帶劍。
26	延びる nobiru	延長	毎日運動すれば寿命は延びる。	如果每天運動的話，壽命會延長。
27	伸びる nobiru	伸展	売り上げが次第に伸びた。	銷售量漸漸地增多了。

28	滅びる ほろ horobiru	滅亡	核戦争が起これば人類は滅びる。	如果核子戰爭發生的話，人類會滅亡。
29	干る ひ hiru	退潮	潮が干る。	潮退。
30	見る み miru	看	見ないでください。	請不要看。
31	診る み miru	診治	医者は患者を診る。	醫生診治患者。
32	省みる かえり kaerimiru	反省	自分の事をよく省みてください。	請好好反省自己的事情。
33	顧みる かえり kaerimiru	回顧	子供の頃を顧みると楽しい事が多かった。	回顧兒童時代，會發現很多開心的事。
34	試みる こころ kokoromiru	試試	この難しい仕事を試みてください。	請試試這困難的工作。
35	染みる shimiru	滲透	トマトソースが白いテーブルクロスに染みた。	番茄汁滲透了白色的桌布。
36	降りる お oriru	下	私はここでバスを降りる。	我在這裡下車。
37	下りる お oriru	下	階段を下りないでください。	請不要下樓。
38	借りる か kariru	借	私は彼から金を借りた。	我向他借錢了。
39	懲りる こ koriru	吸取教訓	この失敗ですっかり懲りた。	從這次的失敗中吸取了教訓。
40	足りる た tariru	夠	ビール1本で足りますか？	啤酒一瓶夠嗎？

11：食　食べる

漢字「食」+「べ」+「る」＝「食べる」→　日本字

此類動詞單字的構造規則是

漢字 +「え」+「る」＝ 日本字　　漢字 +「け」+「る」＝ 日本字

漢字 +「げ」+「る」＝ 日本字　　漢字 +「せ」+「る」＝ 日本字

漢字 +「て」+「る」＝ 日本字　　漢字 +「で」+「る」＝ 日本字

漢字 +「ね」+「る」＝ 日本字　　漢字 +「べ」+「る」＝ 日本字

漢字 +「め」+「る」＝ 日本字　　漢字 +「れ」+「る」＝ 日本字

表一 以「食べる」為例的語尾變化表

只要是此類動詞的文法變化形式都一樣都適用

語幹 （中文字意）	語尾 （變化形式）	接合元件	活用形	中文語意
食 （吃）	べ	ない（不）	未然形	不吃
	べ	よう（要）		要吃；吃吧 （表示「意志、勸誘」的語氣）
	べ	たい（想）	連用形	想吃
	べ	た		吃了 （表示過去式）
	べる	。	終止形	吃。
	べる	名詞（時）	連體形	吃的時候
	べれ	ば（假如）	假定形	假如吃的話
	べろ		命令形	吃！ （表示「命令」的語氣）

上述表格的例句發音練習（搭配主詞） 🔊 04-40

1. 私は朝ご飯を食べない。 　　　　　　我不吃早飯。

2. 一緒に食べよう。 　　　　　　　　　一起吃吧！

3. 私は朝ご飯を食べたい。 　　　　　　我想吃早飯。

4. 私は朝ご飯を食べた。 　　　　　　　我吃了早飯。

5. 私は朝ご飯を食べる。 　　　　　　　我吃早飯。

6. 明日、朝ご飯を食べる人は誰ですか？ 明天要吃早飯的人是誰？

7. 朝ご飯を食べれば …… 　　　　　　如果我吃早飯的話

8. 食べろ。 　　　　　　　　　　　　　吃！

表二 時態與語氣分析表　只要是此種語尾的動詞都適用此表

	普通語氣	客氣語氣（敬體）
1. 現在式肯定語氣	食べる (taberu)	食べます (tabemasu)
2. 現在式否定語氣	食べない (tabenai)	食べません (tabemasen)
3. 過去式肯定語氣	食べた (tabeta)	食べました (tabemashita)
4. 過去式否定語氣	食べなかった (tabenakatta)	食べませんでした (tabemasendeshita)
5. 表示「想」的語氣	食べたい (tabetai)	食べたいです (tabetaidesu)
6. 表示「假設」的語氣（1）	食べれば (tabereba)	
7. 表示「假設」的語氣（2）	食べたら (tabetara)	食べましたら (tabemashitara)
8. 表示「命令」的語氣	食べろ (tabero)	食べませ (tabemase)
9. 表示「意志」的語氣	食べよう (tabeyou)	食べましょう (tabemashou)
10. 表示「使役」的語氣	食べさせる (tabesaseru)	食べさせます (tabesasemasu)

11. 表示「能夠」的語氣	食べられる (taberareru)	食べられます (taberaremasu)
12. 表示「て」的形式語氣	食べて (tabete)	食べまして (tabemashite)

表三 重要句型發音練習　只要是此種語尾的動詞都適用此表　◀ 04-41

1. 食べない　　　　　　　　　（ 不吃 ）
2. 食べなかった　　　　　　　（ 不吃的過去式語氣 ）
3. 食べたい　　　　　　　　　（ 想吃 ）
4. 食べたかった　　　　　　　（ 想吃的過去式語氣 ）
5. 食べたくない　　　　　　　（ 不想吃 ）
6. 食べたくなかった　　　　　（ 不想吃的過去式語氣 ）
7. 食べなさい　　　　　　　　（ 請吃 ）
8. 食べてください　　　　　　（ 請吃 ）
9. 食べないでください　　　　（ 請不要吃 ）
10. 食べさせてください　　　　（ 請讓我吃 ）
11. 食べさせないでください　　（ 請不要讓某人吃 ）
12. 食べなければなりません　　（ 非吃不可！ ）
13. 食べる事ができる　　　　　（ 能吃 ）

表四 有關「食べる」的例句綜合練習　◀ 04-42

	日文例句	中文意義
1	私は朝ご飯を食べる。	我吃早餐。
2	私は朝ご飯を食べます。	我吃早餐。
3	今日、私はここで朝ご飯を食べた。	今天我在這裡吃了早餐。

4	今日、私はそこで朝ご飯を食べました。	今天我在那裡吃了早餐。
5	彼女は朝ご飯を殆ど食べない。	她幾乎不吃早餐。
6	彼女は朝ご飯を殆ど食べません。	她幾乎不吃早餐。
7	昨日、私は朝ご飯を食べなかった。	昨天我沒吃早餐。
8	昨日、私は朝ご飯を食べませんでした。	昨天我沒吃早餐。
9	私はゆっくり朝ご飯を食べたい。	我想慢慢地吃早餐。
10	私は美味しい寿司を早く食べたかった。	我早就想吃美味的壽司。
11	今日、私はラーメンを食べたくない。	今天我不想吃拉麵。
12	昨日、私はラーメンを食べたくなかった。	昨天我本來不想吃拉麵。
13	ゆっくり食べてください。	請慢慢地吃。
14	ゆっくり食べなさい。	請慢慢地吃。
15	甘い物は食べないでください。	請不要吃甜的東西。
16	客にケーキを食べさせてください。	請讓客人吃蛋糕。
17	患者に甘い物を食べさせないでください。	請不要讓患者吃甜的東西。
18	あなたは野菜を食べなければなりません。	你必須吃蔬菜。
19	この林檎の皮は食べる事が出来る。	這個蘋果的皮可以吃。
20	私はそれを全部食べる事が出来ない。	我不能將那些全部吃完。
21	昨日、私は昼ご飯を食べる事が出来なかった。	昨天我沒能吃午餐。
22	昨日、私は野菜を食べる事が出来ませんでした。	昨天我沒能吃蔬菜。
23	野菜を食べれば体に良いです。	如果吃蔬菜的話對身體好。
24	たくさんの甘い物を食べたら虫歯になる。	如果吃了許多甜的東西會蛀牙。
25	お医者さんは私にもっと野菜を食べろと要求する。	醫生要求我吃更多的蔬菜。

表五 第 11 類動詞單字與例句綜合練習 ◀▶ 04-43

	日文單字	中文單字	日文例句	中文意義
1	与える ataeru	給	指示を与えてください。	請給指示。
2	甘える amaeru	撒嬌	この黒い犬が主人に甘える。	這隻黑色的狗對主人撒嬌。
3	植える ueru	栽種	私は庭にたくさんのバラを植えた。	我在院子裡栽種了許多玫瑰花。
4	飢える ueru	餓	彼女は飢えた者に食を与えた。	她把食物給了飢餓的人。
5	訴える uttaeru	訴說	彼女は医者に頭痛を訴える。	她向醫生訴說頭痛。
6	憂える ureeru	擔憂	私は私たちの子供の将来を憂える。	我擔心小孩的將來。
7	得る eru	得到	彼は終に両親の許可を得た。	他終於得到了雙親的許可。
8	終える oeru	結束	私は日本の旅行を無事に終えた。	我平安地結束了日本的旅行。
9	押さえる osaeru	扣押	警察官は犯人を犯罪現場で押さえる。	警察在犯罪現場扣押犯人。
10	抑える osaeru	控制	政府はやっと反乱を抑えた。	政府終於控制住了叛亂。
11	教える oshieru	教	彼女は英語を教える。	她教英語。
12	衰える otoroeru	衰弱	私の体力がだんだん衰えた。	我的體力漸漸地衰弱了。
13	覚える oboeru	記住	この単語を覚えてください。	請記住這個單字。

14	替える kaeru	更換	この古いタイヤを替えなければなりません。	必須更換這個舊輪胎。
15	換える kaeru	換	一千萬円をドルに換えてください。	請把 1000 萬日元換成美元。
16	代える kaeru	取代	命には代えられません。	生命不能被取代。
17	変える kaeru	改變	この話題を変えないでください。	請不要更改這個話題。
18	抱える kakaeru	抱住	彼女は赤ん坊を抱える。	她抱住嬰兒。
19	数える kazoeru	算	あの子は５０まで数えられる。	那孩子能從一數到五十。
20	構える kamaeru	建造	私は東京に邸宅を構えたい。	我想在東京建造一座豪宅。
21	考える kangaeru	考慮	将来をじっくりと考えなければなりません。	必須仔細地考慮將來。
22	消える kieru	消失	彼女の姿が霧の中に消えた。	她的身影消失在霧裡了。
23	聞こえる kikoeru	聽到	私は音楽がはっきり聞こえる。	我清楚地聽到音樂。
24	鍛える kitaeru	鍛鍊	毎日、私は走って体を鍛える。	我每天跑步鍛鍊身體。
25	加える kuwaeru	加	食物に塩を少し加えてください。	請加少許鹽在食物上。
26	越える koeru	越過	登山隊は高い山を越えた。	登山隊越過了高山。
27	超える koeru	超出	支出が収入を超えないでください。	支出請不要超過收入。

28	肥える こ koeru	肥沃	あなたの農場の土はとても肥える。	你的農場的土很肥沃。
29	凍える こご kogoeru	凍	私は寒さで凍えていた。	我因寒冷而凍僵。
30	答える こた kotaeru	回答	私は彼の質問に丁寧に答える。	我禮貌地回答他的問題。
31	栄える さか sakaeru	繁榮	我が会社はいよいよ栄える。	我們的公司終於繁榮昌盛。
32	支える ささ sasaeru	支持	私は家の生計を支えなければなりません。	我必須支撐我家的生計。
33	従える したが shitgaaeru	率領	社長は秘書を従えていた。	社長率領祕書。
34	据える す sueru	安放	ストーブを部屋の真ん中に据えてください。	請把暖爐安放到房間的中心。
35	添える そ soeru	添附	申込書には最近の写真を添えてください。	請在申請書裡附上最近的照片。
36	供える そな sonaeru	供奉	仏壇に花を供えてください。	請在佛壇供花。
37	備える そな sonaeru	準備	私たちは敵の侵攻に備えなければなりません。	我們必須防備敵人的侵犯。
38	堪える た taeru	承受	彼の財産はその費用に堪えられない。	他的財產不能負擔那項費用。
39	耐える た taeru	忍受	それは私には耐えられない事です。	那是我難以忍受的事。
40	絶える た taeru	斷絕	ついに石油の供給が絶えた。	終於斷絕了石油的供給。
41	蓄える たくわ takuwaru	儲蓄	子供の学資を蓄えなければなりません。	必須儲蓄小孩的學費。

42	携える たずさ tazusaeru	携帯	彼女は赤い鞄を携えていた。	她携帯著紅色的皮包。
43	例える たと tatoeru	比喩	我々はよく人生を旅に例える。	我們經常將人生比喻為旅行。
44	違える ちが chigaeru	搞錯	薬を飲み違えないでください。	請不要吃錯藥。
45	費える つい tsuieru	消耗	詰らない事に時間を費えないでください。	請不要浪費時間在瑣碎事情上。
46	仕える つか tsukaeru	服務	彼女は熱心に主人に仕える。	她專注地侍奉丈夫。
47	捕まえる つか tsukamaeru	抓	猫は鼠を捕まえる。	貓抓老鼠。
48	伝える つた tsutaeru	告訴	私はきっと彼にその事を伝える。	我一定告訴他那件事情。
49	整える ととの totonoeru	整理	母は居間を整えて客を待った。	母親整理客廳，並等待客人。
50	調える ととの totonoeru	準備	叔母が私の縁談を調えてくれた。	姑母為我準備了婚事。
51	唱える とな tonaeru	提倡	彼女はいつも世界平和を唱える。	她總是在宣揚世界和平。
52	捕らえる と toraeru	逮捕	昨日、警察は誘拐犯人を捕らえた。	昨天警察逮捕了綁架犯。
53	煮える に nieru	煮	豆がすっかり煮えた。	豆子全煮透了。
54	冷える ひ hieru	變冷	今夜は冷えるでしょう。	今天晚上會變冷吧。
55	控える ひか hikaeru	節制	あなたは飲酒を控えるべきです。	你應該節制飲酒。
56	殖える ふ fueru	增加	彼女の財産は殖える。	她的財產增加。

57	増える ふ fueru	増加	彼女の 収入 が飛躍的に増える。 かのじょ しゅうにゅう ひやくてき ふ	她的收入飛躍地增加。
58	踏まえる ふ fumaeru	基於	彼の 考 えはこれらの 現 状 を踏まえて かれ かんが げんじょう ふ いる。	他的想法正是基於這些現狀。
59	震える ふる furueru	顫抖	私 は寒くて震える。 わたし さむ ふる	我冷得發抖。
60	見える み mieru	看起來	山田君は本当に若く見える。 やまだくん ほんとう わか み	山田真的看起來很年輕。
61	迎える むか mukaeru	迎接	私 たちは彼女を家族として迎える。 わたし かのじょ かぞく むか	我們將她當作家人接待。
62	燃える も moeru	燃燒	木造の家は燃え易い。 もくぞう いえ も やす	木造的房子易燃。
63	結わえる ゆ yuwaeru	綁	彼女は紐で3本の鉛筆を結わえた。 かのじょ ひも さんぼん えんぴつ ゆ	她用繩子綑綁了三枝鉛筆。
64	開ける あ akeru	開	窓を開けてください。 まど あ	請打開窗。
65	空ける あ akeru	空出	私 は 新 しい 机 の為に場所を空ける。 わたし あたら つくえ ため ばしょ あ	我為新的桌子空出空間。
66	明ける あ akeru	天亮	夏に5時に夜が明ける。 なつ ごじ よ あ	夏天5點就天亮。
67	預ける あず azukeru	寄放	彼女はホテルに手荷物を預けた。 かのじょ てにもつ あず	她把隨身行李寄放在飯店。
68	生ける い ikeru	插 （花）	彼は花を生けるのが好きです。 かれ はな い す	他喜歡插花。
69	請ける う ukeru	承包	この 難 しい仕事を請けてください。 むずか しごと う	請承包這項困難的工作。
70	受ける う ukeru	接受	彼女は大学から 奨 学金を受けている。 かのじょ だいがく しょうがくきん う	她從大學時就領取獎學金。
71	欠ける か kakeru	缺乏	彼の説明は具体性に欠ける。 かれ せつめい ぐたいせい か	他的説明缺乏具體性。

72	架ける kakeru	架設	彼女の計画は、その川に橋を架ける事です。	她的計畫是在那條河上面架設橋。
73	掛ける kakeru	掛上	美しい絵を壁に掛けてください。	請將美麗的畫掛在牆壁上。
74	駆ける kakeru	快跑	彼は家に駆けて帰った。	他快跑回家了。
75	傾ける katamukeru	毀掉	彼女の失政が国運を傾けた。	她的失政毀掉了國運。
76	砕ける kudakeru	破碎	灰皿は落ちて砕けた。	煙灰缸掉落破碎了。
77	避ける sakeru	避免	このような事態を避けてください。	請避免這樣的事態。
78	裂ける sakeru	撕裂	この赤い着物が裂けた。	這件衣服破了。
79	挙げる ageru	舉	皆さん、手を挙げてください。	請大家舉起手。
80	上げる ageru	提高	家賃を上げないでください。	請不要提高房租。
81	揚げる ageru	炸	母は油でてんぷらを揚げる。	母親用油炸天婦羅。
82	掲げる kakageru	登載	彼女の論文がその雑誌の最新号に掲げられた。	她的論文被登載在最新一期的那本雜誌。
83	焦げる kogeru	烤焦	肉が焦げない内に火から下ろした。	當肉還沒烤焦的時候，從火取下來了。
84	転げる korogeru	滾動	赤いボールが転がる。	紅色的球滾動。
85	下げる sageru	降低	この薬は血圧を下げます。	這藥可降低血壓。

86	提げる sageru	提	あの女性はフラワーバスケットを提げる。	那位女性提著花籃。
87	浴びせる abiseru	澆	頭から冷水を浴びせたい。	想從頭上澆冷水。
88	併せる awaseru	合併	二つの町を併せて一つの市にした。	把兩個市鎮合併成了一個城市。
89	合わせる awaseru	加在一起	あれも勘定に合わせてください。	請將那筆也加在一起結帳。
90	着せる kiseru	給…穿上	私は患者に服を着せる。	我給患者穿衣服。
91	充てる ateru	充當	私は三千万円を家の建築費に充てた。	我把三千萬日元充當了房子的建築費。
92	当てる ateru	曬	この薬は日光に当てないでください。	請不要讓這藥被太陽照到。
93	慌てる awateru	驚慌	慌てないでください。	請不要驚慌失措。
94	企てる kuwadateru	企圖	彼女は自殺を企てた。	她企圖自殺。
95	奏でる kanaderu	演奏	彼女はいつも楽しい曲を奏でる。	她總是演奏快樂的歌曲。
96	兼ねる kanaeru	兼	総理大臣は複数の職務を兼ねる。	內閣總理兼任複數的職務。
97	重ねる kasaneru	重疊	汚れた皿を重ねてください。	請把髒了的盤子疊起來。
98	寝る neru	睡覺	私は寝たい。	我想睡覺。
99	浮かべる ukaberu	浮	私は湖水に舟を浮かべたい。	我想在湖面上泛舟。

100	比べる くら kuraberu	比較	自分の人生を他人の人生と比べないでください。	請不要拿自己的人生和他人做比較。
101	食べる た taberu	吃	ここで食べ物を食べないでください。	請不要在這裡吃食物。
102	赤らめる あか akarameru	臉紅	彼は顔を赤らめる。	他臉發紅。
103	温める あたた atatameru	熱	そのスープを温めてください。	請熱那碗湯。
104	暖める あたた atatameru	暖	彼は部屋をストーブで暖めた。	他用暖爐溫暖了房間。
105	集める あつ atsumeru	收集	私の趣味は腕時計を集める事です。	我的興趣是收集手錶。
106	改める あらた aratameru	改變	私たちはこの規則を改めなければなりません。	我們必須改變這項規則。
107	傷める いた itameru	傷害	パーマは髪を傷めるか？	燙髮會損害頭髮嗎？
108	痛める いた itameru	弄痛	昨日、私は転んで手首を痛めました。	昨天我跌倒，弄痛了手腕。
109	戒める いまし imashimeru	告誡	教師は生徒たちの不注意を厳しく戒めた。	教師嚴厲地告誡了學生們的疏忽。
110	卑しめる いや iyashimeru	蔑視	彼を卑しめないでください。	請不要蔑視他。
111	埋める う umeru	埋藏	強盗は高い山に宝を埋めた。	強盜把寶藏埋在高山裡。
112	薄める うす usumeru	稀釋	このウイスキーを水で薄めてください。	請用水稀釋這瓶威士忌。
113	治める おさ osameru	平定	大統領は国内の暴動をようやく治めた。	總統終於平定了國內的暴動。

114	収める おさ osameru	獲得	彼は満足な結果を収めた。 かれ まんぞく けっか おさ	他獲得了滿意的結果。
115	修める おさ osameru	修習	僕は日本語を修めるに 十年かかった。 ぼく にほんご おさ じゅうねん	我為學習日語花了十年時間。
116	納める おさ osameru	繳納	国民は税金を納めなければなりません。 こくみん ぜいきん おさ	國民必須繳納税金。
117	固める かた katameru	堅定	決心をしっかり固めてください。 けっしん かた	請確實地堅定決心。
118	決める き kimeru	決定	私たちは投票でこれに決めた。 わたし とうひょう き	我們用投票決定了。
119	清める きよ kiyomeru	清潔	水で体を清めてください。 みず からだ きよ	請用水洗淨身體。
120	究める きわ kiwameru	探究	日本語を究めるのは容易な事ではない。 にほんご きわ ようい こと	徹底掌握日語不是件容易事。
121	極める きわ kiwameru	極大	通勤時間に駅のホームは乗客で混雑を極めている。 つうきんじかん えき じょうきゃく こんざつ きわ	車站的月台在通勤時間乘客極為混亂。
122	苦しめる くる kurushimeru	煎熬	それは彼を苦しめる。 かれ くる	那使他痛苦煎熬。
123	込める こ komeru	加進	弁当代を込めて旅費は 十万円です。 べんとうだい こ りょひ じゅうまんえん	加上便當錢，旅費是十萬日元。
124	懲らしめる こ korashimeru	懲罰	誰が悪い政府を懲らしめるのですか？ だれ わる せいふ こ	誰來懲罰不好的政府？
125	覚める さ sameru	醒來	私は毎日朝早く目が覚める。 わたし まいにちあさはや め さ	我每天都很早醒來。
126	冷める さ sameru	冷掉	それが冷める前に飲んで下さい。 さ まえ の くだ	在它冷掉之前請喝。
127	緩める ゆる yurumeru	緩慢	彼女は次第に歩調を緩めた。 かのじょ しだい ほちょう ゆる	她漸漸地緩慢了步調。
128	荒れる あ areru	天氣惡化	今日の天気は荒れる。 きょう てんき あ	今天會變天。

129	暴れる あば abareru	胡鬧	彼女は泣きながら暴れる。 かのじょ　な　　　　　あば	她邊哭邊胡鬧。
130	現れる あらわ awareru	出現	私はあなたの後ろに現れる。 わたし　　　　　うし　　　あらわ	我會在你的背後出現。
131	表れる あらわ awareru	表現	彼女の顔には失望の色が表れていた。 かのじょ　かお　　しつぼう　いろ　　あらわ	她的臉上浮現出失望的神情。
132	入れる い ireru	放入	赤い貯金箱にお金を入れてください。 あか　ちょきんばこ　　かね　い	請把錢放入紅色的存錢箱。
133	売れる う ureru	暢銷	この日本語文法本は必ず売れる。 にほんごぶんぼうほん　かなら　う	這本日語文法書一定暢銷。
134	熟れる う ureru	變得 成熟	この桃はすっかり熟れる。 もも　　　　　　う	這桃子完全成熟。
135	浮かれる う ukareru	興高 采烈	酒に浮かれて男たちは歌い始めた。 さけ　う　　　おとこ　　　うた　はじ	沉浸酒中的男人們唱起了歌。
136	生まれる う umareru	生於	彼女は貧乏な家に生まれた。 かのじょ　びんぼう　いえ　う	她出生於貧窮的家庭。
137	産まれる う umareru	出生	子供が産まれる。 こども　う	生孩子。
138	埋もれる う umoreru	埋	小道は雪に埋もれていた。 こみち　ゆき　う	小路被雪埋沒了。
139	薄れる うす usureru	褪色	色が次第に薄れていた。 いろ　しだい　うす	漸漸褪色了。
140	折れる お oreru	折斷	この鉛筆の芯は折れ易い。 えんぴつ　しん　お　やす	這根鉛筆芯容易折斷。
141	後れる おく okureru	落後	時代に後れないでください。 じだい　おく	請不要跟不上時代。
142	遅れる おく okureru	遲到	列車に乗り遅れるな。 れっしゃ　の　おく	別趕不上列車！
143	恐れる おそ osoreru	害怕	私は地震をひどく恐れる。 わたし　じしん　　　　おそ	我非常害怕地震。

144	陥れる おとしいれ otoshiireru	陷入	彼を誘惑に 陥 れないでください。 かれ ゆうわく おとしい	請不要讓他陷入誘惑。
145	訪れる おとず otozureru	拜訪	彼はしばしばこの店に 訪 れる。 かれ みせ おとず	他常常拜訪這家商店。
146	枯れる か kareru	枯萎	お花は水が無ければ枯れる。 はな みず な か	花如果沒有水的話，就會枯萎。
147	隠れる かく kakureru	躲藏	彼はドアの後ろに隠れる。 かれ うし かく	他躲藏在門的後面。
148	切れる き kireru	剪	この 鋏 はよく切れる。 はさみ き	這把剪刀很好剪。
149	暮れる く kureru	天黑	冬に日が速く暮れる。 ふゆ ひ はや く	冬天很快就天黑。
150	腐れる くさ kusareru	腐爛	このリンゴが腐れてしまいました。 くさ	這顆蘋果腐爛了。
151	崩れる くず kuzureru	倒塌	地震でこの建造物が崩れた。 じしん けんぞうぶつ くず	這棟建築物因地震倒塌了。
152	焦がれる こ kogareru	渴望	彼は長年焦がれた相手と結婚した。 かれ ながねんこ あいて けっこん	他跟長年渴望的對象結婚了。
153	壊れる こわ kowareru	損壞	あの壊れた腕時計は祖父の物です。 こわ うでどけい そふ もの	那支壞了的手錶是祖父的東西。
154	汚れる よご yogoreru	變髒	川は工場の廃水で汚れてしまった。 かわ こうじょう はいすい よご	河川被工廠的廢水污染了。

提示　一個單字有很多字義，請在明白文法規則變化後，勤查字典來提升日語能力！

12：來　来る

漢字「來」+「る」=「来る」日本字

表一　「来る」語尾變化表　只有這一個「来る」動詞單字！

變化形式	接合元件	活用形	中文語意
来（こ）	ない（不）	未然形	不來
来（こ）	よう（要）	未然形	要來 ；來吧！ （表示「意志、勸誘」的語氣）
来（き）	たい（想）	連用形	想來
来（き）	た	連用形	來了 （表示過去式）
来る（く）	。	終止形	來。
来る（く）	名詞（人ひと）	連體形	來的人
来れ（く）	ば（假如）	假定形	假如來的話
来い（こ）		命令形	來！（表示「命令」的語氣）

上述表格的例句發音練習（搭配主詞）　◖04-44

1. 私（わたし）は来（こ）ない。　　　　　　我不來。
2. 一緒（いっしょ）に来（こ）よう。　　　　　一起來吧！
3. 私（わたし）は来（き）たい。　　　　　　我想來。
4. 彼女（かのじょ）は来（き）た。　　　　　她來了。
5. 私（わたし）は 必（かなら）ず来（く）る。　　我一定會來。
6. 明日（あした）、来（く）る人（ひと）は誰（だれ）ですか？　明天來的人是誰？
7. 私（わたし）は来（く）れば ……　　　　假如我來的話
8. 来（こ）い。　　　　　　　　　　　過來！

表二 時態與語氣分析表

	普通語氣	客氣語氣
1. 現在式肯定語氣	来る (kuru)	来ます (kimasu)
2. 現在式否定語氣	来ない (konai)	来ません (kimasen)
3. 過去式肯定語氣	来た (kita)	来ました (kimashita)
4. 過去式否定語氣	来なかった (konakatta)	来ませんでした (kimasendeshita)
5. 表示「想」的語氣	来たい (kitai)	来たいです (kitaidesu)
6. 表示「假設」的語氣（1）	来れば (kureba)	
7. 表示「假設」的語氣（2）	来たら (kitara)	来ましたら (kimashitara)
8. 表示「命令」的語氣	来い (koi)	来ませ (kimase)
9. 表示「意志」的語氣	来よう (koyou)	来ましょう (kimashou)
10. 表示「使役」的語氣	来させる (kosaseru)	来させます (kosasemasu)
11. 表示「被動」的語氣	来られる (korareru)	来られます (koraremasu)
12. 表示「可能」的形式語氣	来られる (korareru)	来られます (koraremasu)
13. 表示「て」的形式語氣	来て (kite)	来まして (kimashite)

表三 重要句型發音練習 　▶ 04-45

1. 来ない （ 不來 ）
2. 来なかった （ 不來的過去式語氣 ）
3. 来たい （ 想來 ）
4. 来たかった （ 想來的過去式語氣 ）
5. 来たくない （ 不想來 ）
6. 来たくなかった （ 不想來的過去式語氣 ）
7. 来なさい （ 請來 ）
8. 来てください （ 請來 ）
9. 来ないでください （ 請不要來 ）
10. 来させてください （ 請讓我來 ）
11. 来させないでください （ 請不要讓某人來 ）
12. 来なければなりません （ 非來不可！ ）
13. 来る事ができる （ 能來 ）

提醒

1：日文基本句型：s は o を v

2：「来る」還有其他的用法與意義，請查字典！

表四 有關「来る」的例句綜合練習　🔊 04-46

	日文例句	中文意義
1	私たちの先生が来る。	我們的老師會來。
2	彼女は来るのか来ないのか。	她來還是不來呢？
3	何があなたを台湾に来させる動機となりましたか。	促使你來台灣的動機是什麼？
4	来られるだけ早く来い。	能來的話趕快來！
5	あなたは今度何時来られるか？	你什麼時候能再來？
6	日本に旅行へ行く為、来週の水曜日はここに来られません。	因為要去日本旅行，下週三不能來這裡。
7	私は人に来られる事が好きです。	我喜歡叫人來。
8	今度来る時に彼女を連れて来よう。	下次來時我帶她來吧。
9	来年も日本に来ようと思った。	我想要明年也來日本。
10	彼女が来ようが来ないが、私は行く。	不管她來還是不來，我都會去。
11	彼女は来ると約束したが、来なかった。	她答應我要來，但是沒來。
12	あなたはここに来ないでください。	請不要來這裡。
13	駅まで来なくてもいいよ。	你不來車站也可以。
14	また日本に来たい。	還想來日本。
15	来たい時に来なさい。	想來的時候請來。
16	あなたは再び日本に来てください。	請你再次來日本。
17	相談に来てください。	請你來和我商量。
18	あなたからの返事が来て、私は本当に嬉しいです。	收到你的回信，我真是高興。
19	春が来た。	春天來了。

20	暴風雨が来そうだ。	暴風雨似乎要來。
21	新聞によれば、明日、総理大臣が工場の参観に来るそうだ。	根據新聞，明天聽說總理大臣要來參觀工廠。
22	その他にここに来る人はいますか？	另外，還有其他人要來這裡嗎？
23	春が来れば、暖かくなる。	如果春天來的話，天氣就變溫暖。
24	私は何時に来ればいいですか？	我幾點來好呢？
25	すぐここに来い。	馬上過來！
26	とにかく君は七時にここに来なければなりません。	總之，你七點非來不可！
27	彼女は日本に来る事が出来る。	她能來日本。
28	彼女は日本に来る事が出来ます。	她能來日本。
29	彼女は日本に来る事が出来ない。	她不能來日本。
30	彼女は日本に来る事が出来ません。	她不能來日本。
31	日本に来る事が出来てとても嬉しいです。	能來日本，我非常高興。

13：する　只有這一個「する」動詞單字！但也是最重要的單字！

中文意義為：「做」；英文主要意義為：「to do」。這一個「する」動詞單字可以與結合其他詞性的單字，使那個單字成為動詞！

表一

變化形式	接合元件	活用形	中文語意
し	ない（不）	未然形	不做
し	よう（要）	未然形	要做 ；做吧！ （表示「意志、勸誘」的語氣）
し	たい（想）	連用形	想做
し	た	連用形	做了 （表示過去式）
する	。	終止形	做。
する	名詞（人ひと）	連體形	做的人
すれ	ば（假如）	假定形	假如做的話
しろ		命令形	做！（表示「命令」的語氣）

上述表格的例句發音練習（搭配主詞）　▶04-47

1. 私わたしは宿題しゅくだいをしない。　　　　　　我不做功課。

2. 一緒いっしょに 宿 題しゅくだいをしよう。　　　　　讓我們一起做功課吧。

3 私わたしは 宿 題しゅくだいをしたい。　　　　　　我想做功課。

4. 私わたしは 宿 題しゅくだいをした。　　　　　　我做了功課。

5. 私わたしは 宿 題しゅくだいをする。　　　　　　我做功課。

6. 今いま、 宿 題しゅくだいをする人ひとは誰だれですか？　現在做功課的人是誰？

7. 一緒いっしょに 宿 題しゅくだいをすれば ……　　如果一起做功課的話

8. しろ。　　　　　　　　　　　　　　　做！

表二 時態與語氣分析表

	普通語氣	客氣語氣
1. 現在式肯定語氣	する (suru)	します (shimasu)
2. 現在式否定語氣	しない (shinai)	しません (shimasen)
3. 過去式肯定語氣	した (shita)	しました (shimashita)
4. 過去式否定語氣	しなかった (shinakatta)	しませんでした (shimasendeshita)
5. 表示「想」的語氣	したい (shitai)	したいです (shitaidesu)
6. 表示「假設」的語氣（1）	すれば (sureba)	
7. 表示「假設」的語氣（2）	したら (shitara)	しましたら (shimashitara)
8. 表示「命令」的語氣	しろ (shiro)	しませ (shimase)
9. 表示「意志」的語氣	しよう (shiyou)	しましょう (shimashou)
10. 表示「使役」的語氣	させる (saseru)	させます (sasemasu)
11. 表示「被動」的語氣	される (sareru)	されます (saremasu)
12. 表示「て」的形式語氣	して (shite)	しまして (shimashite)

表三 重要且常用句型發音練習 🔊 04-48

1. しない （不做）
2. しなかった （不做的過去式語氣）
3. したい （想做）
4. したかった （想做的過去式語氣）
5. したくない （不想做）
6. したくなかった （不想做的過去式語氣）
7. してください （請做）
8. しなさい （請做）
9. しないでください （請不要做）
10. させてください （請讓我做）
11. させないでください （請不要讓某人做）
12. しなければなりません （非做不可！）
13. する事ができる （能做）

提醒

1：日文基本句型：s は o を v

2：「する」還有其他的用法與意義，請查字典！

表四 有關「する」的例句綜合練習 ◢ 04-49

	日文例句	中文意義
1	私は毎日宿題をする。	我每天做功課。
2	私は毎日宿題をします。	我每天做功課。
3	私はこんな事を二度としない。	我再也不做這樣的事。
4	私はこんな事を二度としません。	我再也不做這樣的事。
5	昨日、君は宿題をしたか？	昨天你做功課了嗎？
6	昨日、君は宿題をしましたか？	昨天你做功課了嗎？
7	昨日、私は宿題をしなかった。	昨天我沒做功課。
8	昨日、私は宿題をしませんでした。	昨天我沒做功課。
9	デートしようよ。	我們約會吧。
10	結婚しよう。	我們結婚吧。
11	僕はしたい事があります。	我有想做的事。
12	僕は彼女と結婚したい。	我想跟她結婚。
13	僕は以前成功したかった。	我以前想成功。
14	私も留学したかった。	我以前也想留學。
15	私は二度と失敗したくない。	我再也不想失敗。
16	今日は仕事をしたくない。	我今天不想工作。
17	昨日、何もしたくなかった。	昨天我什麼也都不想做。
18	私はこの事を説明したくなかった。	我不想說明這件事。
19	ドアをノックしてください。	請敲門。
20	説明してください。	請說明。

21	静かにしてください。	請安靜。
22	私の電話番号をメモしなさい。	請把我的電話號碼記下來。
23	私を信頼しなさい。	請信賴我。
24	声を高くしなさい。	請提高音量。
25	こんな事をしないでください。	請不要做這樣的事情。
26	私を誤解しないでください。	請不要誤解我。
27	ここに駐車しないでください。	請不要在此處停車。
28	質問させてください。	請讓我發問。
29	アドバイスさせてください。	請讓我給你建議。
30	質問を一つさせてください。	請讓我問一個問題。
31	この問題を検討させてください。	請讓我探討這個問題。
32	私を失望させないでください。	請不要讓我失望。
33	私をがっかりさせないでください。	請不要讓我失望。
34	あなたはまた彼に悲しい思いをさせないでください。	請你不要讓他感到悲傷。
35	私はすぐその事をしなければ␣なりません。	我必須馬上做那件事。
36	私は毎日勉強しなければ␣なりません。	我必須每天學習。
37	私はもっと日本語を勉強しなければ␣なりません。	我必須學習更多的日語。
38	君はその事実を説明する事ができるか？	你能說明那個事實嗎？
39	彼女はその仕事をする事ができる。	她能做那個工作。
40	あなたは人生に成功する事ができます。	你能在人生中成功。
41	あなたは詳細な説明をする事ができますか？	你能做詳細的說明嗎？
42	私はその案に賛成する事ができない。	我不能贊成那個方案。

43	君の仕事の内容を理解する事ができない。	我不能理解你的工作內容。
44	君の仕事の内容を理解する事ができません。	我不能理解你的工作內容。
45	私は車を運転する事ができません。	我不會開車。
46	私はその物語を理解する事ができなかった。	我不能理解那個故事。
47	彼女も仕事を完了する事ができなかった。	她也不能完成工作。
48	彼女は家事をする事ができませんでした。	她不會做家事。
49	彼女も家事をする事ができませんでした。	她也不會做家事。
50	私はもっと勉強すれば入学試験に合格する。	我如果更努力讀書的話，就能通過入學考試。
51	宿題をしろ。	去做功課！

「する」這一個動詞單字是最重要的單字！

中文意義為：「做」；英文主要意義為：「to do」。這一個「する」動詞單字可以與結合其他詞性的單字，使那個單字成為動詞！

例如：

❶（名詞）＋「する」： お伴する＝作伴 ； 真似する＝模仿

❷（形容詞）＋「する」： 高くする＝抬高 ； 長くする＝弄長

❸（形容動詞）＋「する」：明らかにする＝表明 ； 静かにする＝安靜！

❹（副詞）＋「する」： がっかりする＝失望 ； どきどきする＝小鹿亂撞

❺（漢字）＋「する」： 愛する＝愛 ； 訳する＝翻譯

❻（漢語）＋「する」： 結婚する＝結婚 ； 説明する＝説明

❼（外來詞）＋「する」： アドバイスする＝建議 ； ノックする＝敲

上述的這些複合動詞的變化規則比照「する」的變化規則！請參考上述的例句。

以上，共有 13 類型的日語動詞變化，全部分析説明完畢！

第五章 選一個副詞來修飾 – 動詞和形容詞

　　日語中的副詞單字本身不會如動詞、い形容詞、な形容詞會有字形上的變化。副詞主要的是用以修飾動詞、形容詞；也可以修飾名詞和部分的副詞單字。讀者可以從以下的例句歸納得知。

　　日語中的副詞單字非常多。副詞單字可以從い形容詞單字衍生過來，例如：楽しい（快樂的）→ 楽しく（快樂地）；也可以從な形容詞單字衍生過來，例如：静かな（安靜的）→ 静かに（安靜地）；也可以從漢字加上（ と ）或是（ に ）都可以變成副詞單字。下面按五十音的順序整理一些日常生活中常用的副詞單字，請讀者逐一牢記在心！

副詞單字與例句發音練習　▶ 05-01

	日文單字	中文單字	日文例句	中文翻譯
1	相変わらず aikawarazu	依然	父は相変わらず忙しい。	父親依然忙碌。
2	相次いで aitsuide	相繼地	事件が相次いで起こった。	事件相繼地發生了。
3	生憎 ainiku	不湊巧	彼女を訪ねたが、生憎留守だった。	我拜訪了她，但是不湊巧她外出了。
4	敢えて aete	硬是	私は敢えて危険を冒す。	我敢於冒險。
5	飽くまで akumade	徹底地	彼女は飽くまで反対した。	她徹底地反對。
6	あたふたと atafutato	慌慌張張地	父はあたふたと部屋を出て行った。	父親慌慌張張地離開了房間。
7	あっさり assari	乾脆地	彼はとてもあっさり認めた。	他很乾脆地承認了。
8	あまねく amaneku	遍	彼女は全世界をあまねく旅行した。	她遊遍了全世界。

9	あまり amari	不怎麼	あの店の食べ物はあまり美味しくない。	那家店的食物不怎麼好吃。
10	予め arakajime	預先	予め準備をしてください。	請預先準備。
11	改めて aratamete	再次	明日、あなたに改めて連絡します。	明天我會再聯絡你。
12	ありありと ariarito	鮮明地	その交通事故はまだありありと彼女の記憶に残っている。	那交通事故還鮮明地留在她的記憶。
13	或いは aruiha	或許	あるいは行けるかもしれない。	或許能去。
14	あれこれと arekore	種種	私たちはあれこれと考えています。	我們左思右想。
15	あれほど arehodo	那樣地	この和菓子はあれほど甘くない。	這日式糕點沒那麼甜。
16	合わせて awasete	一共	合わせて5万円になる。	一共是5萬日元。
17	案の定 annojou	不出所料	案の定、彼女は第一位になった。	不出所料她是第1名。
18	あんまり anmari	(不)太	弟はあんまり果物を食べません。	弟弟不太吃水果。
19	いい加減 iikagen	恰當地	いい加減にしろ。	別太過分了！
20	いかに ikani	如何	私たちはいかに行くか？	我們如何去？

21	いきいき ikiiki	生動地	彼女はいきいきと彼女の冒険談を話した。	她生動地説了她的冒險故事。
22	いきなり ikinari	突然	彼女はいきなり部屋から飛び出した。	她突然從房間跑了出來。
23	幾ら ikura	多少	このハンカチを幾らで買いましたか。	你用多少錢買了這條手帕？
24	いくらか ikuraka	稍微	患者は昨夜にいくらか眠った。	病人昨晚有睡了一下。
25	いくらでも ikurademo	不論多少	彼女はお金はいくらでも持っている。	錢，她不論多少都有。
26	いくらも ikuramo	也沒有多少	残金はいくらも無い。	餘額也沒剩多少。
27	些か isasaka	稍微地	彼女は些か驚いた。	她稍微地感到驚訝。
28	いずれ izure	總會	人間はいずれ死ぬのだ。	人類早晚會死。
29	いそいそ isoisoto	高高興興地	美智子はいそいそと出掛けていった。	美智子高高興興地出去了。
30	徒に itazurani	無益地	徒に時を過ごすな。	不要虛度光陰。
31	一意 ichii	一心一意地	彼女は毎日一意勉強している。	她每天一心一意地學習。
32	一々 ichiichi	逐一	彼女はこの旅行案内書を一々説明する。	她逐一説明這本旅遊指南。

33	一応 ichiou	大致	一応完成した。	大致完成了。
34	何時か itsuka	總有一天	私はいつかあの車を買おう。	我總有一天要買那輛車。
35	いつかしら itsukashira	遲早	人はいつかしら死ななければなりません。	人遲早會死。
36	一気に ikkini	一口氣地	彼は生ビールを一気に飲んだ。	他一口氣喝了生啤。
37	一切 issai	全部	私は一切譲らなかった。	我全都不讓。
38	何時しか itsushika	不知不覺地	冬はいつしか春と成った。	冬天不知不覺地到了春天。
39	一層 issou	更加	今後、一層勉強してください。	今後請更加努力學習。
40	いったい ittai	到底	この人はいったい誰ですか？	這個人到底是誰？
41	一旦 ittan	一旦	一旦した約束は履行しなければならない。	一旦約定了就必須履行。
42	何時の間にか itsunomanika	不知不覺地	いつのまにか秋も過ぎてしまった。	秋天也不知不覺地過了。
43	一杯 ippai	充滿地	彼女は力一杯歌った。	她盡全力地唱了歌。
44	何時まで itsumade	到什麼時候	あなたはいつまで大阪にご滞在ですか？	您會在大阪逗留到什麼時候？

45	何時までも itsumademo	永遠	私はいつまでも彼女の名を覚えている。	我永遠記得她的名字。
46	何時も itsumo	總是	彼女はいつも前向きだ。	她總是很正向。
47	今 ima	剛才	母は今出掛けました。	母親方才出去了。
48	今更 imasara	事到如今	今更仕方が無い。	事到如今沒有辦法了。
49	今少し imasukoshi	再…一會兒	今少し待ってください。	請再稍等一會兒。
50	いまだ imada	仍然	私はいまだ東京に住んでいる。	我仍然住在東京。
51	今まで imamade	至今	私は今まで大阪に働いていました。	我至今都在大阪工作。
52	いよいよ iyoiyo	終於	いよいよ別れの日がやってきた。	離別的日子終於來臨了。
53	愈々 iyoiyo	越來越…,	雨は愈々激しくなった。	雨越來越猛烈了。
54	いわば iwaba	可以說	彼女は、いわば生き字引だ。	她可以說是本活字典。
55	うかうか ukauka	漫不經心	うかうかしないでください。	請不要漫不經心。
56	薄々 usuusu	模模糊糊地	私は彼女に会ったのを薄々覚えている。	我模模糊糊地記得見了她。

57	うっかり ukkari	粗心大意地	うっかりしないでください。	05-02 請不要粗心大意。
58	うっとり uttori	入迷	私 は彼の歌にうっとりした。	他的歌讓我聽得入迷。
59	うつらうつら utsurautsura	昏昏欲睡地	うつらうつらしないでください。	請不要昏昏沉沉。
60	うとうと utouto	昏昏沉沉地	彼女はうとうと寝こんだ。	她昏昏沉沉地睡著了。
61	生まれながら umarenagara	天生	彼女は生まれながらの芸術家だ。	她是天生的藝術家。
62	うんざり unzari	厭煩	私 は日本語にもううんざりだ。	我已經厭煩日語了。
63	往々 ouou	往往	事故は往々ある。	往往有事故意外。
64	大いに ooini	大大地	彼を大いに尊敬されています。	他被大大地尊敬。
65	大方 ookata	大概	彼女は大方来るだろう。	她大概來吧。
66	大きに ookini	大大地	大きにありがとう。	大大地感謝。
67	大凡 ooyoso	大致	私 はその契約書を大凡理解できた。	我大致理解了那份契約。
68	遅かれ早かれ osokarehayakare	遲早	遅かれ早かれ彼は成功する。	他遲早會成功。
69	恐らく osoraku	恐怕	彼は恐らく来ないだろう。	他恐怕是不來了吧。

70	恐る恐る おそ おそ osoruosoru	戰戰兢兢地	北極探検隊は恐る恐る 氷 の ほっきょくたんけんたい おそ おそ こおり 上を歩いた。 うえ ある	北極探險隊戰戰兢兢 地走在冰上。
71	恐れながら おそ osorenagara	冒昧地	恐れながら申し上げます。 おそ もう あ	冒昧地説。
72	お互いに たが otagaini	互相	私 たちはお互いに握手をし わたし たが あくしゅ た。	我們互相握手了。
73	音もなく おと otomonaku	無聲地	彼は音もなく通り過ぎた。 かれ おと とお す	他無聲地走了過去。
74	同じく おな onajiku	同樣地	私 は物理も数学も同じく好き わたし ぶつり すうがく おな す です。	我物理數學都同樣喜 歡。
75	自ずから おの onozukara	自然而然地	季節が来れば花は自ずから咲 きせつ く はな おの さ く。	季節到的話，花自然 會開。
76	思いがけず おも omoigakezu	意外地	今朝車 中 で 私 は思いがけず け さ しゃちゅう わたし おも 彼女に出会った。 かのじょ であ	今天早晨我意外地在 車上遇到她。
77	思い切って おも き omoikitte	果斷地	私 は思い切って家を買った。 わたし おも き いえ か	我果斷地買了房子。
78	思い切り おも き omoikiri	盡情地	私 はそのドアを思い切り蹴っ わたし おも き け た。	我盡情地踢了那扇 門。
79	思う存分 おも ぞんぶん omouzonbun	盡情地	彼女はスキーを思う存分楽し かのじょ おも ぞんぶんたの んだ。	她盡情地享受滑雪。
80	思うまま おも omoumama	隨心地	私 は思うままに返事ができな わたし おも へんじ い。	我不能隨心地回答。
81	主に おも omoni	主要	観 客 は主に女性たちだ。 かんきゃく おも じょせい	觀眾主要是女性。

82	思わず omowazu	不由自主地	私は思わず笑った。	我不由自主地笑了。
83	およそ oyoso	粗略地	私はおよそ理解した。	我粗略地理解了。
84	却って kaette	反而	この証拠は却って私たちに有利だ。	這證據反而對我們有利。
85	がっかり gakkari	失望	私は非常にがっかりした。	我非常失望。
86	曾て katsute	曾經	ここは曾て教会があった。	這裡曾經有教堂。
87	必ず kanarazu	一定	私は毎朝必ず散歩する。	我每天早上一定會散步。
88	かなり kanari	相當	今日はかなり寒い。	今天相當冷。
89	かねがね kanegane	老早	ご高名は田中さんからかねがね承っておりました。	老早從田中先生那知悉您的大名了。
90	仮に karini	臨時地	これは仮に造られた劇場です。	這是臨時建造的劇場。
91	軽々と karugaruto	輕而易舉地	私はその赤いスーツケースを軽々と運べる。	我能輕而易舉地搬運那個紅色的旅行箱。
92	かれこれ arekore	大約	日本に住んでからかれこれ一年になる。	自從住在日本大約滿一年了。
93	辛うじて karoujite	勉勉強強地	辛うじて最終電車に間に合った。	勉強地趕上了末班車。

94	きちんと kichinto	整齊地	椅子(いす)をきちんと並(なら)べて下(くだ)さい。	請把椅子排整齊。
95	きっと kitto	一定	彼(かれ)はきっと合格(ごうかく)する。	他一定能及格。
96	急(きゅう)に kyuuni	突然	バスは急(きゅう)に止(と)まった。	公車突然停了。
97	極力(きょくりょく) kyokuryoku	盡全力	彼女(かのじょ)は極力(きょくりょく)勉強(べんきょう)している。	她盡全力在學習。
98	きらきら kirakira	閃爍	星(ほし)が夜空(よぞら)にきらきら輝(かがや)いている。	星星在夜空閃爍地亮著。
99	きらり kirari	閃耀地	彼(かれ)の目(め)が濡(ぬ)れたようにきらりと光(ひか)った。	他的眼睛如濕潤般閃著光。
100	極(きわ)めて kiwamete	非常	これは極(きわ)めて重要(じゅうよう)な資料(しりょう)です。	這是極其重要的資料。
101	偶然(ぐうぜん) guuzen	偶然	偶然(ぐうぜん)彼女(かのじょ)に空港(くうこう)で出会(であ)った。	我偶然在機場遇見了她。
102	ぐずぐず guzuguzu	慢吞吞	ぐずぐずしないでください。	請不要慢吞吞地。
103	ぐっと gutto	緊緊地	私(わたし)は彼女(かのじょ)の手(て)をぐっと握(にぎ)った。	我緊握她的手。
104	隈無(くまな)く kumanaku	到處	私(わたし)はその本(ほん)を隈無(くまな)く捜(さが)した。	我找遍了那本書。
105	けちけち kechikechi	吝嗇	そんなにけちけちするな。	不要那麼小氣。
106	結局(けっきょく) kekkyoku	最後	結局(けっきょく)その計画(けいかく)は失敗(しっぱい)した。	最後那計畫失敗了。

107	結構 けっこう kekkou	相當	この物語は結構面白い。 <small>ものがたり けっこうおもしろ</small>	◀ 05-03 這故事相當有趣。
108	決して けっ kesshite	絕對	彼女は決して約束を守らない。 <small>かのじょ けっ やくそく まも</small>	她絕對不會遵守約定。
109	厳に げん genni	嚴厲地	先生は生徒に厳に誡めた。 <small>せんせい せいと げん いまし</small>	老師嚴厲地告誡了學生。
110	故意に こ い koini	故意地	故意に法律に違反する事は行けない。 <small>こ い ほうりつ いはん こと い</small>	不可以故意違反法律。
111	こう kou	如此	こう言っては行けない。 <small>い い</small>	不能這麼説。
112	極 ごく goku	非常	これは極簡単な問題です。 <small>ごくかんたん もんだい</small>	這是非常簡單的問題。
113	こそこそ kosokoso	偷偷摸摸	彼女はこそこそと出掛けた。 <small>かのじょ で か</small>	她偷偷摸摸地出門了。
114	こちこち kochikochi	滴答滴答	あの古い時計がこちこち鳴っている。 <small>ふる とけい な</small>	那舊的鐘滴答滴答地響。
115	こっそり kossori	悄悄地	彼は花瓶をこっそり盗み出した。 <small>かれ か びん ぬす だ</small>	他悄悄地偷走了花瓶。
116	ごっそり gossori	完全地	お金をごっそり盗まれた。 <small>かね ぬす</small>	錢全部被偷走了。
117	悉く ことごと kotogotoku	全部	この文法書の内容は悉く新しい。 <small>ぶんぽうしょ ないよう ことごと あたら</small>	這文法書的內容全部是新的。
118	殊に こと kotoni	特別	この冬は殊に寒かった。 <small>ふゆ こと さむ</small>	今年的冬天特別冷了。

119	細細と komagomato	詳細地	細細と説明してください。	請詳細地說明。
120	これぐらい koregurai	一點點	これぐらいの事で泣くな。	不要為這麼一點點事情哭泣。
121	これだけ koredake	只有這個	これだけは確かだ。	只有這個是確定的。
122	これほど korehodo	這麼地	これほど悪いとは思わなかった。	我沒想過會這麼地差。
123	恐恐と kowagowato	提心吊膽地	恐恐と窓から中を覗いて見た。	我提心吊膽地從窗戶往裡面窺視。
124	再三 saisan	再三地	彼女は私に再三電話をかけてきた。	她再三地打電話給我。
125	幸いにも saiwainimo	幸好	私の娘は幸いにも奨学金を得た。	我的女兒得到了獎學金。
126	先に sakini	先	先に行くね。	我先走囉。
127	さっき sakki	剛才	私はさっき食べました。	我剛才吃了。
128	さっさと sassato	立即	さっさと宿題をしなさい。	趕快去寫作業。
129	早速 sassoku	立即地	私は早速彼に手紙を書いた。	我立即給他寫了信。

130	さっぱり sappari	清爽	私 はさっぱりした 料理が食べたい。	我想吃清爽的料理。
131	さほど sahodo	那麼	今日はさほど暑くないです。	今天不那麼炎熱。
132	更に sarani	更加	彼は更に勉強している。	他更加用功學習。
133	しかと shikato	緊緊地	しかと握りしめてください。	請緊緊地握住。
134	直に jikani	直接地	私 は彼女に直に会った。	我直接見了她。
135	しきりに shikirini	再三地	彼女がしきりに本を読んでいる。	她殷切地讀著書。
136	繁く shigeku	頻繁地	私 は繁く図書館に通う。	我頻繁地往返圖書館。
137	至極 shigoku	相當	彼女は至極冷静だ。	她相當冷靜。
138	始終 shijuu	始終	彼女は始終黙っていた。	她始終保持沉默。
139	次第に shidaini	漸漸地	彼女は次第に歩調を緩めた。	她漸漸地放緩了步調。
140	確り shikkari	確實地	ドアをしっかり閉めてください。	請確實地關門。
141	じっと jitto	一動也不動地	彼女は 私 をじっと見つめた。	她一動也不動地凝視著我。
142	実に jitsuni	確實	今日は実に好い天気だ。	今天確實是好天氣。

143	実は jitsuha	其實	実は明日用事があります。	其實我明天有事情。
144	しばしば shibashiba	常常	私はしばしば図書館に行きます。	我常常去圖書館。
145	暫く shibaraku	暫時	暫く待って下さい。	請稍等。
146	しみじみ shimijimi	深切地	私は彼女の親切をしみじみ感じた。	我深切地感受到了她的親切。
147	締めて shimete	總計	締めて五万円です。	總計是 5 萬日元。
148	主として shutoshite	主要地	ここは主として眠る為の部屋です。	這裡主要是用來睡覺的房間。
149	順に junni	按順序	名前をアルファベット順に並べて下さい。	請按英文字母排列名字。
150	少々 shoushou	稍稍	少々お待ちください。	請稍等片刻。
151	徐々に jojoni	漸漸地	祖父の健康は徐々に回復した。	祖父的健康漸漸地恢復了。
152	所詮 shosen	反正	俺には所詮勝利はできない。	反正憑我是贏不了的。
153	じろじろ jirojiro	盯著	じろじろ見ないで下さい。	請不要盯著我看。
154	すいすいと suisuito	迅速地	小さい魚が川の中ですいすいと泳いでいる。	小魚在河中迅速地游著。
155	随分 zuibun	相當	今日は随分暑い。	今天相當熱。

156	直ぐ すぐ sugu	立即	今直ぐ君に会いたい。	◀ 05-04 現在立即想見你。
157	少なからず すく sukunakarazu	不少	彼女は少なからず利益を得た。	她得到了不少利益。
158	少なくとも すく sukunakutomo	至少	彼女は少なくとも一日に十時間勉強します。	她一天至少 10 小時學習。
159	直ぐに す suguni	馬上	彼女は直ぐに来ます。	她馬上來。
160	少し すこ sukoshi	一點點	私は少し食べます。	我吃一點。
161	少しずつ すこ sukoshizutsu	一點一點地	彼女は少しずつ日本語を覚えている。	她一點一點地背日語。
162	少しも すこ sukoshimo	一點也 (不)	彼女は少しも泳げない。	她一點也不會游泳。
163	頗る すこぶ sukoburu	頗為	これは頗る面白い映画です。	這是頗為有趣的電影。
164	すっきり sukkiri	神清氣爽	冷たいお茶を 1 杯飲んだらすっきりした。	喝了 1 杯冰茶後，感到神清氣爽。
165	ずっと zutto	一直	私は彼女をずっと愛します。	我會一直愛她。
166	既に すで sudeni	已經	彼は既に定年退職しました。	他已經退休了。
167	すべて subete	全部	問題はすべて解決された。	問題全部被解決了。

168	すらすら surasura	流暢地	彼は日本語をすらすら話せる。	他能流暢地說日語。
169	精いっぱい seiippai	竭盡全力地	彼はいつも精いっぱい働く。	他總是竭盡全力地工作。
170	せいぜい seizei	頂多	彼女はせいぜい二流の俳優だ。	她頂多是二流的演員。
171	せっせと sesseto	拼命地	私はせっせと本を書いている。	我拼命地在寫書。
172	絶対 zettai	絕對	私はそれを絶対忘れない。	我絕對不會忘記那個。
173	是非 zehi	一定	私は是非彼女に会いたい。	我一定要見她。
174	せめて semete	至少	私は彼女にせめて今一度会いたい。	我想再見她至少一次。
175	漸次 zenji	漸漸地	老齢人口が漸次増加する。	老年人口漸漸地增加。
176	全然 zenzen	完全 (不)	この小説は全然面白くない。	這本小說完全無趣。
177	そう sou	如此	私はそう思う。	我這麼想。
178	即刻 sokkoku	即刻	彼女は即刻出発した。	她即刻出發了。
179	そのうち sonouchi	不久	彼はそのうち声明します。	他很快地會聲明。
180	それだけ soredake	只有那些	私にできる事はそれだけです。	我能做的只有那點事。

181	それほど sorehodo	那麼	私の家はそれほど広くないです。	我的家沒那麼大。
182	そろそろ sorosoro	差不多	私はそろそろ仕事です。	我差不多要來工作了。
183	大体 daitai	大約	私は大体10時に寝る。	我大約10點睡覺。
184	大変 taihen	非常	私は大変嬉しい。	我非常高興。
185	絶えず taezu	不斷地	彼女は絶えず本を読んでいる。	她不斷地在讀書。
186	互いに tagaini	互相	彼らは互いに譲歩しない。	他們互相不讓步。
187	確かに tashikani	確實	私はあの本を確かに受け取りました。	我確實收到了那本書。
188	多少 tashou	多少	私は日本語を多少話せます。	我多少能說日語。
189	唯 tada	只是	私は唯悲しい。	我只是感到悲傷。
190	直ちに tadachini	立刻	彼女は直ちに出て行った。	她立刻出去了。
191	忽ち tachimachi	馬上	この手術は忽ち済んだ。	這個手術馬上完成了。
192	たった tatta	唯一的	これは私のたった一つの望みです。	這是我的唯一的希望。

193	たっぷり tappuri	充分	私（わたし）はたっぷり寝（ね）ました。	我充分地睡了一覺。
194	たとえ tatoe	即使	この食（た）べ物（もの）はたとえ冷（さ）めても美（おい）味しい。	這食物即使冷掉也很好吃。
195	例（たと）えば tatoeba	例如	例（たと）えば、君（きみ）は日本語（にほんご）が好（す）きですか？	比方説你喜歡日語嗎？
196	たびたび tabitabi	常常	彼女（かのじょ）はたびたび学校（がっこう）に遅刻（ちこく）する。	她常常上學遲到。
197	たぶん tabun	或許	彼（かれ）はたぶん疲（つか）れているのだろう。	他或許累了吧。
198	たまたま tamatama	碰巧	私（わたし）は彼女（かのじょ）にたまたま会（あ）った。	我碰巧遇見了她。
199	偶（たま）に tamani	偶爾	彼（かれ）は偶（たま）に料理（りょうり）をします。	他偶爾做菜。
200	だんだん dandan	漸漸地	だんだん寒（さむ）くなります。	會漸漸地變冷。
201	逐年（ちくねん） chikunen	逐年	生活費（せいかつひ）は逐年（ちくねん）増加（ぞうか）している。	生活費正逐年增加。
202	ちっとも chittomo	一點也（不）	この物語（ものがたり）はちっとも面白（おもしろ）くない。	這個故事一點也不有趣。
203	ちゃんと chanto	端正地	ちゃんと座（すわ）ってください。	請坐好。
204	ちょうど choudo	正好	私（わたし）の父（ちち）は今（いま）ちょうど起（お）きました。	我的父親正好現在起床了。

216

205	ちょっと chotto	稍微	ちょっと待って。	▶ 05-05 請稍等。
206	つい tsui	不知不覺地	料理が美味しくてつい食べ過ぎた。	菜太好吃，不知不覺地就吃太多了。
207	終に tsuini	終於	彼女は終に現れた。	她終於出現了。
208	通常 tsuujou	通常	彼女は通常何時に起きますか？	她通常是幾點起床？
209	常に tsuneni	總是	火は常に危険だ。	火總是危險的。
210	つまり tsumari	總而言之	つまり、この件について私は彼と完全に意見が違うのです。	總而言之，我在這事情上和他意見完全不同。
211	徹頭徹尾 tettoutetsubi	徹底地	私の父は徹頭徹尾私を支持した。	我的父親徹底地支持我。
212	手も無く temonaku	輕鬆地	私はこの問題を手も無く解決した。	我輕鬆地解決了這個問題。
213	どう dou	如何	君はこの古い車をどうしますか？	你要如何處理這輛老車？
214	どうか douka	請	どうかお許し下さい。	請原諒。
215	どうして doushite	為什麼	どうして来ないの？	為什麼你不來？
216	どうしても doushitemo	無論如何也	私はどうしてもこの本が欲しい。	我無論如何都想要這本書。

217	どうせ douse	反正	どうせしなければならない事<ruby>だ<rt>こと</rt></ruby>。	反正這是必須要做的事。
218	どうぞ douzo	請	どうぞごゆっくり。	請慢用。
219	<ruby>到底<rt>とうてい</rt></ruby> toutei	説到底(不)	<ruby>到底<rt>とうてい</rt></ruby><ruby>彼<rt>かれ</rt></ruby>の<ruby>言葉<rt>ことば</rt></ruby>に<ruby>信用<rt>しんよう</rt></ruby>できない。	説到底我還是不能相信他所説的話。
220	どうも doumo	非常	どうもすみません。	非常對不起。
221	どうやら douyara	似乎	<ruby>彼女<rt>かのじょ</rt></ruby>がどうやら<ruby>財布<rt>さいふ</rt></ruby>を<ruby>家<rt>いえ</rt></ruby>に<ruby>忘<rt>わす</rt></ruby>れた。	她似乎把錢包忘在家裡了。
222	<ruby>遠<rt>とお</rt></ruby>からず tookarazu	最近	<ruby>私<rt>わたし</rt></ruby>は<ruby>遠<rt>とお</rt></ruby>からず<ruby>旅行<rt>りょこう</rt></ruby>に<ruby>出<rt>で</rt></ruby>かける。	我最近要去旅行。
223	<ruby>時時<rt>ときどき</rt></ruby> tokidoki	有時	<ruby>私<rt>わたし</rt></ruby>は<ruby>時々<rt>ときどき</rt></ruby><ruby>焼<rt>や</rt></ruby>き<ruby>肉<rt>にく</rt></ruby>を<ruby>食<rt>た</rt></ruby>べます。	我有時會吃烤肉。
224	どきどき dokidoki	撲通撲通地	<ruby>彼女<rt>かのじょ</rt></ruby>を<ruby>見<rt>み</rt></ruby>て<ruby>私<rt>わたし</rt></ruby>の<ruby>胸<rt>むね</rt></ruby>がどきどきしている。	一看到她，我的心就撲通撲通地跳著。
225	ときには tokiniha	有時	<ruby>彼<rt>かれ</rt></ruby>はときには<ruby>優<rt>やさ</rt></ruby>しく、ときには<ruby>厳<rt>きび</rt></ruby>しいです。	他有時溫柔有時嚴格。
226	<ruby>特<rt>とく</rt></ruby>に tokuni	特	これは<ruby>特<rt>とく</rt></ruby>に<ruby>重要<rt>じゅうよう</rt></ruby>だ。	這個特別重要。
227	<ruby>突如<rt>とつじょ</rt></ruby> totsujo	突然地	<ruby>彼女<rt>かのじょ</rt></ruby>の<ruby>怒<rt>いか</rt></ruby>りは<ruby>突如<rt>とつじょ</rt></ruby><ruby>燃<rt>も</rt></ruby>え<ruby>上<rt>あ</rt></ruby>がった。	她的憤怒突然地爆怒了。
228	<ruby>突然<rt>とつぜん</rt></ruby> totsuzen	突然	<ruby>彼女<rt>かのじょ</rt></ruby>は<ruby>突然<rt>とつぜん</rt></ruby><ruby>死<rt>し</rt></ruby>んだ。	她突然地死了。

229	とっとと tottoto	馬上	とっとと出て行け。	快給我滾！
230	とても totemo	非常	彼はとても楽しい。	他非常快樂。
231	とにかく tonikaku	總之	とにかく私はとても眠い。	總之我很想睡覺。
232	共に tomoni	一起	私は友達と共に川へ行った。	我和朋友們一起去河邊。
233	とりあえず toriaezu	總之先	とりあえず私は病院へ行くつもりだ。	總之我打算先去醫院。
234	どんどん dondon	快快地	彼女はどんどん成長する。	她快快地成長。
235	なお nao	更	なおいっそう勉強してください。	請更努力學習。
236	なおなお naonao	越來越	天気はなおなお悪くなる。	天氣變得越來越不好。
237	なかなか nakanaka	非常	それはなかなか難しい問題です。	那是非常困難的問題。
238	長らく nagaraku	久	長らくお待たせしてすみません。	對不起讓您久等了。
239	何故 naze	為什麼	何故遅刻したか？	為什麼遲到？
240	何故か nazeka	不知怎麼地	何故か気が落ち着かない。	不知怎地我忐忑不安。

241	なんだか nandaka	總覺得	私 はなんだか寂しい気分です。	我總覺得有些寂寞。
242	なんで nande	為什麼	なんで聞かないの？	你為什麼不問？
243	なんと nanto	多麼	なんと綺麗な花だろう。	多麼美麗的花呀。
244	なんとなく nantonaku	總覺得	私 はなんとなく 教 師を辞めたい。	我總覺得想辭去教師工作。
245	難無く nannaku	輕易地	彼女は難無く試験に合格した。	她輕易地通過了考試。
246	何にも nannimo	什麼也	僕は何にもしたくない。	我什麼也不想做。
247	にこにこ nikoniko	微笑地	彼女はいつもにこにこしている。	她總是面帶微笑。
248	にっこり nikkori	微笑地	彼女はにっこり笑っている。	她甜甜地笑著。
249	にやにや niyaniya	奸笑貌	彼女はにやにやしている。	她奸笑著笑。
250	残らず nokorazu	一個也不剩地	彼女は残らず食べた。	她一個也不剩地吃完了。
251	後程 nochihodo	稍後	私 はその本を後程送ります。	我稍後會寄送那本書。
252	のんびりと nonbiri	悠閒自得地	今日はのんびりとした 休 日です。	今天是悠閒自得的假日。
253	初めて hajimete	初次	私 は初めて東 京 大学を訪 問した。	我初次參觀東京大學。

254	果たして hatashite	果真	彼は果たして失敗した。	05-06 他果真失敗了。
255	はっきり hakkiri	清楚地	私はこの問題をはっきりしたい。	我想把這個問題搞清楚。
256	甚だ hanahada	非常	天候が甚だ好い。	氣候非常好。
257	遙遙 harubaru	萬里迢迢地	彼は遙遙エジプトからやって来た。	他從埃及遠道而來。
258	びしびし bishibishi	無情地	彼女は彼の間違いをびしびし指摘した。	她無情地指出了他的錯誤。
259	只管 hitasura	只顧	彼はひたすら勉強します。	他只顧學習。
260	ぴったり pittari	緊密地	これら白い箱を壁にぴったり積み上げなさい。	把這些白色盒子緊密地堆在牆上。
261	ひとしお hitoshio	格外	雨の中の紅葉はひとしお美しいです。	雨中的紅葉格外漂亮。
262	一つ一つ hitotsuhitotsu	一一地	彼は品物を一つ一つ手に取って見た。	他一一地將這些物品拿起來看。
263	独り hitori	獨自	彼は暗い教室に独り立っている。	他獨自站在黑暗的教室裡。
264	ひょっとしたら hyottoshitara	説不定	彼女はひょっとしたら回復するかも知れない。	説不定她能康復。
265	再び futatabi	再次	彼女は再び引っ越しした。	她又搬家了。

266	普段 ふだん fudan	通常	私 は普段 7 時に起きる。 わたし ふだんしちじ お	我通常七點起床。
267	ふと futo	突然	彼はふと立ち止まった。 かれ た ど	他突然站住了。
268	ぶらぶら burabura	漫無目的地	彼はぶらぶら日を過ごす。 かれ ひ す	他漫無目的地過日子。
269	ぺこぺこ pekopeko	阿諛奉承地	彼女は主人にぺこぺこした。 かのじょ しゅじん	她諂媚了她丈夫。
270	別して べっ besshite	特別	今年は別して寒い。 ことし べっ さむ	今年特別冷。
271	ぽかぽかと pokapokato	溫暖貌	今日はぽかぽかと暖かい。 きょう あたた	今天很暖和。
272	殆ど ほとん hotondo	幾乎	昨夜は殆ど寝ていませんでした。 さくや ほとん ね	昨晚我幾乎沒睡。
273	略 ほぼ hobo	差不多	作業はほぼ完成した。 さぎょう かんせい	工程差不多完成了。
274	ぼんやり bonyari	隱約地	遠くに山がぼんやり見える。 とお やま み	可以隱約地看見遠處的一座山。
275	誠に まこと makotoni	非常	誠に申し訳ございません。 まこと もう わけ	我非常抱歉。
276	まさか masaka	絕（不）	彼女はまさかそんな事は言うまい。 かのじょ こと い	她絕不會這麼説。
277	正に まさ masani	真是	これは正に悪夢です。 まさ あくむ	這真是一場噩夢。
278	先ず ま mazu	首先	先ず、原因を教えてください。 ま げんいん おし	首先，請告訴我原因。
279	益益 ますます masumasu	越來越	益益寒くなって来ています。 ますますさむ き	天氣越來越冷了。

280	また mata	再	また会おうね。	我們再見面吧。
281	まだ mada	還	彼女はまだ寝ている。	她還在睡覺。
282	またまた matamata	又	またまた夏の新商品が入荷しました。	夏季的新商品現在又再次到貨。
283	まだまだ madamada	仍然	私はまだまだ眠いです。	我還是很睏。
284	まったく mattaku	全然	私はまったく知りません。	我全然不知道。
285	間もなく mamonaku	不久	彼女は間もなく戻ります。	她很快就會回來。
286	まるきり marukiri	徹底地	彼女は日本語がまるきり分からない。	她一點也不懂日語。
287	丸々 marumaru	完全地	私は日本で丸々3週間滞在した。	我在日本待了整整三個星期。
288	自ら mizukara	親自	彼がその罪を自ら認めた。	他親自承認了罪行。
289	寧ろ mushiro	寧願	私はむしろ新幹線で行くだろう。	我大概寧可坐新幹線去。
290	無論 muron	當然	私は無論参加します。	我當然要參加。
291	めったに mettani	難得	彼はめったに怒らない。	他很少生氣。
292	もう mou	已經	昼ご飯はもう食べた。	我已經吃午飯了。

293	若し もし moshi	如果	若し雨が降ったら行かないことにする。	如果下雨，我就決定不去。
294	若しも も moshimo	如果	若しも彼女が来なかったら先に行こう。	如果她不來，我們就先走吧。
295	勿論 もちろん mochiron	當然	それは勿論違います。	這當然是錯誤的。
296	もっと motto	更	私は君ともっと話したい。	我想和你多聊聊。
297	最も もっと mottomo	最	これは最も美しい花です。	這是最美的花。
298	もともと motomoto	原本	彼女はもともと韓国の出身です。	她原本出生於韓國。
299	もとより motoyori	本來	僕はもとより反対だ。	我從一開始就反對。
300	もはや mohaya	不再	彼女はもはや子供ではない。	她不再是個孩子了。
301	やがて yagate	不久	やがて満月が見え始めた。	不久，開始看得見滿月了。
302	約 やく yaku	大約	約３００人が死亡した。	大約三百人死亡。
303	やっと yatto	終於	彼女はやっと逃げた。	她終於逃走了。
304	やはり yahari	仍然	やはり正しい答えは無かった。	仍然沒有正確的答案。
305	稍 やや yaya	稍微地	今夜は稍涼しかった。	今晚稍涼。
306	ゆっくり yukkuri	慢慢地	ゆっくり食べてください。	請慢慢享用。

307	ゆったり yuttari	悠閒地	<ruby>私<rt>わたし</rt></ruby>は<ruby>田舎<rt>いなか</rt></ruby>でゆったり<ruby>過<rt>す</rt></ruby>ごしたい。	我想在鄉下悠閒地過生活。
308	<ruby>漸<rt>ようや</rt></ruby>く youyaku	終於	<ruby>私<rt>わたし</rt></ruby>は<ruby>漸<rt>ようや</rt></ruby>く<ruby>山頂<rt>さんちょう</rt></ruby>に<ruby>辿<rt>たど</rt></ruby>り<ruby>着<rt>つ</rt></ruby>いた。	我終於到達了山頂。
309	よく yoku	仔細地	よく<ruby>考<rt>かんが</rt></ruby>えてください。	請仔細考慮。
310	<ruby>夜通<rt>よどお</rt></ruby>し yodooshi	整夜	<ruby>緊急会議<rt>きんきゅうかいぎ</rt></ruby>は<ruby>夜通<rt>よどお</rt></ruby>し<ruby>続<rt>つづ</rt></ruby>いた。	緊急會議持續了一整夜。
311	よほど yohodo	特別地	<ruby>今日<rt>きょう</rt></ruby>はよほど<ruby>寒<rt>さむ</rt></ruby>い。	今天特別地冷。
312	よぼよぼ yoboyobo	搖搖晃晃地	あの<ruby>老人<rt>ろうじん</rt></ruby>は<ruby>毎日公園<rt>まいにちこうえん</rt></ruby>でよぼよぼ<ruby>歩<rt>ある</rt></ruby>く。	那個老人每天在公園裡搖搖晃晃地走路。
313	<ruby>楽<rt>らく</rt></ruby>に rakuni	容易地	この<ruby>問題<rt>もんだい</rt></ruby>は<ruby>楽<rt>らく</rt></ruby>に<ruby>解<rt>と</rt></ruby>ける。	這個問題可以很容易解決。
314	わいわい waiwai	吵鬧地	<ruby>会議場<rt>かいぎじょう</rt></ruby>でみんながわいわい<ruby>騒<rt>さわ</rt></ruby>ぐ。	大家在會議室裡喧嘩。
315	わくわく wakuwaku	興奮貌	<ruby>彼<rt>かれ</rt></ruby>はわくわくしています。	他很興奮。
316	<ruby>分<rt>わ</rt></ruby>けて wakete	特別地	<ruby>工事<rt>こうじ</rt></ruby>の<ruby>始<rt>はじ</rt></ruby>めは<ruby>分<rt>わ</rt></ruby>けて<ruby>困難<rt>こんなん</rt></ruby>だ。	工程的起頭特別困難。
317	わざと wazato	故意地	<ruby>彼<rt>かれ</rt></ruby>はわざとあの<ruby>犬<rt>いぬ</rt></ruby>を<ruby>蹴<rt>け</rt></ruby>った。	他故意踢了那條狗。
318	わざわざ wazawaza	特意地	<ruby>彼女<rt>かのじょ</rt></ruby>はわざわざ<ruby>父親<rt>ちちおや</rt></ruby>を<ruby>迎<rt>むか</rt></ruby>えに<ruby>行<rt>い</rt></ruby>った。	她特意去接她父親。

提示　一個單字有很多字義，請在明白文法規則變化後，勤查字典來提升日語能力！

第六章 單字與單字、句子與句子的橋梁
－ － －接續詞

　　所謂的「接續詞 Conjunction」，顧名思義，就是連「接」單字與單字或是句子與句子；以使說話者所要表達的意思，能夠持「續」且充分地表達清楚的「詞」彙。下面所舉之例是日本常用之接續詞單字，請讀者好好記熟並思考其中文翻譯。至於文法變化，請讀者按色尋義！

接續詞單字與例句發音練習 ▶06-01

	日文單字	中文單字	日文例句	中文翻譯
1	或いは aruiha	或	英語あるいは日本語が学びたい。	我想學習英語或是日語。
2	おまけに omakeni	而且	とても寒くておまけに風も強かった。	天氣很冷，而且風很大。
3	及び oyobi	和	パンとバター、及びコーヒーが朝食として出される。	早餐供應麵包、奶油和咖啡。
4	が ga	但是	急いだが、間に合わなかった。	我趕時間了，但沒趕上。
5	且つ katsu	而且	迅速且つ丁寧に作業を進めて下さい。	請迅速而且仔細地工作。
6	けれど keredo	但是	値段は高いけれど価値は有る。	價格很高，但很值得。
7	けれども keredomo	但是	彼女はとても若いけれども経験が有る。	雖然她很年輕，但她有經驗。
8	さて sate	那麼	さて、これは困った。	啊！真傷腦筋！
9	然し shikashi	但是	私は行きたかった。然し、行けなかった。	我想去但我不能去。

10	しかしながら shikashinagara	然而	しかしながら、日本語は必要だと考えた。	然而，我認為日語是必須的。
11	然も shikamo	卻；而且	一生懸命に練習した。然も勝てなかった。	我拼命練習了。卻我沒有贏。
12	従って shitagatte	因此	これは手作りで，従って値段が高い。	這是手工製作的，因此價格很貴。
13	然るに shikaruni	然而	私は紅茶が好きだ。然るに、彼はコーヒーが好きです。	我喜歡茶。然而他喜歡咖啡。
14	即ち sunawachi	即	彼は今度の日曜、即ち１０日に帰ります。	他下星期天，也就是10號回來。
15	すると suruto	然後	その時計は彼女の鞄の中で見つかった。すると、彼女は非難された。	手錶在她的包裡找到了。然後，她就被指責一頓。
16	そこで sokode	所以	私の頭が非常に痛い。そこで病院へ行くことにする。	我的頭很痛。所以我決定去醫院。
17	そして soshite	接著	そして彼らは山頂へ進んで行く。	接著，他們向山頂前進。
18	そのうえ sonoue	而且	彼は中国語が出来るし、そのうえ日本語も上手だ。	他能說中文，而且日語也很好。
19	そのくせ sonokuse	雖然…但是…	彼は特別な技術が無かった。そのくせ、すぐこの仕事を受けられる。	雖然他沒有特殊技能。但是他卻能立刻得到這項工作。
20	それから sorekara	然後	それから、私は買い物に行きます。	然後我要去購物。
21	それじゃ soreja	那麼	それじゃ、フットボールはどうですか？	那麼，足球怎麼樣？
22	それで sorede	然後	雨が降って、それで私は家に帰った。	下雨了，然後我回家了。

23	それでは soredeha	那麼	それでは、授業を始めましょう。	那麼，讓我們開始上課吧。
24	それでも soredemo	儘管…還是…	雪が激しく降っています。それでも、私は行かなければならない。	儘管下著大雪，我還是必須去。
25	それとも soretomo	還是	この腕時計は値段が高いですか、それとも安いですか？	這支手表是貴還是便宜？
26	それなのに sorenanoni	但卻	彼女は若い、それなのに分別が有る。	她很年輕，卻懂得判斷。
27	それなら sorenara	那麼	よく分かった。それなら帰ります。	我明白了。那麼我要回家了。
28	それに soreni	而且	田中さんは親切だし、頭も好いし、それに格好いいです。	田中先生很善良，很聰明，而且很帥。
29	それゆえ soreyue	因此	道を渡ると何も気をつけなかった。それゆえ交通事故に遭った。	當我過馬路時，我什麼也沒注意到。因此，遭遇了一起交通事故。
30	だが daga	但	私は失敗した。だが、好い経験になった。	我失敗了。但卻成為很好的經歷。
31	だから dakara	因此	昨日は大雨が降った。だから一日中家にいた。	昨天下得很大，因此我整天都在家裡。
32	だけど dakedo	但	試合は好きだけど、私はとても疲れた。	我雖然喜歡比賽，但太累了。
33	但し tadashi	但	彼女は約束をする、但し履行しない。	她承諾，但不履行。
34	だって datte	因為	なぜ来なかった？だって頭が痛かった。	你為什麼不來？因為我頭疼。
35	つまり tsumari	換句話説	つまり彼女は上手な踊り子だ。	換句話説，她是個優秀的舞者。

36	では deha	那麼	では、今日はここで終わりましょう。	那麼，今天就到此為止吧。
37	でも demo	但	頑張った。でも、負けた。	我努力了。但我輸了。
38	ときに tokini	話說	ときにお子さんはお幾つですか？	順便問一下，你的孩子多大了？
39	ところが tokoroga	但	この本は非常に古い。ところが、非常に便利です。	這本書相當舊，但它還是非常好用。
40	ところで tokorode	話說	ところで、何歳ですか？	順便問一下，你多大了？
41	とはいえ tohaie	儘管	お爺さんは８０歳とはいえ、まだまだ元気だ。	儘管爺爺80歲了，他仍然很健康。
42	なお nao	再	なお二、三の例を上げてください。	請再舉兩、三個例子。
43	何故なら nazenara	因為	今は公表できない。何故ならまだ討議の段階からだ。	現在還不能公佈。因為它仍然處於討論階段。
44	並びに narabini	和	田中君並びに令夫人が賛成した。	田中先生和夫人同意了。
45	にもかかわらず nimokakawarazu	儘管	彼は毎日遊んでいたにもかかわらず、テストで満点を取った。	儘管他每天都在玩樂，但他在考試中得到了滿分。
46	又 mata	也	彼は学者であり、又詩人でもある。	他是一位學者也是詩人。
47	又は mataha	或是	私は今日または明日行きます。	我今天或是明天去。
48	若しくは moshikuha	或	私は明日もしくは明後日日本に行きます。	我明、後天會去日本。
49	故に yueni	因此	我思う、故に我在り。	我思，故我在。
50	因って yotte	因	値段は品質に因って違う。	價格因品質而異。

第七章　重要且不可缺少的零組件

壹 助詞 … … **個性十足且重要的小零件！** … …

請先熟讀：【 前言一：中文、英文、日文基本句型結構比較 】！

就可以對【 助詞 】有一基本認識。請再將下表記熟！

I love you	;	You love me	
我愛你	;	你愛我	
私（我）は貴方（你）を愛する	;	貴方（你）は私（我）を愛する	

上表的【 は 】、【 を 】就是日語中的重要的零組件！

再舉一例！

私が彼を殴る。　I hit him.　　我打他

彼が私を殴る。　He beats me.　他打我

上表的【 が 】、【 を 】就是日語中重要的零組件【 助詞 】！

請再將下表記熟！

私が = I	;	私の = my	;	私を = me
貴方が = you	;	貴方の = your	;	貴方を = you
彼が = he	;	彼の = his	;	彼を = him
彼女が = she	;	彼女の = her	;	彼女を = her

上表的【 は 】、【 が 】、【 を 】、【 の 】就是日語中的【 助詞 】。

日語中的【 助詞 】按性質可分成四類：格助詞、接續助詞、副助詞、終助詞。

㈠「格助詞」：

　　所謂的「格助詞」就是賦與單字什麼「格」的「助詞」。因此大部份的「格助詞」接在名詞之下，表示該名詞對於句中的其他的語詞，處於何種關係。例如上述的「が」、「を」、「の」等等。「私」加上「が」就是主格；「私」加上「を」就是受格；「私」加上「の」就是所有格。

　　「格助詞」分別是：「が」、「を」、「の」、「に」、「へ」、「と」、「より」、「から」、「で」、「や」。

㈡「接續助詞」：

　　所謂的「接續助詞」就是具有「接續」句子功能的「助詞」。「接續助詞」的功能類似「接續詞」。所以在「接續詞」的一些觀念，是可以用在此「接續助詞」上。

　　「接續助詞」是：接在動詞、い形容詞、な形容詞以及有變化的助動詞之下使上下兩個句子連接起來，產生某種關係。

　　「接續助詞」分別是：「ば」、「と」、「ても（でも）」、「けれども」、「が」、「のに」、「ので」、「から」、「し」、「て（で）」、「ながら」、「たり」。

㈢「副助詞」：

　　所謂的「副助詞」就是具有「副詞」功能的「助詞」。所以在「副詞」的一些觀念，是可以用在此「副助詞」上。

　　「副助詞」分別是：「は」、「も」、「こそ」、「さえ」、「でも」、「しか」、「きり」、「だけ」、「ばかり」、「ほど」、「くらい（ぐらい）」、「まで」、「など」、「なり」、「やら」、「か」。

㈣「終助詞」：

　　所謂的「終助詞」就是置放句子最後「終」了的「助詞」，如同「中文」的「句末語氣詞」。例如：「哉」、「乎」、「矣」、「吧」、「嘛」、「嗎」等等。因此，「終助詞」的功能就是：

用以表達說話者的說話語氣，如：「希望」、「疑問」、「禁止」、「命令」、「勸告」、「反問」、「感動」、「詠嘆」等等語氣。

「終助詞」分別是：「な」、「なあ」、「ね」、「さ」、「よ」、「ぞ」、「ぜ」、「とも」、「わ」、「か」、「かい」、「の」、「や」、「こと」、「い」。

接著，讓我們以淺近的例句來逐一地解析、說明！請讀者配合著翻譯，慢慢地體會日語與中文的微妙的差異，然後，再模仿、熟記！如果，文法還有不明白之處，請按顏色尋找說明與答案。

㈠「格助詞」例句

1、「が」　▶07-01

1	私 があなたを殴る。	我打你。
2	花が咲く。	花開。
3	水が流れる。	水流。
4	私 は野球が好きだ。	我喜歡棒球。
5	私 は桃が嫌いだ。	我討厭桃子。
6	私 は水が飲みたい。	我想喝水。
7	私 は日本語が話せる。	我會說日語。
8	私 は英語が書ける。	我會寫英文。
9	私 は故里の友人が思い出される。	我不由自主地想起故鄉的友人。
10	私 は未来の事が案じられる。	我不禁擔心未來之事。

2、「を」　▶07-02

1	私 があなたを殴る。	我打你。
2	彼女が音楽を聴く。	她聽音樂。

3	彼が映画を見た。	他看了電影。
4	私は作文を書いた。	我寫了一篇作文。
5	弟が家を出た。	我弟弟離家出走了。
6	船が港を既に離れた。	船已經離開港口了。
7	鳥が空を飛ぶ。	鳥飛過天空。
8	お父さんは車で高速道路を走った。	爸爸開車在高速公路上奔馳。
9	昨日、一日を楽しく過ごした。	昨天我快樂地過了一天。
10	私は彼の家で楽しい時を過ごした。	我在他家過了快樂的時光。
11	右を見る。	看右邊。
12	目標を目指す。	朝向目標前進。

3、「の」 07-03

1	これは私の本です。	這是我的書。
2	梅の花は、とても美しい。	梅花非常美麗。
3	水の飲みたい人は誰ですか？	想喝水的人是誰？
4	李さんが花の咲く木を植える。	李先生種下會開花的樹木。
5	この鞄は私のです。	這皮包是我的。
6	これは私のです。	這是我的。
7	行くの、行かないのと、ぐずぐずしている。	拖延著去還是不去。
8	良いと思ったから、したのです。	因為覺得好，所以做了。
9	負けては行けないのだ。	不能輸。
10	まるで夢の様だ。	宛如夢一般。

4、「に」 ◀07-04

1	生徒が体育館に集合する。	學生集合在體育館。
2	私は毎日六時に起きる。	我每天六點起床。
3	母は買い物に行った。	媽媽去買東西了。
4	私たちは北海道に着いた。	我們到了北海道。
5	彼女は偉い政治家に成った。	她成了一位偉大的政治家。
6	昨日、喫茶店で友人に会った。	昨天我在咖啡館遇見了我的朋友。
7	先生は生徒に文章を書かせる。	老師要學生寫文章。
8	先生に叱られた。	被老師斥責了。
9	彼女は病気に苦しむ。	她為病所苦。
10	消しゴムに鉛筆にノートをください。	請給我橡皮擦、鉛筆、筆記本。
11	彼は私に比べて、成績が良い。	他比我的成績好。
12	昔の競争率は五人に一人だった。	以前的競爭率是於五人中錄取一人。
13	明日、待ちに待った決勝戦が終に始まる。	期盼已久的冠軍戰終於將在明天開始。
14	この辞書に拠って単語の意味を調べる。	根據這辭典查單字的意思。

5、「へ」 ◀07-05

1	私は明日、日本へ行く。	我明天要去日本。
2	これは母への手紙です。	這是給媽媽的信。

6、「と」　07-06

1	私 は母と買い物に出かける。	我和媽媽出門去購物。
2	湖水が 氷 と成った。	湖水結冰了。
3	彼は、「 私 も行きます。」と言った。	他說：「 我也要去。」
4	彼女は消しゴムと鉛筆を買いました。	她買了橡皮擦和鉛筆。
5	飛行機は音と同じ速さで飛ぶ。	飛機以和聲音同樣的速度飛行。

7、「より」　07-07

1	私 より彼の成績が良い。	比起我，他的成績好。
2	勝つ為に、練 習 するより仕方が無い。	為了勝利，除了練習之外沒有其他辦法。
3	卒 業 式は午後六時より始まります。	畢業典禮從下午六點開始。

8、「から」　07-08

1	彼女は田舎から都市に 働 きに出た。	她從鄉下到城市工作。
2	今日の会議は午前九時から始まる。	今天的會議從上午九點開始。
3	ビールは麦から作る。	啤酒是由大麥所釀造的。
4	彼女は大 喜 びから笑い出した。	她因為太開心而笑了出來。
5	泥棒は窓から入った。	小偷從窗戶進來。
6	値段は一万円からする。	價格從一萬元起。

9、「で」　🔊07-09

1	彼女は公園で子供と遊ぶ。	她在公園裡和孩子們一起玩。
2	彼女は二十歳で結婚した。	她在二十歲時結婚了。
3	鉛筆で描いてください。	請用鉛筆畫。
4	この木材で人形を作ってください。	請用這木材做一隻娃娃。
5	彼は風邪で学校を休んだ。	他因感冒而向學校請假。
6	学歴で給料が決まる。	根據學歷來決定薪資。
7	彼らは行政改革の問題で論争する。	他們爭論關於行政改革的問題。

10、「や」　🔊07-10

1	私は紙や鉛筆を買った。	我買了紙和鉛筆等等的東西。

㈡「接續助詞」例句

1、「ば」　🔊07-11

1	若し台風が来れば、遠足は中止になる。	如果颱風來的話，遠足就取消。
2	春が来れば、花が咲く。	當春天來的話，花就會開。
3	私は英語もできれば、日本語もできる。	我既會英語，也會日語。
4	論語は、読めば読むほど、面白い。	論語越讀越有趣。
5	日本語は、勉強すればするほど、簡単です。	日語越讀越簡單。
6	あなたさえ行けば、 この問題は必ず解決できる。	只要你去的話， 這問題就必能解決。
7	あの薬さえ飲めば、病はきっと治る。	只要喝完那藥的話，病就一定治好。

2、「と」　07-12

1	梅雨が長く続くと、不作の虞が有る。	如果梅雨持續的話，會有欠收之虞。
2	春になると、花が咲く。	一到春天，花就會開。
3	私の顔を見ると、彼女は黙った。	一見到我的臉，她就默不作聲。
4	自分自身さえ正しければ、 誰に笑われようと、平気です。	只要自己本身行的正的話， 不管被誰笑，都不介意。
5	私は日本へ行こうと思っている。	我一直想要去日本。

3、「ので」　07-13

1	大型台風が来るので、山登りを延期することにした。	因為大型颱風來襲，所以決定將登山延期。

4、「から」　07-14

1	美味しくないから、嫌だ。	因為不美味，所以討厭。
2	美味しいから、食べてしまった。	因為美味，所以吃完了。

5、「ても」、「でも」　07-15

1	私はたとえ失敗しても、後悔しない。	即使失敗我也不後悔。
2	いくら呼んでも、彼女は来なかった。	儘管怎麼呼喊，她都沒來。

6、「けれども」　07-16

1	よく勉強するけれども、成績は良くない。	雖然很用功，但是成績不好。
2	英語も好きだけれども、日本語も好きだ。	既喜歡英語，也喜歡日語。
3	上野公園へ行きたいんですけれども、 道を教えていただけませんか？	我想去上野公園， 能不能告訴我怎麼走？

7、「が」 ◀ 07-17

1	三年間も休まずに勉強したが、合格しなかった。	雖然三年來不眠不休地用功，但是沒有及格。
2	英語も好きだが、日本語も好きだ。	既喜歡英語，也喜歡日語。
3	新宿駅へ行きたいんですが、道を教えていただけませんか？	我想去新宿車站，能不能告訴我怎麼走？
4	自分自身さえ正しければ、誰に笑われようが、平気です。	只要自己本身行的正，不管被誰笑，都不介意。

8、「のに」 ◀ 07-18

1	大型台風が来るのに、山登りに出かけて行った。	明明大型颱風要來，卻外出登山了。
2	あれほど勉強したのに。	明明那麼用功了。

9、「て」、「で」 ◀ 07-19

1	あんなに言われて、まだ反省しない。	雖然那樣被指責，卻還不反省。
2	とても暑くて、寝られなかった。	因為非常熱，所以睡不著。
3	寒い冬が過ぎて、暖かい春が来た。	寒冬過了，而溫暖的春天來了。
4	この部屋は広くて、窓が大きくて明るい。	這房間很寬敞，而且窗戶又大，很明亮。
5	妹は本を読んでいます。	妹妹正在看書。

10、「ながら」 ◀07-20

1	彼女は歩きながら、食べる。	她邊走邊吃。
2	彼女は食べながら、歩く。	她邊吃邊走。
3	彼は知っていながら、言わない。	雖然他知道，但他不說。

11、「たり」、「だり」 ◀07-21

1	お祭りなので、人が行ったり来たりして、大変賑やかだ。	因為是祭典，所以人來來往往，非常熱鬧。
2	時間を利用して、日本語を習ったりしておくと、何時か役に立つ時が来る。	利用時間先學好日語，總有一天會派上用場。

12、「し」 ◀07-22

1	復習もしたし、予習もしたし、運動に行きましょう。	也復習完了，也預習完了，去運動吧！
2	天気が悪いし、体の具合が良くないし、旅行など行かない。	因為天氣不好，再加上身體的狀況也不好，所以不去旅行了。

㈢「副助詞」例句

1、「は」 ◀07-23

1	私は行きます。	我啊！要去。
2	象は鼻が長い。	大象啊！鼻子長。
3	いいえ、そうではありません。	不是那樣的。

2、「も」 ◀07-24

1	私も行く。	我也要去。
2	日に焼けて、顔も手足も赤くなった。	因為日曬，所以臉和手都變紅了。
3	昨夜の大雪が一メートルも積もった。	昨夜的大雪，竟然累積了一公尺之多。
4	誰もできない。	誰也不會。
5	どれも良い。	每一個都好。
6	一人もいない。	一個人也沒有。
7	千円も出せば、買える。	如果出價到一千元的話，就能買。

3、「こそ」 ◀07-25

1	今度こそ頑張って必ず優勝するぞ。	這一次一定要好好努力，一定會優勝的！
2	彼は貧しかったが、努力すればこそ成功したのだ。	他雖然以前很貧窮，但正因為努力了所以成功了。

4、「さえ」 ◀07-26

1	犬さえ恩を知る。	連狗都知恩。
2	お金さえ有れば好い。	只要有錢的話，就好了。
3	強風が吹く上に大雨さえ降り出した。	強風之外，甚至還下起了大雨。

5、「でも」 ▶07-27

1	犬でも恩を知る。	即使是狗也知恩。
2	渇いたから、お水でもよい。	因為口渴了，喝水也好。
3	良い商品なら、どこでも売れる。	是好商品的話，不管在哪賣都暢銷。
4	今からでも遅くはない。 早く反省して、良い人に成れ。	即使從現在也不遲。 早一點反省，成為好人。

6、「しか」 ▶07-28

1	あなたしか愛さない。	除了你以外，其他人都不愛。
2	私しか知らない。	除了我以外，其他人都不知。

7、「きり」 ▶07-29

1	夫婦二人きりで話す。	只限夫妻二人的談話。
2	一千円きり有りません。	我只有一千元。

8、「だけ」 ▶07-30

1	海水浴場は、夏の間だけ開きます。	海水浴場只在夏季開放。
2	それだけ日本語が話せたら、 日本旅行は大丈夫です。	如果能說那麼多日語的話，日本之旅沒有問題。

9、「ばかり」 ▶07-31

1	彼は自分の事ばかり言う。	他只說自己的事。
2	今、学校から帰ったばかりです。	我才剛從學校回來。
3	一万円ばかり有る。	約有一萬日元。
4	こればかりの金で、車など買えるはずは無い。	只有這些錢，是不可能買到車的。

10、「ほど」　　📢07-32

1	ここから 港 までどれほどありますか？	從此處到港口約有多遠？
2	徐さんは形容できないほど優しい。	徐小姐是難以形容般的溫柔。
3	今年の冬は去年ほど寒くなかった。	今年的冬天沒有去年那麼冷。
4	日本語文法は読めば読むほど面白い。	日語文法越讀越有趣。

11、「くらい＝ぐらい」　　📢07-33

1	夏休みに、本を五冊ぐらい読みたい。	暑假時，想讀約五本書。
2	日本には富士山ぐらい高い山は無い。	在日本沒有如富士山那麼高的山。
3	子供ではないから、 部屋の掃除ぐらいは、自分でしろ！	已經不是小孩了，起碼得自己打掃房間吧！
4	私 はビール一本ぐらい飲めます。	我頂多能喝一瓶啤酒。
5	それくらいの問題なら、誰でもできる。	如果是那樣的問題的話，不管是誰都會。

12、「まで」　　📢07-34

1	今回の旅は東京から大阪までの旅です。	這次旅行是從東京到大阪之旅。
2	昨日、夜遅くまで文法書を書き続けた。	我昨天到深夜為止，一直在寫文法書。
3	彼はこれまで勉強したのに、合格しなかった。	他明明如此用功，卻還是不及格。
4	犬まで恩を知る。	連狗都知恩。
5	雪だけでなく、風まで強くなって来た。	不僅是雪，連風都變得強勁起來。
6	行くまでも無い。	不至於要去。
7	言うまでも無い。	不至於要說。

13、「等」 ▶07-35

1	鉛筆やノート等を買った。	買鉛筆啦，筆記本等等。
2	試験が近づいたのに、漫画など見る時ではない。	考試就要接近了，不是看什麼漫畫的時候。
3	私は嘘など言わない。	我不說什麼謊言之類的話。
4	あの人が億万長者だ等、ちょっと信じられない。	那個人是億萬富翁，真令人有點不能相信。

14、「なり」 ▶07-36

1	田中さんは電話を切るなり、大きなため息をついた。	田中先生一掛電話後馬上，嘆了一大口氣。
2	彼女は行ったなり帰らなかった。	她一去就沒有回家了。
3	君は山へなり海へなり、好きな所へ行くがよい。	你可以去山上或是去海邊，去任何你喜歡的地方。

15、「やら」 ▶07-37

1	どこへ行くのやらさっぱり分からない。	我完全不知道該去哪裡。
2	子供たちが泣くやら叫ぶやらで、ほんとうに喧しい。	由於小孩又哭又叫，實在是很吵。

16、「か」 ▶07-38

1	寝不足のせいか？疲れが早い。	不知是不是睡眠不足的關係？我很快就累了。
2	君たちは飛行機か汽車で行く。	你們搭飛機去或坐火車去吧。

㈣「終助詞」例句

1、「な」 ◀07-39

1	行<ruby>行<rt>い</rt></ruby>くな。	不准去！
2	<ruby>食<rt>た</rt></ruby>べるな。	不准吃！
3	<ruby>喧嘩<rt>けんか</rt></ruby>するな。	不要吵架！

2、「な」 ◀07-40

1	<ruby>熱<rt>あつ</rt></ruby>い<ruby>内<rt>うち</rt></ruby>に<ruby>早<rt>はや</rt></ruby>く<ruby>飲<rt>の</rt></ruby>みな。	趁熱趕快喝吧。

3、「な」、「なあ」 ◀07-41

1	あなたは<ruby>早<rt>はや</rt></ruby>いな。	你好早啊！
2	<ruby>試験<rt>しけん</rt></ruby>に<ruby>合格<rt>ごうかく</rt></ruby>して、<ruby>嬉<rt>うれ</rt></ruby>しいなあ。	考試及格，真是高興啊！
3	あなたは<ruby>明日<rt>あした</rt></ruby>の<ruby>遠足<rt>えんそく</rt></ruby>には、<ruby>行<rt>い</rt></ruby>くだろうな。	明天的遠足你會去吧。
4	<ruby>休<rt>やす</rt></ruby>みだから、<ruby>遊<rt>あそ</rt></ruby>びにいらっしゃいな。	因為是休假，請來玩吧！

4、「ね」 ◀07-42

1	ああ、<ruby>楽<rt>たの</rt></ruby>しかったね。	啊！真開心！
2	<ruby>今度<rt>こんど</rt></ruby>の<ruby>先生<rt>せんせい</rt></ruby>はね、<ruby>背<rt>せ</rt></ruby>の<ruby>高<rt>たか</rt></ruby>くてね、<ruby>優<rt>やさ</rt></ruby>しい<ruby>人<rt>ひと</rt></ruby>です。	這次的老師啊， 是個個子很高又溫柔的人。
3	あのね、<ruby>仕事<rt>しごと</rt></ruby>が<ruby>終<rt>お</rt></ruby>わったら、<ruby>飲<rt>の</rt></ruby>みに<ruby>行<rt>い</rt></ruby>きませんか？	那個工作結束之後，要不要去喝一杯呢？

5、「さ」 ◀07-43

1	<ruby>偶々失敗<rt>たまたましっぱい</rt></ruby>もあるさ。	偶爾也會失敗。
2	それからさ、<ruby>美味<rt>おい</rt></ruby>しい<ruby>料理<rt>りょうり</rt></ruby>を<ruby>食<rt>た</rt></ruby>べてさ、<ruby>買<rt>か</rt></ruby>い<ruby>物<rt>もの</rt></ruby>に<ruby>行<rt>い</rt></ruby>きました。	從那之後啊，吃了美味的料理， 然後就去買東西了。

6、「よ」 　07-44

1	美しい月よ。	好美的月亮啊！
2	三郎よ、待ちなさい。	三郎啊！請等一下。
3	君はそんな事をしては駄目よ。	你不能做那樣的事啊！

7、「ぞ」 　07-45

1	おい、近づくな、危ないぞ。	喂！不要靠近！危險喔！

8、「ぜ」 　07-46

1	もう出発する時間だぜ。	到了出發的時間了！

9、「とも」 　07-47

1	今後から大いに勉強するとも。	從今後會大大努力學習。

10、「わ」 　07-48

1	私もすぐ行きますわ。	我也馬上要出發了！
2	降ったわ、降ったわ、雪が降っているわ。	下了！下了！下雪了！

11、「か」 　07-49

1	雨が降るのだろうか？	會下雨吧？
2	ここはどこですか？	這裡是那裡？
3	飲みに行きましょうか。	去喝一杯吧！
4	こんな料理、食べられるか？	這樣的料理，能吃嗎？
5	もう三年経ったか。	已經過了三年了啊！

12、「かい」 ◀ 07-50

1	もう宜しいかい？	可以了嗎？
2	雪が降るかい？	要下雪了嗎？

13、「の」 ◀ 07-51

1	何故、君だけしないの？	為什麼只有你不做？
2	綺麗なの。	好漂亮喔！

14、「や」 ◀ 07-52

1	函館の景色は本当に美しいや。	函館的景色實在很美喔！
2	一緒に行こうや。	一起去吧！
3	太郎や、早く起きなさい。	太郎啊！趕快起床！

15、「こと」 ◀ 07-53

1	まあ、素晴らしいこと。	啊！好棒喔！

16、「い」 ◀ 07-54

1	この成績は、何だい？	這樣的成績，是怎麼回事？

　　到此為止！助詞全數都介紹完畢！希望讀者在學習此助詞時，一定要熟記每一個助詞的「意義」以及「接法」，然後多多體會「例句」的譯文、多聽聽「日劇」對「終助詞」的理解更是有幫助！然後，比較「日語」與「中文」的微妙差異，如此，定能學好「日語」。

貳 助動詞 ⋯ ⋯ 熱心十足且重要的小零件！⋯ ⋯

學習重點

助動詞的種類：分成十二類助動詞，共有十九個助動詞符號。分別是，

一、ない　ぬ（ん）　　：　表示（否定）的助動詞　　【翻譯為：不】

二、た　　　　　　　　：　表示（過去式）的助動詞

三、たい　たがる　　　：　表示（希望）的助動詞　　【翻譯為：想】

四、だ　　です　　　　：　表示（斷定）的助動詞　　【翻譯為：是】

五、ます　　　　　　　：　表示（客氣語氣）的助動詞

六、せる　させる　　　：　表示（使役）的助動詞　　【翻譯為：使】

七、れる　　られる　　：　表示（被動、可能、自發、尊敬）的助動詞

　　　　　　　　　　　　　　　【翻譯為：被；能】

八、う　　よう　　らしい：　表示（客觀推測、主觀意志）的助動詞

　　　　　　　　　　　　　　　【翻譯為：要、好像】

九、まい　　　　　　　：　表示（否定推測語氣）的助動詞

　　　　　　　　　　　　　　　【翻譯為：大概不會吧！】

十、そうだ　　　　　　：　表示（樣態）的助動詞　　【翻譯為：的樣子】

十一、そうだ　　　　　：　表示（傳聞）的助動詞　　【翻譯為：據說】

十二、ようだ　　　　　：　表示（比喻）的助動詞　　【翻譯為：似乎】

在【前言一：中文、英文、日文基本句型結構比較】中所列舉的例句，如：

我不吃飯　　　　＝　　私はご飯を食べない

我想吃飯　　　　＝　　私はご飯を食べたい

昨日，我吃飯了　＝　　昨日、私はご飯を食べた

上述例句中的【ない（不）】、【たい（想）】、【た（過去式）】就是日語文法的助動詞！那，

再舉一例句說明：＜昨日，我不想吃飯＞的日語怎麼說？

> 昨日，我不想吃飯　＝　昨日、私 はご飯を食べたく なかった

現在，讓我們研究「食べたく なかった」是怎麼組成的？

首先	： 吃	→	食べる
第二步	： 想吃	→	食べたい
第三步	： 不想吃	→	食べたく ない
第四步	：（過去時態）不想吃	→	食べたく なかった

從第二步的「食べたい」要變化成第三步的「食べたく ない」時，

「たい」要變成「たく」再接上「ない」成為「食べたく ない」；

同理可知，第三步的「食べたく ない」要變化成第四步的「食べたく なかった」時，「ない」

要變成「なかっ」再接上「た」，最後就變成了「食べたく なかった」。

所以，研究助動詞時要注意三個重點！

   (一) 每一個助動詞都有意義

   (二) 每一個助動詞時接續在哪裡

   (三) 幾乎每一個助動詞都會有活用變化

接著，我們按照這三個重點，逐一解析每一個助動詞。

─ ない

㈠ **意義**：表示否定的意思。譯為：「不…」

(1) 本を読む。（讀書。） 本を読まない。（不讀書。）

(2) 酒を飲む。（飲酒。） 酒を飲まない。（不喝酒。）

㈡ **接續**：如下表

(1) 1 到 9 號類型的動詞的未然形【 請參考第四章動詞 】

動詞終止形【現在肯定】	動詞未然形【現在否定】
1 書く（寫）	書かない （不寫）
2 泳ぐ（泳）	泳がない （不游泳）
3 話す（説話）	話さない （不説話）
4 待つ（等待）	待たない （不等待）
5 死ぬ（死）	死なない （不死）
6 飲む（飲）	飲まない （不飲）
7 学ぶ（學）	学ばない （不學）
8 売る（賣）	売らない （不賣）
9 買う（買）	買わない （不買）

【只要是 1 到 9 號類型的動詞，ない 都要接在未然形之下沒有例外！】

(2) 10 號類型的動詞的未然形【 請參考第四章動詞 】

10	起きる（起床）	起きない（不起床）
	見る （看）	見ない （不看）

【只要是 10 號類型的動詞，ない 都要接在未然形之下沒有例外！】

(3) 11 號類型的動詞的未然形【 請參考第四章動詞 】

11	食^たべる（吃）	食^たべない（不吃）
	寝^ねる （睡覺）	寝^ねない （不睡覺）

【只要是 11 號類型的動詞，ない 都要接在未然形之下沒有例外！】

(4) 12 號類型的動詞的未然形【 請參考第四章動詞 】

12	来^くる （來）	来^こない（不來）

【此類型動詞只有一個，一定要記熟！！！】

(5) 13 號類型的動詞的未然形【 請參考第四章動詞 】

13	する（做）	しない（不做）

【此類型動詞只有一個，一定要記熟！！！】

(6) 放置於下列助動詞的未然形之後

せる （使）	行^いかせない （不讓某人去）
させる（使）	来^こさせない （不讓某人來）
れる （能）	思^{おも}われない （不能想）
られる（能）	見^みられない （不能看）

㈢ **活用**：以接續【書く】為例

ない（不）	未然形	なかろ	書かなかろ**う**	不寫吧！
	連用形	なく	書かなくなる	變得不寫
		なかっ	書かなかっ**た**	不寫【過去式】
	終止形	ない	書かない	不寫【現在式】
	連體形	ない	書かない時	不寫的時候
	假定形	なけれ	書かなければ	假如不寫、、、
	命令形	○	○	○

例句與發音練習 07-55

1	彼は手紙を書かなかろ**う**。	他不寫信的吧！
2	私は手紙を書かなくなった。	我不再寫信了。
3	昨日、私は手紙を書かなかっ**た**。	昨天我沒有寫信。
4	私は宿題を書かない時は本を読む。	當我不寫作業時，我讀書。
5	宿題を書かなければ駄目です。	假如不寫作業的話是不行。

三 ぬ（ん）

(一) 意義：表示否定的意思。譯為：「　不…　」

日本語を習う。　　（學習日語。）

日本語を習わぬ（ん）。（不學習日語。）

(二) 接續：如下表

(1) 1 到 9 號類型的動詞的未然形【請參考第四章動詞】

	動詞終止形【現在肯定】	動詞未然形【現在否定】
1	書く（寫）	書かぬ（ん）（不寫）
2	泳ぐ（泳）	泳がぬ（ん）（不游泳）
3	話す（説話）	話さぬ（ん）（不説話）
4	待つ（等待）	待たぬ（ん）（不等待）
5	死ぬ（死）	死なぬ（ん）（不死）
6	飲む（喝）	飲まぬ（ん）（不喝）
7	学ぶ（學）	学ばぬ（ん）（不學）
8	売る（賣）	売らぬ（ん）（不賣）
9	買う（買）	買わぬ（ん）（不買）

【只要是 1 到 9 號類型的動詞，ぬ（ん）都要接在未然形之下沒有例外！】

(2) 10 號類型的動詞的未然形【請參考第四章動詞】

10	起きる（起床）	起きぬ（ん）（不起）
	見る（看）	見ぬ（ん）（不看）

【只要是 10 號類型的動詞，ぬ（ん）都要接在未然形之下沒有例外！】

(3) 11 號類型的動詞的未然形【請參考第四章動詞】

11	食^たべる（吃）	食^たべぬ（ん）（不吃）
	寝^ねる（睡覺）	寝^ねぬ（ん）（不睡覺）

【只要是 11 號類型的動詞，ぬ（ん）都要接在未然形之下沒有例外！】

(4) 12 號類型的動詞的未然形【請參考第四章動詞】

12	来^くる（來）	来^こぬ（ん）（不來）

【12 號類型的動詞只有一個，一定要記熟！！！】

(5) 13 號類型的動詞的未然形【請參考第四章動詞】

13	する（做）	せぬ（ん）（不做）

【13 號類型的動詞只有一個，一定要記熟！！！】

(6) 放置於下列助動詞的未然形之後

せる（使）	行^いかせる	（讓某人去）	行^いかせぬ（ん）	（不讓某人去）
させる（使）	来^こさせる	（讓某人來）	来^こさせぬ（ん）	（不讓某人來）
れる（能）	思^{おも}われる	（能想）	思^{おも}われぬ（ん）	（不能想）
られる（能）	見^みられる	（能看）	見^みられぬ（ん）	（不能看）
ます【客氣語氣】	書^かきます	（寫）	書^かきませぬ（ん）	（不寫）

(三) **活用**：以接續【降る】為例

ぬ（ん） （不）	未然形	○	
	連用形	ず	雨も降らず、風も吹かない。 （雨也不下，風也不吹。）
	終止形	ぬ（ん）	雨が降らぬ（ん）。（不下雨。）
	連體形	ぬ（ん）	雨の降らぬ（ん）時は、埃が多い。 （當不下雨時，有很多灰塵。）
	假定形	ね	雨が降らねば、農作物が枯れる。 （如果不下雨的話，農作物會枯萎。）
	命令形	○	

例句與發音練習　▶ 07-56

1	雨も降らず、風も吹かない。	雨也不下，風也不吹。
2	雨が降らぬ（ん）。	不下雨。
3	雨の降らぬ（ん）時は、埃が多い。	當不下雨時，有很多灰塵。
4	雨が降らねば、農作物が枯れる。	如果雨不下的話，農作物會枯萎。

☰ た

(一) **意義**：表示過去時態；即過去式。

(1) 表示在過去時間已經完成的動作行為。＜表示過去的時態。＞

じゅうじ　ね
十 時に寝る。　　　　　　（十點睡覺。）

さくや　じゅうじ　ね
昨夜、 十 時に寝た。　　（昨夜，十點時睡著了。）

(2) 表示剛剛才完成的動作行為。

はん　た
ご飯を食べる。　　　　　（吃飯。）

はん　た
ご飯を食べた。　　　　　（吃完飯。）

(3) 表示動作行為已經完成，其動作行為的結果現在仍然存在的狀態。

かべ　あお　ぬ
壁を青く塗る。　　　　　（牆壁塗上藍色。）

あお　ぬ　かべ
青く塗った壁。　　　　　（塗上藍色的牆壁。）

(二) **接續**：如下表

	動詞終止形	動詞連用形【過去式】
1	か 書く（寫）	か 書いた（寫了）
2	およ 泳ぐ（游泳）	およ 泳いだ（游泳了）
3	はな 話す（説話）	はな 話した（説了）
4	ま 待つ（等待）	ま 待った（等了）
5	し 死ぬ（死）	し 死んだ（死了）
6	の 飲む（喝）	の 飲んだ（喝了）
7	まな 学ぶ（學）	まな 学んだ（學了）
8	う 売る（賣）	う 売った（賣了）
9	か 買う（買）	か 買いた（買了）
10	お 起きる（起床）	お 起きた（起床了）
11	た 食べる（食）	た 食べた（吃了）
12	く 来る（來）	き 来た（來了）
13	する（做）	した（做了）

い形容詞連用形	花<ruby>花<rt>はな</rt></ruby>が 美<ruby>美<rt>うつく</rt></ruby>しい。 （花美。） 花<ruby>花<rt>はな</rt></ruby>が 美<ruby>美<rt>うつく</rt></ruby>しかった。（花之前美。） 【請參考い形容詞篇章】
な形容詞連用形	爺<ruby>爺<rt>じい</rt></ruby>さんは元気<ruby>元気<rt>げんき</rt></ruby>だ。 （爺爺很健康。） 爺<ruby>爺<rt>じい</rt></ruby>さんは元気<ruby>元気<rt>げんき</rt></ruby>だった。（爺爺之前很健康。） 【請參考な形容詞篇章】

放置於下列助動詞的連用形之後【這些助動詞的意義請參考助動詞篇章】

せる（使）	笑<ruby>笑<rt>わら</rt></ruby>わせた。 （讓某人笑了。）
させる（使）	見<ruby>見<rt>み</rt></ruby>させた。 （讓某人使看了。）
れる（被、能）	笑<ruby>笑<rt>わら</rt></ruby>われた。 （被笑了。）（之前能笑。）
られる（被、能）	見<ruby>見<rt>み</rt></ruby>られた。 （被看了。）（之前能看。）
ます【客氣語氣】	笑<ruby>笑<rt>わら</rt></ruby>いました。 （笑了。）　　　【過去式，客氣語氣】
たい（想）	笑<ruby>笑<rt>わら</rt></ruby>いたかった。（想笑。）　　　【過去式】
ない（不）	笑<ruby>笑<rt>わら</rt></ruby>わなかった。（沒笑。）　　　【過去式】
です【客氣語氣】	笑<ruby>笑<rt>わら</rt></ruby>うのでした。（笑了。）　　　【過去式，客氣語氣】
だ 【平常語氣】	笑<ruby>笑<rt>わら</rt></ruby>うのだった。 （笑了。）　　　【過去式，平常語氣】
そうだ（好像）	笑<ruby>笑<rt>わら</rt></ruby>いそうだった。（看起來好像笑了。）【過去式】
ようだ（好像）	笑<ruby>笑<rt>わら</rt></ruby>うようだった。（感覺笑了。）　　【過去式】
らしい（好像）	笑<ruby>笑<rt>わら</rt></ruby>うらしかった。（好像笑了。）　　【過去式】

【注意】：そうだ、ようだ、らしい、、、請參考這些助動詞的用法。

⊜ **活用**：以接續【帰る、飲む】為例

た（だ） 【過去式】	未然形	たろ だろ	帰ったろう。（回去了吧！） 飲んだろう。（喝了吧！）
	連用形	○	
	終止形	た だ	帰った。（回去了。） 飲んだ。　（喝了。）＜音便＞
	連體形	た だ	帰った時（回到家時） 飲んだ時　（喝了的時候）
	假定形	たら だら	帰ったらば　（假如回去了） 飲んだらば　（假如喝了） 　　＜ば＞可省略！
	命令形	○	

例句與發音練習 🔊 07-57

1	彼女はもう長崎に帰ったろう。	她已經回長崎了吧！
2	彼はもう酒を飲んだろう。	他已經喝酒了吧！
3	彼女はもう長崎に帰った。	她已經回長崎了。
4	彼はもう酒を飲んだ。	他已經喝酒了。
5	家へ帰った時、「ただいま」と言います。	回家時，要說：「我回來了」。
6	これは私のお酒を飲んだ時の写真だ。	這是我喝酒時的照片。
7	あなたは帰ったら何をしますか？	你回家後會做什麼？
8	飲んだら乗るな。	喝了酒，就不要開車。
9	昨夜、十時に寝た。	我昨晚十點上床睡覺了。
10	私は朝ご飯を食べた。	我吃了早飯。

四 たい

(一) **意義**：表示自己的希望、欲求。譯為：「想」

のんびり景色を眺める。　（ 悠閒地眺望風景。 ）

のんびり景色を眺めたい。　（ 我想悠閒地眺望風景。）

(二) **接續**：如下表

(1)

	動詞終止形	動詞連用形 たい（想）
1	書く（寫）	書きたい（想寫）
2	泳ぐ（泳）	泳ぎたい（想游泳）
3	話す（説話）	話したい（想説話）
4	待つ（等待）	待ちたい（想 等待）
5	死ぬ（死）	死にたい（想死）
6	飲む（喝）	飲みたい（想喝）
7	学ぶ（學）	学びたい（想學）
8	売る（賣）	売りたい（想賣）
9	買う（買）	買いたい（想買）

(2)

10	起きる　（起床）	起きたい（想起床）
	見る　　（看）	見たい　（想看）

(3)

11	食^たべる　（吃）	食^たべたい（想吃）
	寝^ねる　　（睡覺）	寝^ねたい　（想睡覺）

(4)

12	来^くる（來）	来^きたい（想來）

【12 號類型的動詞只有一個，一定要記熟！！！】

(5)

13	する　（做）	したい（想做）

【13 號類型的動詞只有一個，一定要記熟！！！】

(6)

放置於下列助動詞的連用形之後		
せる（使）	思^{おも}わせたい	想使（某人）想起
させる（使）	食^たべさせたい	想讓（某人）吃
れる（被）	抱^だかれたい	想被擁抱
られる（被）	褒^ほめられたい	想被褒揚

(三) **活用**：以接續【書く】為例

たい （想）	未然形	たかろ	書_かきたかろ**う**	想寫吧！
	連用形	たく	書_かきたくなる	變成想寫
		たかっ	書_かきたかっ**た**	想寫（過去式）
	終止形	たい	書_かきたい	想寫（現在式）
	連體形	たい	書_かきたい時_{とき}	想寫的時候
	假定形	たけれ	書_かきたければ	假如想寫、、、
	命令形	○	○	○

例句與發音練習　▶07-58

1	あなたは彼女_{かのじょ}に手紙_{てがみ}を書_かきたいだろう。	你大概是想給她寫信吧！
2	私_{わたし}は彼女_{かのじょ}に手紙_{てがみ}が書_かきたくなる。	我變得想寫信給她。
3	昨日_{きのう}、私_{わたし}は彼女_{かのじょ}に手紙_{てがみ}が書_かきたかった。	昨天我本來想寫信給她。
4	私_{わたし}は彼女_{かのじょ}に手紙_{てがみ}が書_かきたい。	我想給她寫信。
5	私_{わたし}は書_かきたい時_{とき}に一生懸命_{いっしょうけんめい}に書_かく。	當我想寫作時，我會拼命地寫作。
6	私_{わたし}は書_かきたければ一生懸命_{いっしょうけんめい}に書_かく。	如果我想寫，我會拼命地寫作。
7	私_{わたし}は日本語_{にほんご}を学_{まな}びたい。	我想學日語。
8	私_{わたし}は冷_{つめ}たいビールが飲_のみたい。	我想喝杯冰啤酒。
9	私_{わたし}は安_{やす}くて美味_{おい}しい物_{もの}をたくさん食_たべたい。	我想吃很多便宜又美味的食物。
10	私_{わたし}はもっと日本語_{にほんご}を勉強_{べんきょう}したい。	我想學更多日語。

五 たがる

(一) **意義**：表示第三人稱的希望，譯為：「(某人)想」

(1) 私は北海道へ行きたい。 （我想去北海道。）

(2) 林さんも北海道へ行きたがる。 （林先生也想去北海道。）

(二) **接續**：如下表

(1)

動詞終止形	動詞連用形 たがる（某人想）
1 書く（寫）	書きたがる（某人想寫）
2 泳ぐ（游泳）	泳ぎたがる（某人想游泳）
3 話す（說話）	話したがる（某人想說話）
4 待つ（等待）	待ちたがる（某人想等待）
5 死ぬ（死）	死にたがる（某人想死）
6 飲む（喝）	飲みたがる（某人想喝）
7 学ぶ（學）	学びたがる（某人想學）
8 売る（賣）	売りたがる（某人想賣）
9 買う（買）	買いたがる（某人想買）

(2)

10 起きる（起床）	起きたがる（某人想起床）
見る（看）	見たがる（某人想看）

(3)

11 食べる（吃）	食べたがる（某人想吃）
寝る（睡覺）	寝たがる（某人想睡覺）

(4)

12 来る（來）	来たがる（某人想來）

(5)

13	する（做）	したがる（某人想做）

㈢ 活用：以接續【読む】為例

たがる（某人想）	未然形	たがろ	読_よみたがろう	（某人想讀吧）
		たがら	読みたがらない	（某人不想讀）
	連用形	たがり	読みたがります	（某人想讀）【現在式】
		たがっ	読みたがった	（某人想讀）【過去式】
	終止形	たがる	読みたがる	（某人想讀）【現在式】
	連體形	たがる	読みたがる時	（某人想讀的時候）
	假定形	たがれ	読みたがれば	（假如某人想讀的話）
	命令形	○	○	○

例句與發音練習　◖▶ 07-59

1	妹_{いもうと}は本_{ほん}を読_よみたがろう。	我妹妹想看書吧！
2	妹_{いもうと}は本_{ほん}を読_よみたがらない。	我妹妹不想看書。
3	昨日_{きのう}、妹_{いもうと}は本_{ほん}を読_よみたがった。	昨天我妹妹本來想讀書。
4	今_{いま}、妹_{いもうと}は本_{ほん}を読_よみたがる。	現在我妹妹想讀書。
5	妹_{いもうと}は本_{ほん}を読_よみたがる時_{とき}に図書館_{としょかん}に行_いく。	我妹妹想看書時就去圖書館。
6	妹_{いもうと}は本_{ほん}を読_よみたがれば必_{かなら}ず図書館_{としょかん}に行_いく。	我妹妹如果想看書的話，一定會去圖書館。

六 だ

(一) 意義：表示斷定的平常語氣。譯為：「・是・」。

私は学生だ。（我是學生。）

(二) 接續：如下表

體言（名詞）	それは日本語辞書だ。（那是日語辭典。）	
某些助詞	それは私のだ。（那是我的。） 今年からだ。（從今年起。） 今日までだ。（到今日為止。） 今日だけだ。（只有今天。） 三倍ほどだ。（大約三倍。） 米粒くらいだ。（米粒般大小。） 這些助詞請參考助詞篇章！！！	
動詞終止形	彼が笑うだろう。（他大概會笑吧！）	
い形容詞終止形	手が痛いだろう。（手很痛吧！）	
放置於下列助動詞的終止形之後		
せる （使）	行かせるだろう （大概會讓某人去吧！）	行かせるなら（ば） （假如讓某人去的話，、、、）
させる （使）	見させるだろう （大概使某人看吧！）	見させるなら（ば） （假如使某人看的話，、、、）
れる （能）	行かれるだろう （大概能去吧！）	行かれるなら（ば） （假如能去的話，、、、）
られる （被）	見られるだろう （大概被看到吧！）	見られるなら（ば） （假如被看到的話，、、、）
ない （不）	行かないだろう （大概不去吧！）	行かないなら（ば） （假如不去的話，、、、）

ぬ （不）	行かぬだろう （大概不去吧！）	行かぬなら（ば） （假如不去的話，、、、）
たい （想）	行きたいだろう （想去吧！）	行きたいなら（ば） （假如想去的話，、、、）
た（だ） 【過去式】	行っただろう （去了吧！）	行ったなら（ば） （假如去了的話，、、、）
ます 【客氣語氣】		行きますなら（ば） （假如去的話，、、、） 【注意】：ば 可以省略。

㊂ **活用**：以接續【事実】為例

	未然形	だろ	事実だろう	（是事實吧）
	連用形	だっ	事実だった	（是事實）【過去式】
		で	事実である	（是事實）【現在式】
だ （是）	終止形	だ	事実だ	（是事實）【現在式】
	連體形	な	事実なので	（是事實，所以、、、）
	假定形	なら	事実ならば	（假如是事實的話） 【注意】：ば 可以省略
	命令形	○	○	○

例句與發音練習 ▶07-60

1	それはたぶん事実だろう。	這可能是事實吧！
2	それは確かに事実だった。	這的確曾經是事實。【過去式】
3	それは確かに事実だ。	這的確是事實。【現在式】
4	君の成績が悪いのは事実なので、もっと勉強しよう。	你的成績不好是事實，所以多讀點書吧。
5	私が言っている事は正に事実なのだ。	我說的事都是真的事實。
6	これが事実ならば俺は絶対に許さない。	假如這是事實的話，我絕對不原諒。

七 です

㈠ **意義**：表示斷定的客氣語氣。譯為：「・是・」。

　　私 は学生です。 （我是學生。）【客氣的語氣】

㈡ **接續**：如下表

體言（名詞）	それは日本語辞書です。 （那是日語辭典。）
某些助詞	それは 私 のです。 （那是我的。） 今年からです。 （是從今年起。） 今日までです。 （是到今日為止。） 今日だけです。 （是只有今日。） 這些助詞請參考助詞篇章！！！
な形容詞語幹	僕が元気だ。 ―― 僕が元気です。 （我很好。）　　　　（我很好。）
助動詞「そうだ」「ようだ」語幹	行くそうです。（聽說要去。） 行くようです。（好像要去。）
動詞終止形	家へ帰る。―― 家へ帰るでしょう。 （回家。）　　 （要回家對吧？）
い形容詞終止形	問題が 難 しい。――問題が 難 しいでしょう。 （問題很難。）　　 （問題很難吧。）
放置於下列助動詞的終止形之後	
せる（使）	行かせるでしょう。（大概會讓某人去吧！）
させる（使）	見させるでしょう。（大概會讓某人看吧！）
れる（能）	行かれるでしょう。（大概能去吧！）
られる（被）	見られるでしょう。（大概被看到吧！）
ない（不）	行かないでしょう。（大概不去吧！）

ぬ（不）	行かぬでしょう。（大概不去吧！）
たい（想）	行きたいでしょう。（想去吧！）
た（だ）【過去式】	行ったでしょう。（去過了吧！）

(三) **活用**：以接續【好い天気】為例

です（是）	未然形	でしょ	好い天気でしょう	（是好天氣吧！）
	連用形	でし	好い天気でした	（是好天氣）【過去式】
	終止形	です	好い天気です	（是好天氣）【現在式】
	連體形	です	好い天気ですので	（是好天氣，所以、、、）
	假定形	○	○	○
	命令形	○	○	○

例句與發音練習　◀07-61

1	なんて今日はいい天気でしょう。	今天是多麼好的天氣啊！
2	昨日はいい天気でした。	昨天是好天氣。
3	今日はいい天気です。	今天是好天氣。
4	今日はいい天気ですのでハイキングに行きましょう。	今天是好天氣，所以我們去郊遊吧。

八 ます

(一) **意義**：敬體。表示（客氣語氣）。

さけ の
酒を飲む。　（喝酒）

さけ の
酒を飲みます。（喝酒）

(二) **接續**：如下表

(1)

動詞終止形 常體（平常語氣）	動詞連用形 敬體（客氣語氣）
1　書く（寫）	書きます（寫）
2　泳ぐ（游泳）	泳ぎます（游泳）
3　話す（説話）	話します（説話）
4　待つ（等待）	待ちます（等待）
5　死ぬ（死）	死にます（死）
6　飲む（喝）	飲みます（喝）
7　学ぶ（學）	学びます（學）
8　売る（賣）	売ります（賣）
9　買う（買）	買います（買）
10　起きる（起床）	起きます（起床）
11　食べる（吃）	食べます（吃）
12　来る（來）	来ます（來）
13　する（做）	します（做）

(2)

放置於下列助動詞的連用形之後	
せる（使）	笑_わわせ<mark>ます</mark>。（讓某人笑。）
させる（使）	来_こさせ<mark>ます</mark>。（讓某人來。）
れる（被）、（能）	笑_わわれ<mark>ます</mark>。（被笑。）、（能笑。）
られる（被）、（能）	見_みられ<mark>ます</mark>。（被看。）、（能看。）

㈢ **活用**：以接續【書く_か】為例

ます （客氣語氣）	未然形	ませ	書_かきません。	（不寫）
	未然形	ましょ	書_かきましょう。	（寫吧！）
	連用形	まし	書_かきました。	（寫了）【過去式】
	終止形	ます	書_かきます。	（寫）【現在式】
	連體形	ます	書_かきます時_{とき}	（要寫的時候）
	假定形	ますれ	書_かきますれば	已經不常被使用！
	命令形	ませ	お書_かきくださいませ／（まし）（請寫）
		まし	＊以命令形來表示客氣語氣＊

例句與發音練習　▶ 07-62

1	私は詩を書きます。	我寫詩。
2	今、私は詩を書きません。	現在，我不寫詩。
3	私は詩を書きました。	我寫了詩。
4	以前、私は詩を書きませんでした。	以前，我不寫詩。
5	すぐに彼女に手紙を書きましょう。	我們馬上給她寫信吧！
6	昨日、私は彼女に手紙を書きました。	昨天我給她寫了信。
7	今、私は彼女に手紙を書きます。	現在我要給她寫信。
8	私はレポートを書きます時に必ず図書館に行く。	當我寫報告時，我一定會去圖書館。
9	いらっしゃいませ。	歡迎光臨。

九 せる   十 させる

(一) **意義**：使役。譯為：「使某人做某事。」

(1) 先生が生徒に慰問の手紙を書かせる。　（老師讓學生寫慰問信。）

(2) 先生が学生に映画を見させた。　（老師讓學生看了電影。）

(3) 母さんは 弟 にお粥を食べさせます。　（媽媽讓弟弟吃稀飯。）

(4) 医者が患者に毎日運動させます。　（醫生讓病患每日運動。）

> ### 分析
>
> 主語：　　　先生が　；母さんは　；医者が
>
> 使役的對象：生徒に　；　弟 に　；患者に
>
> 目的物：　　手紙を　；映画を　；お粥を
>
> 使役動詞：　書かせる；見させた　；食べさせます　；運動させます。

(二) **接續**：如下表

(1) せる放置於 1 到 9 號和 13 號類型的動詞未然形之後

1	書く（寫）	書かせる（讓某人寫）
2	泳ぐ（游泳）	泳ぎせる（讓某人游泳）
3	話す（説話）	話させる（讓某人説話）
4	待つ（等待）	待たせる（讓某人等待）
5	死ぬ（死）	死なせる（讓某人死）
6	飲む（飲）	飲ませる（讓某人飲）
7	学ぶ（學）	学ばせる（讓某人學）
8	売る（賣）	売らせる（讓某人賣）

9	買う（買）	買わせる（讓某人買）
10	する（做）	させる（讓某人做）

(2) させる　放置於 10、 11、 12 號類型的動詞未然形之後

11	起きる（起床）	起きさせる（讓某人起床）
12	食べる（吃）	食べさせる（讓某人吃）
13	来る（來）	来させる（讓某人來）

㈢ 活用：

(1) 以接續【読む】為例

	未然形	せ	読ませない。	不讓某人讀
	連用形	せ	読ませます。	讓某人讀【客氣語氣】
	終止形	せる	読ませる。	讓某人讀
せる	連體形	せる	読ませる時	讓某人讀的時候
（使）	假定形	せれ	読ませれば	假如讓某人讀的話
	命令形	せろ	読ませろ	讓某人讀【命令語氣】
		せよ	読ませよ	讓某人讀【書寫用語】

(2) 以接續【食べる】為例

させる (使)	未然形	させ	食べさせない。	不讓某人吃
	連用形	させ	食べさせます。	讓某人吃【客氣語氣】
	終止形	させる	食べさせる。	讓某人吃
	連體形	させる	食べさせる時	讓某人吃的時候
	假定形	させれ	食べさせれば	假如讓某人吃的話
	命令形	させろ	食べさせろ	讓某人吃【命令語氣】
		させよ	食べさせよ	讓某人吃【書寫用語】

例句與發音練習　◉▶ 07-63

1	田中先生が彼の生徒に悪い本を読ませない。	田中老師不讓他的學生讀不好的書。
2	田中先生が彼の生徒にいい本を読ませます。	田中老師讓他的學生讀好書。
3	田中先生は彼の生徒にいい本を読ませる時にきっとわけを説明する。	田中老師在讓他的學生讀好書時，一定會解釋原因。
4	彼女にこの本を読ませればいい結果になるかも知れません。	如果讓她讀這本書，可能會有好的結果。
5	この本を読ませろ。	讓我讀這本書！
6	私は息子にご飯を食べさせなければならない。	我必須讓我兒子吃飯。
7	私は君に蕎麦を食べさせたいと思っています。	我想讓你吃蕎麥麵。
8	子供にご飯を食べさせる時、ママは何処に座る？	媽媽讓小孩吃飯時，要坐在哪裡？
9	子供に何を食べさせればいいの？	我該讓孩子吃什麼才好？
10	プリンを食べさせろ！	讓我吃布丁！

十一 れる　　**十二** られる

(一) **意義**：有四種不同的意義

1. 被動（譯為：「被某人或某物　」）

  (1) 田中さんは山の中で熊に手を咬まれた。

    （田中在山中被熊咬到手。）

  (2) 　私が友人に笑われる。

    （我被朋友笑。）

> **註**
>
> | | | |
> |---|---|---|
> | 主語： | 田中さんは　； | 私が |
> | 被動的對象： | 熊に　　　　； | 友人に |
> | 目的物： | 手を | |
> | 被動動詞： | 咬まれた　　； | 笑われる。 |

2. 可能（譯為：「某人能做某種行為。」）

  (1) 彼は速く歩く。── 彼は速く歩かれる。

    （他走很快。）　　　（他能走很快。）

  (2) 彼女は幼い子を背負う。── 彼女は幼い子が背負われる。

    （她背小孩。）　　　　　　（她能背小孩。）

> **註**
>
> | | | |
> |---|---|---|
> | 主語： | 彼は　　　　； | 彼女は |
> | 可能的對象： | 幼い子が。 | |
> | 可能動詞： | 歩かれる　　； | 背負われる |

3. 尊敬 (動作行為的主體是為尊貴者)

わたし はな　　　　　　　　せんせい　はな
私 が話す。 ── 先生が話される

（ 我説。 ）　　　　　　（ 老師説。 ）

註

主語：　　　せんせい
　　　　　　先生が

尊敬動詞：　せんせい　はな
　　　　　　先生が話される

4. 自發 (行為、動作是説話者自動自發的行為，如：不禁…，)

むかし　こと　おも　だ
(1)　昔 の事を思い出す。

（ 想到昔日的事。 ）

わたなべ　　　むかし　こと　おも　だ
渡辺さんが 昔 の事が思い出される。

（ 渡邊不禁想起昔日的事。 ）

こども　しょうらい　あん
(2) 子供の 将 来を案じる。

（ 擔心小孩的將來。 ）

わたし　こども　しょうらい　あん
私 は子供の 将 来が案じられる。

（ 我不禁擔心起小孩的將來。 ）

註

主語：　　　わたなべ　　　　　わたし
　　　　　　渡辺さんが ； 私 は

自發動詞：　おも　だ　　　　あん
　　　　　　思い出される ； 案じられる

(二) **接續**：如下表

れる（被）	1 到 9 號和 13 號類型的動詞未然形之後： 友人_{ゆうじん}が笑_{わら}う。（友人笑。） 友人_{ゆうじん}に笑_{わら}われる。（被友人笑。） 13 號類型的動詞未然形之後： 父_{ちち}が意見_{いけん}する。（父親提出意見。） 父_{ちち}に意見_{いけん}される。（被父親說教。）
られる（被）	10 號類型的動詞未然形： 先生_{せんせい}が見_みる。（老師看到。） 先生_{せんせい}に見_みられる。（被老師看到。） 11 號類型的動詞未然形： 泥棒_{どろぼう}が逃_にげる。（竊賊逃走。） 泥棒_{どろぼう}に逃_にげられる。（被竊賊逃掉。） 12 號類型的動詞未然形： お客_{きゃく}さまが来_くる。（客人來。） お客_{きゃく}さまに来_こられる。（放客人進來。）
せる	先生_{せんせい}は彼女_{かのじょ}に本_{ほん}を読_よませる。（老師讓她看書。） 彼女_{かのじょ}は先生_{せんせい}に本_{ほん}を読_よませられる。（她被老師叫來讀這本書。）
させる	先生_{せんせい}は私_{わたし}に給食_{きゅうしょく}を食_たべさせた。（老師讓我吃了學校午餐。） 私_{わたし}は先生_{せんせい}に給食_{きゅうしょく}を食_たべさせられた。（我被老師叫來吃了學校午餐。）

(二) **接續**：如下表

れる（被）	1 到 9 號和 13 號類型的動詞未然形之後： 友人が笑う。（友人笑。） 友人に笑われる。（被友人笑。） 13 號類型的動詞未然形之後： 父が意見する。（父親提出意見。） 父に意見される。（被父親說教。）
られる（被）	10 號類型的動詞未然形： 先生が見る。（老師看到。） 先生に見られる。（被老師看到。） 11 號類型的動詞未然形： 泥棒が逃げる。（竊賊逃走。） 泥棒に逃げられる。（被竊賊逃掉。） 12 號類型的動詞未然形： お客さまが来る。（客人來。） お客さまに来られる。（放客人進來。）
せる	先生は彼女に本を読ませる。（老師讓她看書。） 彼女は先生に本を読ませられる。（她被老師叫來讀這本書。）
させる	先生は私に給食を食べさせた。（老師讓我吃了學校午餐。） 私は先生に給食を食べさせられた。（我被老師叫來吃了學校午餐。）

㈢ 活用：

(1)

			接續的主要助動詞 及其他
れる （被） （能）	未然形	れ られ	ない　（不）
	連用形	れ られ	ます【客氣語氣】 た　【過去時態】
	終止形	れる られる	。
	連體形	れる られる	時
	假定形	れれ られれ	ば
	命令形	られろ	【命令語氣】
		られよ	【書寫用語】

(2)

			接續的主要助動詞 及其他
れる られる （尊敬語氣） （自發的行為）	未然形	れ られ	ない 　（不）
	連用形	れ られ	ます【客氣語氣】 た 　【過去時態】
	終止形	れる られる	。
	連體形	れる られる	時（とき）
	假定形	れれ られれ	ば
	命令形	○	○
		○	○

＊＊ 至於「れる」、「られる」在句中翻譯成（被）或（能）還是（尊敬語氣）、（自發的行為），
請讀者多參考字典、多看例句。＊＊

例句與發音練習　◀ 07-64

1	彼女（かのじょ）は先生（せんせい）に本（ほん）を読（よ）ませられる。	她被老師叫來讀這本書。
2	私（わたし）は先生（せんせい）に給食（きゅうしょく）を食（た）べさせられた。	我被老師叫來吃了學校午餐。.
3	蚊（か）に咬（か）まれないように長袖長（ながそでなが）ズボンを着（き）てください。	請穿著長袖長褲，以免被蚊子叮。
4	私（わたし）はよく蚊（か）に咬（か）まれるので、部屋（へや）の窓（まど）を開（あ）けないでください。	我經常被蚊子叮，所以請不要打開房間的窗戶。
5	これはハムスターに噛（か）まれた時（とき）の対処法（たいしょほう）です。	這是被倉鼠咬傷時的應對方法。.
6	犬（いぬ）に噛（か）まれたらどうする？	如果被狗咬了，該怎麼辦？
7	この建物（たてもの）は有名（ゆうめい）な建築家（けんちくか）によって建（た）てられた。	這棟樓是由一位著名的建築師建造的。

十三 らしい

㈠ **意義**：表示說話者根據某論點而加以推測斷定。但較沒把握，也相對不關心。一般用在閒聊
的場合。

譯為：「看來好像 (可能) 會 ・・・ 吧！」

月は出る。——月は出るらしい。

（月亮出來了。） （月亮看來好像要出來了。）

㈡ **接續**：如下表

所有類型的動詞 終止形	彼女は学校へ行く。（她去學校。） 彼女は学校へ行くらしい。（她好像要去學校。）
形容詞 終止形	そこの景色は美しい。（那裡的風景很美。） そこの景色は美しいらしい。（那裡的景色聽說很美。）
放置於下列助動詞的終止形之後	
せる（使）	母は私を買い物に行かせるらしい。（媽媽好像會叫我去購物。）
させる（使）	母は私にあの写真を見させるらしい。 （媽媽似乎會讓我看這張照片。）
れる（能）	明日、私は日本に行かれるらしい。（明天我好像能去日本。）
られる（能）	寒い朝、ここから雲海が見られるらしい。 （寒冷的早上，從這裡好像可以看到雲海。）
ない（不）	彼女は行かないらしい。（她好像不會去。）
ぬ （不）	彼女は行かぬらしい。（她好像不會去。）
たい（想）	彼女は行きたいらしい。（她好像想去 。）

た【過去式】	彼は煙草を止めたらしいです。（聽說他好像戒菸了。）
だ【過去式】	彼女はこの本を読んだらしい。（她好像讀過了這本書。）
な形容詞語幹	彼は真面目だ。（他是認真的。） 彼は真面目らしい。（他似乎是認真的。）
體言	あれは学校だ。（那是學校。） あれは学校らしい。（那好像是學校。）

助詞
入学試験は明日からだ。（入學考試從明天開始。） 入学試験は明日かららしい。（入學考試好像是從明天開始。）

㈢ 活用：

			接續的主要助動詞 及其他
らしい （好像）	未然形	○	○
	連用形	らしかっ	た
	連用形	らしく	
	終止形	らしい	。
	連體形	らしい	時_{とき}
	假定形	らしけれ	ば
	命令形	○	○

例句與發音練習　◀▶ 07-65

1	彼女は学校へ行くらしい。	她好像要去學校。
2	ここの景色は美しいらしい。	那裡的景色聽説很美。
3	母は私を買い物に行かせるらしい。	媽媽好像會叫我去購物。
4	母は私にあの写真を見させるらしい。	媽媽似乎會讓我看那張照片。
5	寒い朝、ここから雲海が見られるらしい。	寒冷的早上，從這裡好像可以看到雲海。
6	彼女は行かないらしい。	她好像不會去。
7	彼女は行きたいらしい。	她好像想去。
8	彼は煙草を止めたらしいです。	聽説他好像戒菸了。
9	彼女はこの本を読んだらしい。	她好像讀過了這本書。
10	彼は真面目らしい。	他似乎是認真的。
11	あれは学校らしい。	那好像是學校。
12	入学試験は明日かららしい。	入學考試好像是從明天開始。

十四 う　　　十五 よう

(一) **意義**：表示説話者的意志，或是勸誘他人，或是依據説話者主觀感受所推測的語氣。譯為：

「・・・吧！」。

1. 説話者主觀推測的語氣。

(1) 距離は五キロ有る。——　距離は五キロあろう。

（距離有五公里。）　　　　（有五公里吧！）

(2) まもなく、月も出る。——　まもなく、月も出よう。

（不久，月亮也會出現。）　（依我看不久月亮也會出現吧！）

2. 説話者意志的語氣，或是説話者勸誘他人的語氣。

(1) 綺麗な絵を描く。——　綺麗な絵を描こう。

（畫美麗的畫。）　　　　（畫張美麗的畫吧！）

(2) 私も行く。　——　私も行こう。

（我也去。）　　　　（我也去吧！）

(二) **接續**：如下表

う放置於 1 號到 9 號類型動詞的未然形之後：

1 號到 9 號類型 動詞未然形	私は行く。（ 我去。 ） 私は行こう。（ 我去吧！ ）
い形容詞未然形	花がとても美しい。（ 花很美麗。 ） この赤い花は美しかろう。（這朵紅花會很漂亮吧！）
な形容詞未然形	夜は静かだ。（ 夜很安靜。 ） 夜は静かだろう。（夜晚會很安靜吧！）
放置於下列助動詞的未然形之後	
ない（不）	読めなかろう。（不能讀吧！）

たい（想）	<ruby>読<rt>よ</rt></ruby>みたかろう。（想讀吧！）
ようだ（好像）	<ruby>読<rt>よ</rt></ruby>むようだろう。（好像要讀吧！）
そうだ（好像）	<ruby>読<rt>よ</rt></ruby>みそうだろう。（看起來可能要讀吧！）
た（だ）【過去語氣】	<ruby>読<rt>よ</rt></ruby>んだろう。（好像讀了吧！）
ます【客氣語氣】	<ruby>一緒<rt>いっしょ</rt></ruby>に<ruby>読<rt>よ</rt></ruby>みましょう。（讓我們一起讀書吧！）

よう放置於 10 號到 13 號類型動詞的未然形之後：

10 號類型 動詞未然形	彼は階段を下りる。（他下樓。） 階段を下りよう。（下樓吧！）
11 號類型 動詞未然形	彼女は切手を集める。（她收集郵票。） 切手を集めよう。（收集郵票吧！）
12 號類型 動詞未然形	彼は又来る。（他又來了。） 明日また、来よう。（明天再來吧！）
13 號類型 動詞未然形	勉強する。（學習。） 一緒に勉強しよう。（一起學習吧！）

放置於下列助動詞的未然形之後

せる（使）	<ruby>読<rt>よ</rt></ruby>ませよう。（讓某人讀吧！）
させる（使）	<ruby>受<rt>う</rt></ruby>けさせよう。（讓某人接受吧！）
れる（能）	<ruby>出席<rt>しゅっせき</rt></ruby>されよう。（能出席吧！）
られる（能）	<ruby>進<rt>すす</rt></ruby>められよう。（能推薦吧！）

㈢ **活用**：沒有變化。

　　【註】：「う、よう」單獨接在動詞之下時，大都表示意志、決心、勸誘、商量的語氣。

例句與發音練習 ◗▶ 07-66

1	<ruby>私<rt>わたし</rt></ruby> は<ruby>行<rt>い</rt></ruby>こう。	我去吧！
2	この<ruby>赤<rt>あか</rt></ruby>い<ruby>花<rt>はな</rt></ruby>は<ruby>美<rt>うつく</rt></ruby>しかろう。	這朵紅花會很美吧！
3	<ruby>夜<rt>よる</rt></ruby>は<ruby>静<rt>しず</rt></ruby>かだろう。	夜晚會很安靜吧！
4	<ruby>一緒<rt>いっしょ</rt></ruby>に<ruby>階段<rt>かいだん</rt></ruby>を<ruby>下<rt>お</rt></ruby>りよう。	一起走下樓吧！
5	<ruby>一緒<rt>いっしょ</rt></ruby>に<ruby>本<rt>ほん</rt></ruby>を<ruby>読<rt>よ</rt></ruby>みましょう。	一起讀書吧！
6	<ruby>一緒<rt>いっしょ</rt></ruby>に<ruby>切手<rt>きって</rt></ruby>を<ruby>集<rt>あつ</rt></ruby>めよう。	一起收集郵票吧！
7	<ruby>明日<rt>あす</rt></ruby>また、<ruby>来<rt>こ</rt></ruby>よう。	明天再來吧！
8	<ruby>一緒<rt>いっしょ</rt></ruby>に<ruby>勉強<rt>べんきょう</rt></ruby>しよう。	一起學習吧！

十六 まい

㈠ **意義**：表示說話者的否定意志或是否定推測的語氣，與上述的う、よう是相對應。

　　　　譯為：「大概不會吧 · · · 」

　　　　(1) 否定推測的語氣

　　　　　　<ruby>雨<rt>あめ</rt></ruby>は<ruby>降<rt>ふ</rt></ruby>る。（下雨。）

　　　　　　たぶん<ruby>雨<rt>あめ</rt></ruby>は<ruby>降<rt>ふ</rt></ruby>るまい。（ 大概不會下雨吧！）

　　　　(2) 說話者的否定意志語氣

　　　　　　<ruby>失敗<rt>しっぱい</rt></ruby>を<ruby>繰<rt>く</rt></ruby>り<ruby>返<rt>かえ</rt></ruby>す。（反覆失敗。）

　　　　　　<ruby>失敗<rt>しっぱい</rt></ruby>を<ruby>繰<rt>く</rt></ruby>り<ruby>返<rt>かえ</rt></ruby>すまい。（不反覆失敗。）

㈡ **接續**：如下表

1 號到 9 號類型 動詞終止形	すぐ買う。（馬上買。） 私 はすぐこの本を買うまい。（我不會馬上買這本書。）
10 號類型 動詞未然形	すぐ起きる。（馬上起床。） 彼女はすぐ起きまい。（她大概不會馬上起床吧！）
11 號類型 動詞未然形	ご飯を食べる。（吃飯。） 彼は朝ご飯を食べまい。（他大概不會吃早飯！）
12 號類型 動詞未然形	私 はいつもこの店に来る。（我總是來這家。） もう二度とこんな店に来るまい。（我再也不來這間店了。）
12 號類型 動詞未然形	私 はこんな事をする。（我做這樣的事。） 私 は二度とこんな事をするまい。（我再也不做這樣的事了。）
ます 終止形	彼女は今日行きますまい。（她今天大概不會去吧！）
せる 未然形	私 は彼女を行かせまい。（我不會讓她去的。）
させる 未然形	私 は子供にあんな食べ物を食べさせまい。 （我不會讓孩子吃那樣的食物。）
れる 未然形	今日、彼は彼女に会われまい。（他今天不會見到她的吧！。）
られる 未然形	彼は日本語で電話が掛けられまい。（他不會用日語打電話吧！）

㈢ **活用**：沒有活用變化。

例句與發音練習　◀ 07-67

1	私_{わたし}はすぐこの本_{ほん}を買_かうまい。	我不會馬上買這本書。
2	彼女_{かのじょ}はすぐ起_おきまい。	她大概不會馬上起床。
3	彼_{かれ}は朝_{あさ}ご飯_{はん}を食_たべまい。	他大概不會吃早飯吧！
4	もう二度_{にど}とこんな店_{みせ}に来_くるまい。	我再也不來這間店了。
5	私_{わたし}は二度_{にど}とこんな事_{こと}をするまい。	我再也不做這樣的事了。
6	彼女_{かのじょ}は今日_{きょう}行_いきますまい。	她今天大概不會去吧！
7	私_{わたし}は彼女_{かのじょ}を行_いかせまい。	我不會讓她去的。
8	私_{わたし}は子供_{こども}にあんな食_たべ物_{もの}を食_たべさせまい。	我不會讓孩子吃那樣的食物。
9	今日_{きょう}、彼_{かれ}は彼女_{かのじょ}に会_あわれまい。	他今天不會見到她吧！
10	彼_{かれ}は日本語_{にほんご}で電話_{でんわ}が掛_かけられまい。	他不會用日語打電話吧！

> **註**
>
> 在口語中，否定推測的語氣會改成：
>
> たぶん雨_{あめ}は降_ふるまい。 -- たぶん雨_{あめ}は降_ふらないだろう。
>
> 説話者的否定意志語氣會改成：
>
> 失敗_{しっぱい}を繰_くり返_{かえ}すまい。 -- 失敗_{しっぱい}を繰_くり返_{かえ}さないことにしよう。

十七 そうだ

(一) **意義**：表示説話者視覺印象的推測語氣。

譯為：「看樣子很可能・・・。」

雨が降る。（下雨。）

雨が降りそうだ。（看起來快要下雨了。）

(二) **接續**：如下表

1號到9號類型 動詞連用形	雨が降る。（下雨。） 雨が降りそうだ。（看起來快要下雨了。）
10號類型 動詞連用形	石が落ちる。（石頭掉落。） 石が落ちそうだ。（石頭看起來快掉落了。）
11號類型 動詞連用形	汗が流れる。（流汗。） 汗が流れそうだ。（看起來快流汗了。）
12號類型 動詞連用形	台風が来る。（颱風來。） 台風が来そうだ。（看起來颱風快要來了。）
13號類型 動詞連用形	喧嘩をする。（吵架。） 喧嘩をしそうだ。（似乎是要吵架的樣子。）
放置於下列助動詞的連用形之後	
せる（使）	笑わせそうだ。（似乎是要讓某人笑的樣子。）
させる（使）	来させそうだ。（似乎是要讓某人來的樣子。）
れる（能）	笑われそうだ。（似乎是能笑的樣子。）
られる（能）	来られそうだ。（似乎是能來的樣子。）

い形容詞語幹	花が 美しい。（花美。） 花が 美しそうだ。（花似乎很美的樣子。） 【注意】：「無い」和「よい」在接「そうだ」時，要 在語幹與そうだ之間去掉「い」加入「さ」。 　　例如：金が無い。（沒錢。） 　　　　　金が無さそうだ。（看起來是沒錢。） 　　　　　あの 車 はよい。（那個車子很好。） 　　　　　あの 車 はよさそうだ。 　　　　　（那輛車子看起來很好。）
な形容動詞語幹	母は元気だ。（母親健康。） 母は元気そうだ。（母親似乎是健康。）
助動詞語幹	
ない （不）	知らなさそうだ。（似乎是不知道的樣子。）
たい（想）	行きたそうだ。（似乎是想去的樣子。）

287

㈢ **活用**：以接續【降る】為例

	未然形	そうだろ	雨が降りそうだろ**う**（看起來快下雨了吧。）
そうだ （似乎…的樣子）	連用形	そうだっ	雨が降りそうだっ**た**（那時看起來快下雨了。）【過去式】
		そうで	雨が降りそうである（似乎要下雨的樣子。）【文章體】
		そうに	雨が降りそうになる（似乎變得要下雨的樣子。）
	終止形	そうだ	雨が降りそうだ。（看起來快下雨了。）【口語體】
	連體形	そうな	雨が降りそうな時（好像要下雨時）
	假定形	そうなら	雨が降りそうならば（如果快要下雨的話，） 【注意】：ば可以省略
	命令形	○	○

例句與發音練習　▶07-68

1	雨が降りそうだ。	看起來快下雨了。
2	彼女は泣きそうだ。	她好像要哭了。
3	あの大きい石は落ちそうだ。	那塊大石頭好像要掉下來了。
4	大型台風が来そうだ。	大颱風好像要來了。
5	あの夫婦は喧嘩をしそうだ。	那對夫婦好像要吵起來了。
6	あの赤い花が美しそうだ。	那朵紅花好像很美。
7	このケーキは美味しそうだ。	這個蛋糕好像很好吃。
8	あの生徒は自信が無さそうだ。	那個學生似乎沒有信心。
9	彼女は頭が良さそうだ。	她好像很聰明。
10	彼は元気そうだ。	他好像很有精神。
11	この問題は複雑そうだ。	這個問題似乎很複雜。

十八 そうだ

㈠ **意義**：表示從某處聽到某些傳聞，可信度高且有益聽者的語氣。

　　　譯為：「聽説 ‧‧‧」

　　　雨<ruby>雨<rt>あめ</rt></ruby>が降<ruby>降<rt>ふ</rt></ruby>る。

　　　雨<ruby>雨<rt>あめ</rt></ruby>が降<ruby>降<rt>ふ</rt></ruby>るそうだ。（聽説會下雨。）

㈡ **接續**：如下表

1號到13號類型 動詞終止形	車<ruby>車<rt>くるま</rt></ruby>を買<ruby>買<rt>か</rt></ruby>う。（買車。） 車<ruby>車<rt>くるま</rt></ruby>を買<ruby>買<rt>か</rt></ruby>うそうだ。（聽説他要買車。）
い形容詞終止形	問題<ruby>問題<rt>もんだい</rt></ruby>はとても易<ruby>易<rt>やす</rt></ruby>い。（問題很容易。） 問題<ruby>問題<rt>もんだい</rt></ruby>はとても易<ruby>易<rt>やす</rt></ruby>いそうだ。（聽説問題很容易。）
な形容動詞終止形	海<ruby>海<rt>うみ</rt></ruby>は静<ruby>静<rt>しず</rt></ruby>かだ。（海水平靜。） 海<ruby>海<rt>うみ</rt></ruby>は静<ruby>静<rt>しず</rt></ruby>かだそうだ。（聽説海水很平靜。）
放置於下列助動詞的終止形之後	
せる（使）	笑<ruby>笑<rt>わら</rt></ruby>わせるそうだ。（聽説要讓某人笑。）
させる（使）	来<ruby>来<rt>こ</rt></ruby>させるそうだ。（聽説要讓某人來。）
れる（會）（被）	笑<ruby>笑<rt>わら</rt></ruby>われるそうだ。（聽説會笑。）（聽説會被笑。）
られる（會）	来<ruby>来<rt>こ</rt></ruby>られるそうだ。（聽説會來。）
ない（不）	行<ruby>行<rt>い</rt></ruby>かないそうだ。（聽説不來。）
ぬ（不）	行<ruby>行<rt>い</rt></ruby>かぬそうだ。（聽説不來。）
たい（想）	行<ruby>行<rt>い</rt></ruby>きたいそうだ。（聽説想來。）
だ（是）	それは嘘<ruby>嘘<rt>うそ</rt></ruby>だそうだ。（聽説那是謊言。）
た（だ） 【過去式】	行<ruby>行<rt>い</rt></ruby>ったそうだ。（聽説去了。） 読<ruby>読<rt>よ</rt></ruby>んだそうだ。（聽説讀了。）

(三) 活用：以接續【見える】為例

そうだ （聽説）	未然形	○	○
	連用形	そうで	富士山は見えるそうである。 （聽説看得到富士山。）【文章體】
	終止形	そうだ	富士山は見えるそうだ。 （聽説看得到富士山。）【口語體】
	連體形	○	○
	假定形	○	○
	命令形	○	○

例句與發音練習　　07-69

1	明日、雨が降るそうだ。	聽説明天會下雨。
2	彼女は新しい車を買ったそうだ。	聽説她買了新車。
3	明日は彼女が来るそうだ。	聽説她明天會來。
4	大型台風が襲って来るそうだ。	聽説大颱風即將來襲。
5	あの先生はとても優しいそうだ。	聽説那位老師很溫柔。
6	彼女は日本に行きたいそうだ。	聽説她想去日本。
7	彼女は日本に行ったそうだ。	據説她去了日本。
8	彼女は日本に行かないそうだ。	據説她不會去日本。
9	彼はテニスが非常に上手だそうだ。	據説他網球打得很好。

十九 ようだ

(一) **意義**：有三種意義。

    (1) 表示比喻的語氣。譯為：「宛如・・・。」

        この花の色は雪のようだ。（這花的顏色宛如白雪。）

    (2) 表示說話者基於個人感官，而加以推測的語氣。

        何と言ったのか、彼女にも分からないようだ。

        （她好像也不知道該說什麼才好。）

    (3) 表示說話者舉例讓人類推、聯想的語氣。

        彼のように優しい人は少ない。（像他這樣溫柔的人是很少的。）

(二) **接續**：如下表

1 號到 13 號類型 動詞連體形	兄が起きる。（哥哥起床。） 兄が起きるようだ。（哥哥好像起床了。）
い形容詞連體形	ここの景色がとても美しい。(這裡的景色很美。) ここの景色がとても美しいようだ。(這裡的景色似乎很美。)
な形容動詞連體形	海が静かだ。(海水平靜。) 海が静かなようだ。(海水似乎很平靜。)
助動詞連體形之後	
せる（使）	行かせるようだ。（ 似乎要讓某人去。）
させる（使）	受けさせるようだ。（似乎要讓某人接受。）
れる（能）	行かれるようだ。（似乎能去。）
られる（能）	受けられるようだ。（似乎能接受。）
ない（不）	行かないようだ。（似乎不去。）
ぬ（不）	行かぬようだ。（似乎不去。）

たい（想）	行きたい<ruby>行<rt>い</rt></ruby>きたい<mark>ようだ</mark>。（似乎想去。）
た【過去式】	<ruby>行<rt>い</rt></ruby>った<mark>ようだ</mark>。（似乎去過了。）
（だ）	<ruby>読<rt>よ</rt></ruby>んだ<mark>ようだ</mark>。（似乎讀過了。）
の	<ruby>雪<rt>ゆき</rt></ruby>のようだ。（好像白雪。）
この	このような<ruby>辞書<rt>じしょ</rt></ruby>が<ruby>有<rt>あ</rt></ruby>る。（有像這樣的辭典。）
その	そのような<ruby>辞書<rt>じしょ</rt></ruby>が<ruby>有<rt>あ</rt></ruby>る。（有像那樣的辭典。）
あの	あのような<ruby>辞書<rt>じしょ</rt></ruby>が<ruby>有<rt>あ</rt></ruby>る。（有像那樣的辭典。）
どの	どのような<ruby>辞書<rt>じしょ</rt></ruby>が<ruby>有<rt>あ</rt></ruby>るか？（有怎樣的辭典呢？）

（三）**活用**：以接續【行<ruby>行<rt>い</rt></ruby>く】為例

ようだ 似乎	未然形	ようだろ	行くようだろう。（似乎要去吧。）	
	連用形	ようだっ	行くようだった。（似乎要去。）【過去式】	
	連用形	ようで	行くようである。（似乎要去。）【文章體】	
	連用形	ように	行くようになる。（變得似乎要去。）	
	終止形	ようだ	行くようだ。（似乎要去。）【口語體】	
	連體形	ような	行くような時（似乎要去時）	
	假定形	ようなら	行くようならば（如果似乎要去的話）	
	命令形	○	○	

例句與發音練習 07-70

1	兄が起きるようだ。	我哥哥似乎起床了。
2	ここの景色がとても美しいようだ。	這裡的景色似乎很美。
3	彼の手紙から判断すると、彼は元気なようだ。	從他的信來看，他似乎很好。
4	彼は娘を学校に行かせるようだった。	他似乎讓她女兒去上學了。
5	彼は彼女にこの条件を受けさせるようだった。	他似乎讓她接受了這個條件。
6	彼女はどうやら散歩に行きたいようだ。	她顯然好像想去散步。
7	野球試合はもう始まったようだ。	棒球比賽似乎已經開始了。
8	彼は猛牛のようだ。	他就像一頭猛牛。
9	人生は桜のようだ。	人生就像櫻花。
10	人生は夢のようだ。	人生就像一場夢。

以上助動詞全部介紹完畢。

讀者在學這助動詞時，一定要熟悉助動詞的「意義」、「接續」及「活用」這「三位一體」，如此才能掌握助動詞的菁華。

第八章　感動的瞬間－－－感動詞

所謂的【感動詞】，顧名思義，就是人受到外界的刺激，內心有所「感動」，而不由自主地發出種種「聲音（詞彙）」，藉以表達自己的情緒。就如同「喔！」、「啊！」、「咿！」等等。

感動詞可分成三類：

(1) 表示感動的語氣：

「あ」「ああ」「あっ」「あら」「あらあら」「あれ」「えっ」「おお」「おっと」「おや」「ほら」「ほう」「これは」「さて」「さては」「まあ」「やれやれ」「はて」「はてはて」等等。

(2) 表示呼喚的語氣：

「あのね」「おい」「こら」「これ」「これこれ」「さあ」「そら」「それ」「どれ」「ね」「ねえ」「もしもし」「やあ」「やい」等等。

(3) 表示應答的語氣：

「ああ」「いいえ」「いや」「うん」「ええ」「はい」「はあ」「ははあ」等等。

感動詞單字與例句發音練習　◀▶ 08-01

編號	日文單字	中文單字	日文例句	中文翻譯
1	あ a	啊	あ、しまった！	啊！糟糕了。
2	ああ aa	嗯	ああ、いい気分だ。	嗯！心情真好！
3	あっ atsu	啊	あっ、忘れた。	啊，我忘了。
4	あら ara	噯呀	あら、お久しぶり。	噯呀！好久不見了！
5	あらあら araara	噯呀（女性用語）	あらあら、坊や、何してるの？	噯呀！孩子，你在幹嘛呢？
6	あれ are	咦	あれ、変だなあ？	咦？怪怪的。
7	えっ etsu	唉	えっ、ちっとも知らなかった。	唉！我怎麼完全不知情！
8	おお oo	哦	おお、綺麗だ。	哦！好漂亮！
9	おっと otto	哎呀	おっと、危ない。	哎呀，危險！
10	おや oya	哦	おや、今朝は早いですね。	哦，今天很早哦！
11	ほら hora	喂	ほら、気をつけろ！	喂！給我小心點！
12	ほう hou	哦	ほう、なるほど！	哦，原來如此！
13	これは korewa	這真是	これは、すばらしい！	這真是太棒了！
14	さて sate	那麼	さて、どうしよう。	那麼，該怎麼辦？
15	さては satewa	這麼說來	さては、騙されたか？	這麼說來，你是被騙了嗎？

16	まあ maa	嗯	まあ、とてもうれしい。	嗯，我很高興。
17	やれやれ yareyare	哎呀呀	やれやれ，彼女がやっと来た。	哎呀呀！她終於來了。
18	はて hate	啊	はて、不思議だ！	啊！真是不可思議！
19	あのね anone	我説	あのね、公園に行きましょうよ。	我説啊！我們去公園吧。
20	おい oi	嘿	おい、気をつけろ。	嘿！小心點！
21	こら kora	喂	こら、何をしている。	喂！你在幹什麼！
22	これ kore	喂喂	これ、どこへ行く。	喂，你要去哪裡？
23	これこれ korekore	喂喂	これこれ、そんな本を読むな。	喂喂，不要讀這樣的書。
24	さあ saa	來吧	さあ、始めよう。	來吧，開始吧！
25	そら sora	喂	そら、行くぞ。	喂！走吧！
26	それ sore	喂	それ、見ろ。	喂！看！
27	どれ dore	喂	どれ、ひと休みするか。	喂！要不要休息一下？
28	ね ne	喂	ね、良いよね。	喂～好嘛～【撒嬌的語氣】
29	ねえ nee	吶	ねえ、あなた、、、。	吶～親愛的…【撒嬌的語氣】
30	もしもし moshimoshi	喂	もしもし、私は小原です。	喂，我是小原。
31	やあ yaa	哇	やあ、驚いた。	哇！我很驚訝。
32	やい yai	喂	やい、この野郎。	喂！你這混蛋！

33	ああ aa	啊	ああ、分(わ)かったよ。	啊！我知道了！
34	いいえ iie	不	「田村(たむら)さんのお宅(たく)ですか？」 「いいえ、違(ちが)います。」	「是田村先生家嗎？」「不，不是。」
35	いや iya	不	いや、そうではない。	不，不是那樣。
36	うん un	嗯	「一緒(いっしょ)に帰(かえ)ろうか。」「うん、良(い)いよ。」	「一起回去吧！」 「嗯！好啊！」
37	ええ ee	好	ええ、一緒(いっしょ)に帰(かえ)りましょう。	好，一起回去吧！
38	はい hai	是	はい、よく分(わ)かりました。	是，完全懂了。
39	はあ haa	是	はあ、分(わ)かった。	是！懂了。
40	ははあ hahaa	是！	ははあ、畏(かしこ)まりました。	是！遵命。【對長輩的回答】

> **提示**
>
> 一個單字有很多字義，請在明白文法規則變化後，勤查字典來提升
> 日語能力！

日本文法到此介紹完畢，相信各位讀者對「日本文法」已經有一清楚的概念吧！

只要多記熟單字、多背例句、仿造例句，相信各位讀者的日語能力，一定會進步！

接著，請翻開－－第九章　進入到日本人的世界 －－讓我們來體驗日本人的日常生活！

第九章　進入到日本人的世界

(一) **挨拶**　打招呼　◀09-01

日文	中文
1　おはようございます。	早安
2　こんにちは。	午安
3　こんばんは。	晚安
4　お休みなさい。	晚安
5　はじめまして。	初次見面
6　私は～～～と申します。	我是～～～。
7　私は～～から来ました。	我來自～～。
8　お会いできて嬉しいです。	很高興見到你面。
9　お元気ですか。	最近好嗎？
10　さようなら。	再見。
11　ありがとうございます。	謝謝。
12　ありがとうございました。	謝謝。(過去式)
13　どういたしまして。	不客氣。
14　すみません。	對不起。
15　ごめんなさい。	對不起。
16　お尋ねしたいのですが。	我能問你個問題嗎？
17　私は日本語が解りません。	我不懂日語。
18　あなたは中国語が話せますか？	你會說中文嗎？

19	あなたは英語が話せますか？	你會説英語嗎？
20	中国語を話す人はいますか？	這裡有人會説中文嗎？
21	英語を話す人はいますか？	這裡有人會説英語嗎？
22	ここはどこですか？	這裡是哪裡？
23	水はありますか？	有水嗎？
24	これは何ですか？	這個是什麼？
25	それは何ですか？	那個是什麼？
26	あれは何ですか？	那個是什麼？
27	これは幾らですか？	這個要多少錢？
28	ゆっくり言ってください。	請慢慢説。
29	もう一度言ってください。	請再説一遍。
30	それをここに書いてください。	請寫在這裡。
31	説明書を見せてください。	請給我看説明書。
32	お水をください。	請給我水。
33	お水をお願します。	請給我水。
34	ちょっと待ってください。	請稍等。

(二) **ここはどこですか。**　　　**這裡是哪裡？**　　▶09-02

	日文	中文
1	この地図で現在地はどこですか。	請問我在這張地圖上的什麼位置？
2	ここです。	你在這裡。
3	郵便局へはどう行けばよいですか。	請問我怎麼去郵局？

4	まっすぐ 十五分ほど歩けば右側にあります。	直走大約十五分鐘，在你的右手邊。
5	右へ 十五分ほど歩けば 左側にあります。	向右走大約十五分鐘，在你的左手邊。
6	左へ 十五分ほど歩けば右側にあります。	向左走大約十五分鐘，在你的右手邊。
7	ご案内しますのでついて来てください。	我會帶你去，請跟我來。
8	バスで行かなければなりません。	你必須坐公車去。
9	電車で行かなければなりません。	你必須坐電車去。
10	地下鉄で行かなければなりません。	你必須坐地鐵去。
11	タクシーで行かなければなりません。	你必須搭計程車去。
12	運転手さんに聞いて下さい。	請去問司機。
13	駅員さんに聞いて下さい。	請去問站務人員。
14	よく解らないので他の人に聞いて下さい。	對不起，我不知道。請去問別人。

(三) 五番のバスに乗ってください。 請坐五號公車。 　09-03

	日文	中文
1	池袋に行くにはどのバスに乗れば好いですか？	我應該坐哪一線公車去池袋？
2	池袋に行くにはどの電車に乗れば好いですか？	我應該坐哪一線電車去池袋？
3	一番乗り場から乗ってください。	請從第一月台上車。
4	五番のバスに乗ってください。	請坐五號公車。
5	大久保駅は止まらないので注意して下さい。	請注意，不會停靠大久保站。
6	大久保に行くにはどこで降りればいいですか？	我要去大久保應該在哪一站下車？
7	東京駅で降りてください。	請在東京站下車。

8	東京駅で横浜行きに乗り換えてください。	從東京站換乘往橫濱。
9	横浜まで、時間はどれくらいかかりますか？	到橫濱需要多少時間？
10	一時間くらいです。	大概一個小時。
11	横浜までの料金は幾らですか？	到橫濱要多少錢？
12	二千円です。	兩千日元。
13	次の電車は何時ですか？	下一班電車是幾點？
14	次のバスは何時ですか？	下一班車是幾點？
15	切符はどこで買えばいいですか？	我在哪裡可以買到車票？
16	1日乗車券はどこで買えますか？	我在哪裡可以買到一日票？
17	自動販売機でお求めください。	請在自動售票機購買。
18	あちらに在る切符売り場で買えます。	你可以在那邊的售票處買。
19	みどりの窓口でお求めください。	請在綠色窗口購買。
20	このパスを使って指定券が欲しいのですが。	我想用這個通行證買一張指定座位票。
21	禁煙席をお願いします。	我想要一個禁煙座位。
22	路線図をください。	請給我路線圖。
23	このバスはこの切符で乗れますか？	可以用這張票搭乘這班公車嗎？
24	この電車はこのパスで乗れますか？	可以用這張票搭乘這班電車嗎？
25	はい、乗れます。	是的，可以搭乘。
26	いいえ、この切符では乗れません。	不，你不能用這張票搭乘。
27	いいえ、このパスでは乗れません。	不，你不能用這張通行證搭乘。
28	乗れますが、追加料金二千円が必要です。	是的，你可以搭乘，但要追加兩千日幣的額外費用。

29	この電車は横浜に行きますか？	這班電車是往橫濱嗎？
30	横浜に行くには 料金は幾らぐらいかかりますか？	去橫濱要多少錢？
31	横浜へは、時間はどのくらいかかりますか？	到橫濱需要多久的時間？

（四）　宿泊施設フロントで　　在飯店櫃台　▶09-04

	日文	中文
1	予約してあります。 私の名前は～～～です。	我有預約。 我名字是～～～。
2	禁煙フロアはありますか？	你們有禁煙樓層嗎？
3	禁煙ルームはありますか？	你們有禁煙房嗎？
4	部屋を見せていただけますか？	能給我看看房間嗎？
5	すぐに出かけたいので荷物を預かってください。	我馬上就會出去，請幫我保管行李。
6	この辺りにお勧めのレストランはありますか？	這附近有推薦的餐館嗎？
7	予約してないのですが、今晩二人用の部屋は有りますか。	我沒訂房，今晚有兩個人的房間嗎？
8	はい。一人一泊素泊まり三千円です。	有的。每人一晚 3000 日元不含早餐。
9	はい。一人一泊朝食付き四千円です。	有的。每人一晚 4000 日元含早餐。
10	申し訳ございませんが、今日は満室です。	對不起，今天已經客滿了。
11	本人確認の為パスポートを見せていただけますか。	我能看看你的護照確認是您本人嗎？
12	部屋が狭いので部屋を変えてください。	請幫我換個房間，因為它太小了。
13	部屋が汚れているので部屋を変えてください。	請幫我換個房間，因為它很髒。

14	隣 がうるさいので部屋を変えてください。	請幫我換個房間，因為隔壁房間很吵。
15	外がうるさいので部屋を変えてください。	請幫我換個房間，因為外面很吵。
16	部屋にお風呂が無いので部屋を変えてください。	請幫我換房間，因為沒有浴室。
17	部屋にトイレが無いので部屋を変えてください。	請幫我換房間，因為沒有廁所。
18	部屋が暑いので部屋を変えてください。	請幫我換房間，因為這房間很熱。
19	部屋が寒いので部屋を変えてください。	請幫換我房間，因為這房間很冷。
20	景色が良くないので部屋を変えてください。	請幫我換個房間，因為視野不好。
21	予約をキャンセルしたいのですが。	我想取消預訂。
22	もう一泊延泊できますか？	我能再住一晚嗎？
23	はい、ありがとうございます。	是的。謝謝。
24	申し訳ございません。明日が満室です。	我很抱歉。明天已經客滿了。
25	クレジットカードで支払えますか？	我可以用信用卡付款嗎？
26	タクシーを呼んでもらえますか？	你能幫我叫輛計程車嗎？
27	私 の荷物を成田空港に送ってもらえますか？	能幫我把行李送到成田機場嗎？
28	私 の荷物を次の 宿 泊先に送ってもらえますか？	能幫我把行李送到下一個住處嗎？
29	食 事は部屋でできますか？	我可以在房間吃飯嗎？
30	お土産に浴衣を買いたいのですが。	我想買一件浴衣作為禮物。

㈤ 請將在日本生活的經驗條列於下吧！

國家圖書館出版品預行編目(CIP)資料

太神奇了!造句式日語學習書/鄭哲明編著. -- 初版. --

新北市：智寬文化事業有限公司, 2023.01

面； 公分. --（日語學習系列；J004）

ISBN 978-986-99111-5-3(平裝)

1.CST: 日語 2.CST: 句法

803.169　　　　　　　　　　111018111

音檔請擇一下載

下載點A　　下載點B

日語學習系列 J004

太神奇了！造句式日語學習書 (附QR Code)

2023年2月 初版第1刷

編著者	鄭哲明
校對及錄音者	市村眞穗（2017年 上智大学 国際教養学部 国際教養学科 卒）／
	林晏君（輔仁大學日文系）
出版者	智寬文化事業有限公司
地址	235新北市中和區中山路二段409號5樓
E-mail	john620220@hotmail.com
郵政劃撥・戶名	50173486・智寬文化事業有限公司
電話	02-77312238・02-82215078
傳真	02-82215075
印刷者	永光彩色印刷股份有限公司
總經銷	紅螞蟻圖書有限公司
地址	台北市內湖區舊宗路二段121巷19號
電話	02-27953656
傳真	02-27954100
定價	新台幣400元